VERSION ORIGINALE 2

Méthode de français | Livre de l'élève

VERSION ORIGINALE 2

Méthode de français | Livre de l'élève

Monique Denyer
Agustín Garmendia
Corinne Royer
Marie-Laure Lions-Olivieri

Avant-propos

La méthode *Version Originale* a été conçue en fonction des toutes dernières évolutions de la didactique des langues-cultures.

En 2001, le *Cadre européen commun de référence pour les langues* définit ainsi la nouvelle « perspective actionnelle » :

« La perspective privilégiée ici est [...] de type actionnel en ce qu'elle considère avant tout l'usager et l'apprenant d'une langue comme des acteurs sociaux ayant à accomplir des tâches (qui ne sont pas seulement langagières) dans des circonstances et un environnement donné, à l'intérieur d'un domaine d'action particulier. Si les actes de parole se réalisent dans des activités langagières, celles-ci s'inscrivent elles-mêmes à l'intérieur d'actions en contexte social qui seules leur donnent leur pleine signification. »

Version Originale se situe résolument dans la lignée de *Rond-Point* (Difusión FLE-Éditions Maison des Langues, 2004), premier cours de FLE à suivre cette nouvelle perspective. Mais *Version Originale* met, en plus, à profit l'expérience de cette première collection ainsi que les réflexions et propositions didactiques de ces toutes dernières années. Les didacticiens de langues-cultures ont pu, en effet, depuis la publication du *Cadre européen*, mieux penser les implications concrètes du passage de la perspective de l'agir communicationnel à la nouvelle perspective de l'agir social. Elles peuvent être résumées par les cinq évolutions suivantes.

1. De l'unité de communication à l'unité d'action

Dans l'approche communicative, la cohérence de l'unité didactique se situait au niveau de l'unité de communication donnée par le dialogue de base, où les mêmes personnages parlaient dans le même lieu d'un même thème de conversation pendant un temps déterminé. Dans la perspective actionnelle, c'est l'unité d'action.

Cette unité d'action est clairement affichée dès la première page de chaque unité de *Version Originale* en termes de compétence, c'est-à-dire de capacité à réaliser une action déterminée en langue étrangère :

▶ « *À la fin de cette unité, nous serons capables de...* » + action.
Exemples : « dresser notre réseau de langues », « organiser un forum d'échange », « réaliser l'album d'enfance de la classe ».

C'est en fonction de cette action, pour y préparer les apprenants, que sont préalablement travaillés les contenus linguistiques de l'unité, annoncés eux aussi dès cette première page :

▶ « *Pour cela, nous allons apprendre à...* » + points de grammaire notionnelle-fonctionnelle (notions et actes de parole).
Exemples : « exprimer des motivations », « parler de faits passés », « donner des instructions ».

▶ « *Nous allons utiliser...* »
• + points de grammaire morphosyntaxique.
Exemples : « le passé composé », « les pronoms COI », « l'impératif ».
• + champs lexicaux.
Exemples : « le lexique des émotions et des difficultés », « le lexique du corps et de la santé », « les adjectifs qualificatifs ».

▶ « *Nous allons travailler le point de phonétique suivant...* ».
Exemples : « les liaisons », « la prononciation des nasales ».

2. De la centration sur l'apprenant à la centration sur le groupe

Le « nous » n'est pas utilisé par hasard dans cette présentation initiale des unités didactiques de *Version Originale* : à la centration sur l'individu que privilégiait l'approche communicative, la perspective actionnelle, parce que son objectif est la formation d'acteurs sociaux, ajoute tout naturellement la centration sur le groupe-classe. C'est pourquoi dans *Version Originale*, à côté des activités individuelles et des activités inter-individuelles (par paires), caractéristiques de l'approche communicative, apparaissent des activités à faire par groupes de trois ou plus, et des activités en grand groupe.

Exemples : dans l'Unité 4, la consigne de la tâche finale est la suivante : « Vous allez faire l'album de la classe. Décidez par groupes des critères de regroupement (par année, par thème, etc.) puis regroupez tous les textes et photos ». Dans l'Unité 5, on demande à la classe de se diviser en plusieurs groupes afin de réaliser une interview d'un personnage célèbre.

3. De la simulation à la convention

L'une des évolutions didactiques les plus importantes apparues dans le *Cadre européen* est le fait que les apprenants en classe soient désormais considérés comme des acteurs sociaux à part entière (voir citation plus haut). Dans *Version Originale*, aussi bien pour les tâches qu'ils vont réaliser à la fin de chaque unité que pour les exercices centrés sur la langue de la rubrique « À la découverte de la langue », l'enseignant va demander aux apprenants d'utiliser le français : mais ceux-ci vont le faire non pas en faisant comme s'ils étaient des Francophones ou comme s'ils parlaient à des Francophones – comme on le leur demandait dans les simulations de l'approche communicative – mais en tant qu'apprenants d'une autre langue maternelle qui ont *convenu* entre eux et avec leur enseignant de parler français en classe parce que cela est nécessaire pour leur apprentissage du français. Cette *convention* fait partie de ce que l'on appelle en pédagogie le *contrat didactique*, qui est passé implicitement ou explicitement entre les apprenants et l'enseignant avant le début du cours.

4. De la compétence communicative à la compétence informationnelle

La « compétence informationnelle », c'est l'ensemble des capacités à agir sur et par l'information en tant qu'acteur social. Cette compétence exige, comme l'explique J.R. Forest Woody Horton dans un document intitulé *Introduction à la maîtrise de l'information* publié en 2008 par l'UNESCO, des activités aussi bien en amont de la communication (prendre conscience d'un besoin d'information, identifier et évaluer la fiabilité de l'information disponible, sélectionner l'information pertinente, créer l'information manquante...) qu'en aval (savoir évaluer l'efficacité de l'information transmise, préserver l'information éventuellement nécessaire à d'autres plus tard en la mettant constamment à jour...).

Dans *Version Originale*, cette diversification des activités de traitement de l'information par rapport à la seule communication s'opère mécaniquement dans les tâches proposées à la fin des unités didactiques, parce qu'elles sont complexes. C'est le cas dès l'Unité 1, dans la tâche finale.

▶ Dans l'activité 10.A, les apprenants sont invités à choisir les domaines qu'ils souhaitent présenter dans leur bibliographie linguistique : ils devront ensuite, pour rédiger cette bibliographie, choisir les informations correspondantes et les hiérarchiser, et enfin les condenser pour les présenter schématiquement dans leur réseau personnel de langues.

▶ Après la communication orale de ces bibliographies (demandée en 10.B), les informations données par ces différents réseaux vont être réutilisées pour élaborer ensemble le réseau de langues de la classe.

Ce réseau de langues collectif va rester un document de référence de la classe même après la fin de cette unité, de même – autre exemple – que l'album de la classe que les apprenants vont réaliser dans la tâche de l'Unité 4 (p. 61).

5. De l'interculturel au co-culturel

Dans l'approche communicative, l'accent était mis, en ce qui concerne la culture, sur les phénomènes de contact, chez chacun des apprenants, entre sa culture et la culture cible, c'est-à-dire sur les *représentations* qu'il se faisait de cette culture étrangère. La perspective de l'agir social, parce qu'elle considère les apprenants comme des acteurs sociaux engagés dans un projet commun, impose un enjeu culturel supplémentaire, celui de l'élaboration en classe d'une culture commune d'enseignement-apprentissage, c'est-à-dire d'un ensemble de *conceptions* partagées de ce que c'est qu'apprendre et enseigner une langue-culture étrangère. Ce travail pourra être commencé dès l'Unité 1, en prolongement des activités 3.A (« Des étudiants nous parlent de leur apprentissage d'une nouvelle langue. Vivez-vous les mêmes expériences ? Relevez les opinions que vous partagez. ») et 3.B (« Expliquez à vos camarades comment vous vous sentez en classe de langue. », mais il reviendra à l'enseignant, à chaque fois qu'il le jugera opportun, d'insérer ce type d'activité au cours du travail sur chacune des unités de ce manuel.

Version Originale est donc un cours de langue... *original* parce qu'il a été conçu en fonction de l'évolution actuelle de la didactique des langues-cultures. Je ne doute pas qu'il soit de ce fait un instrument efficace aux mains des apprenants et des enseignants.

Christian Puren
Professeur émérite de l'Université Jean Monnet (Saint-Étienne, France)

Introduction

VERSION ORIGINALE : L'ACTIONNEL POUR TOUS !

Version Originale s'adresse à des apprenants de Français Langue Étrangère, grands adolescents et adultes.

Huit unités pour que l'apprenant se lance dans la langue française avec un professeur qui l'aide à prendre en main son apprentissage et à devenir autonome pour agir en français.

Chaque unité de **Version Originale** présente la structure et les atouts suivants :

1. PREMIER CONTACT
- L'image et les **documents proposés** invitent l'apprenant à un **premier contact** avec certains aspects de la **réalité française.**
- Il est mis en rapport avec les **premiers mots français et les expressions utiles** pour désigner cette réalité.
- Il approche la langue française de façon **intuitive** en mobilisant ses connaissances préalables dès que cela est possible.

2. TEXTES ET CONTEXTES
- À partir de documents oraux et écrits, mais aussi à partir d'illustrations ou d'images, l'apprenant est amené à réagir et à échanger avec ses camarades.
- **Une série de documents** (oraux, écrits ou iconiques) lui permet de développer plus particulièrement les compétences de compréhension.
- Grâce à ces documents, il se familiarise avec une série **d'outils linguistiques** (lexicaux, grammaticaux, textuels...) nécessaires à la réalisation de la **tâche** qui est l'objectif de l'unité.

3. À LA DÉCOUVERTE DE LA LANGUE
- L'apprenant observe d'abord **des productions langagières** centrées sur une **ressource linguistique particulière** (grammaticale, lexicale ou phonétique) en se concentrant sur le sens.
- Il essaie ensuite de **comprendre le fonctionnement de cette ressource** et de **construire une règle. Ce travail se fait en coopération** avec d'autres apprenants ou avec le professeur.
- L'apprenant **applique ensuite cette règle** dans des **productions personnelles.**

Cette démarche d'observation, puis de compréhension et d'application a pour objectif de faciliter l'apprentissage, tout en favorisant l'autonomie.

4. OUTILS
- Cette page propose une **conceptualisation des outils** de l'unité et sert à **vérifier et redéfinir les règles** que l'apprenant a construites.
- Des explications grammaticales plus développées et classées par catégories linguistiques se trouvent aussi dans le *Précis de grammaire*, situé à la fin du manuel.

5. OUTILS EN ACTION ET… TÂCHES
Une série de **tâches intermédiaires** très variées impliquent l'usage en contexte d'une partie des ressources linguistiques travaillées dans l'unité.
- Ces **tâches intermédiaires** débouchent sur une **tâche finale plus globale et complexe**, dans laquelle l'apprenant mobilise les ressources de l'unité **en autonomie**. Cette tâche finale met en œuvre des **activités langagières** telles que la compréhension, l'interaction et la production. Elle exige un travail de coopération et a pour résultat une production finale.
- Parallèlement à chaque unité de la méthode, le site www.versionoriginale.difusion.com propose des tâches web 2.0 motivantes, à forte dimension interculturelle, et permet ainsi aux apprenants d'échanger et de communiquer sur Internet avec les autres utilisateurs de la méthode.

6. REGARDS SUR…
- Ces documents apportent un regard actuel sur le monde de la francophonie et aident à mieux comprendre la réalité culturelle et sociale des pays francophones.
- La section *On tourne !* est consacrée au DVD qui accompagne *Version Originale* et propose des activités de compréhension et de réflexion interculturelle à partir de reportages sur la vie quotidienne francophone tout en reprenant les thématiques développées dans chaque unité.

PRÉPARATION AU DELF
Toutes les deux unités, une double page consacrée à la préparation du DELF A2 propose des activités de préparation par épreuve. Elle présente aussi les épreuves de l'examen et donne des conseils utiles.

JOURNAL D'APPRENTISSAGE
Toutes les deux unités, le journal d'apprentissage permet à l'apprenant d'évaluer ses connaissances et ses compétences acquises au cours des deux unités et de réfléchir à l'évolution de son apprentissage.

Dynamique des unités

STRUCTURE DU LIVRE DE L'ÉLÈVE

- 8 unités de 12 pages chacune
- 4 doubles pages de préparation au DELF
- 4 doubles pages de journaux d'apprentissage
- Un précis grammatical
- Des tableaux de conjugaison
- Les transcriptions des enregistrements et du DVD
- Des cartes de la francophonie et de différents pays francophones
- Un index analytique

LES PAGES D'OUVERTURE DE L'UNITÉ
J'observe et je note.

- Le thème
- La tâche / le projet
- Les compétences développées
- Les ressources utilisées
- Le point de phonétique étudié

TEXTES ET CONTEXTES
Je réagis et j'échange avec mes camarades.

 Ce pictogramme indique qu'il est possible d'utiliser un dictionnaire. Je peux construire de manière autonome mon propre lexique.

 Ce pictogramme indique que l'activité comprend un document audio et donne le numéro de la piste du CD sur laquelle est enregistré le document.

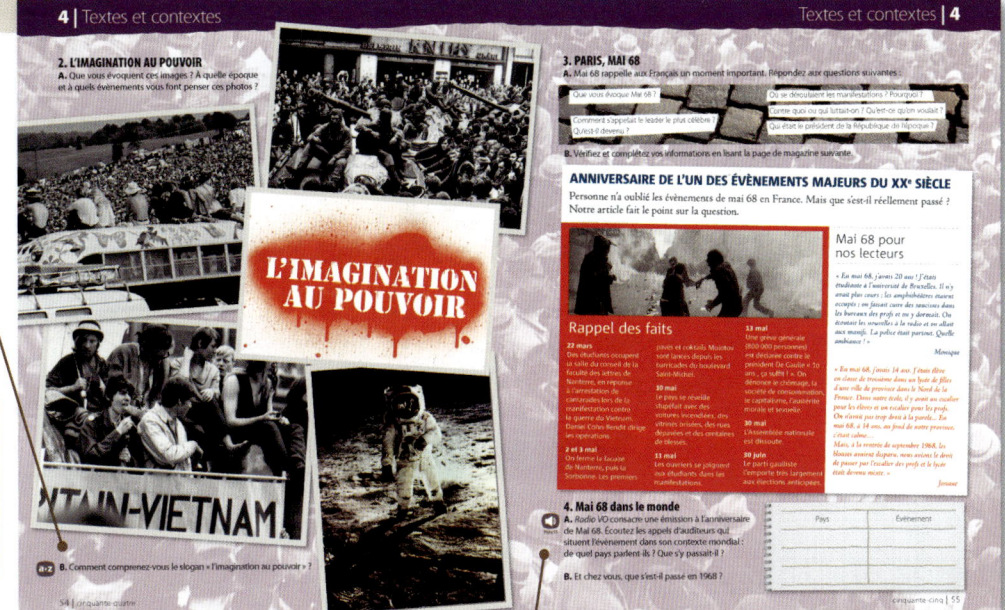

Dynamique des unités

À LA DÉCOUVERTE DE LA LANGUE
Je lis, j'observe et je comprends.

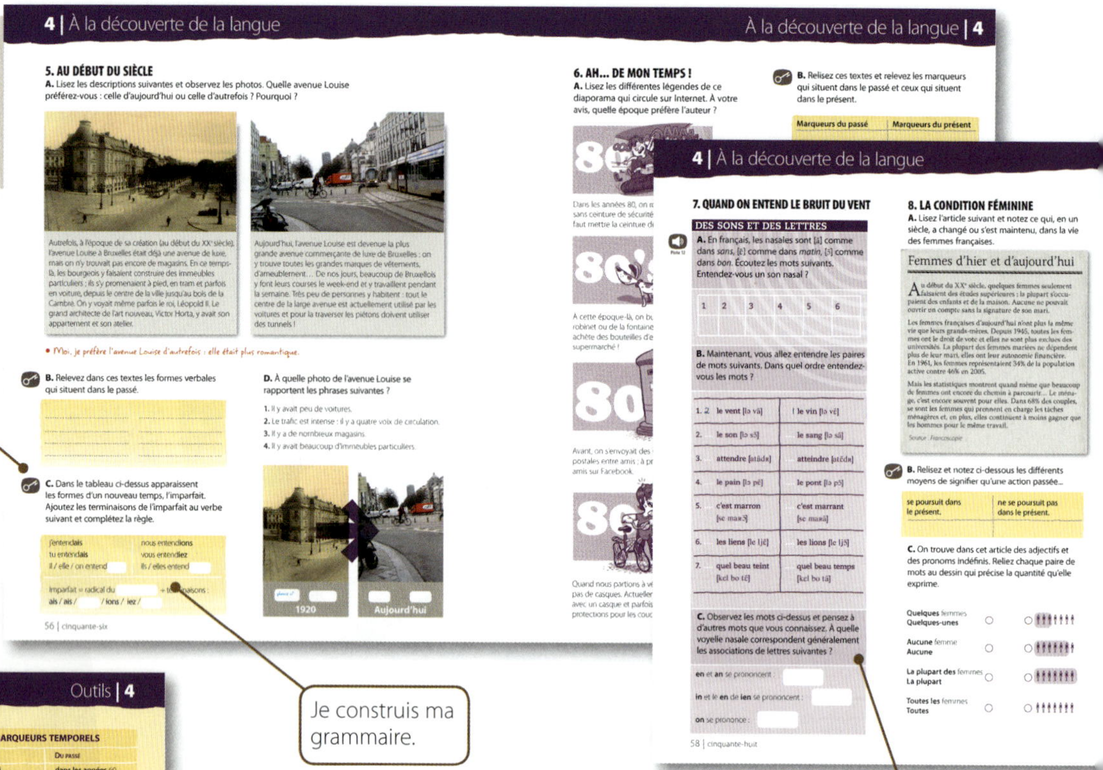

Ce pictogramme indique que je vais développer des stratégies d'apprentissage.

OUTILS
Je vérifie mes connaissances.

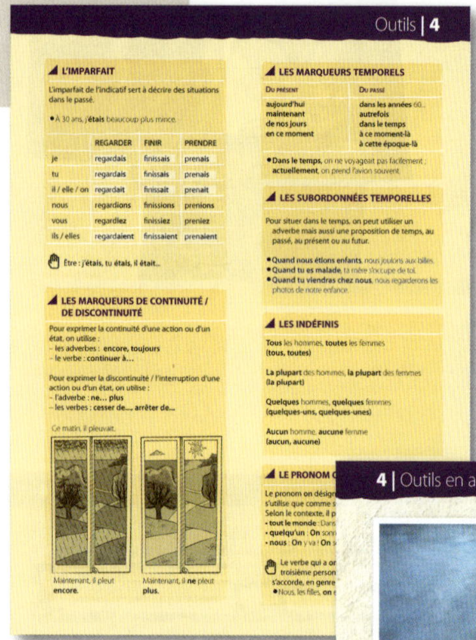

Je construis ma grammaire.

J'écoute, je reconnais ou je prononce des sons.

OUTILS EN ACTION… ET TÂCHES
Je mets mes connaissances en action avec un camarade et nous construisons un projet pour le présenter à la classe.

Les textes en bleu sont des échantillons de productions écrites.

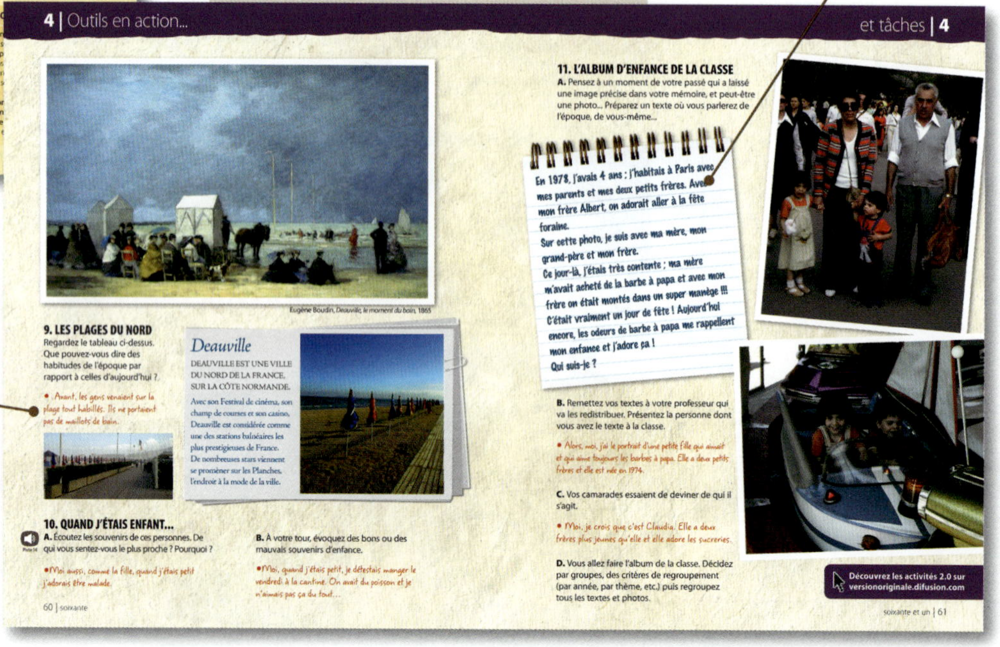

Les textes en rouge sont des échantillons de productions et d'interactions orales. Il s'agit d'amorces qui peuvent m'aider pour mes propres productions.

Dynamique des unités

REGARDS SUR...
Je lis, je regarde, j'observe et je compare avec mon pays.

Je regarde la vidéo et je réagis.

PRÉPARATION À L'EXAMEN DU DELF A2
Je m'entraîne au DELF en travaillant chaque compétence.

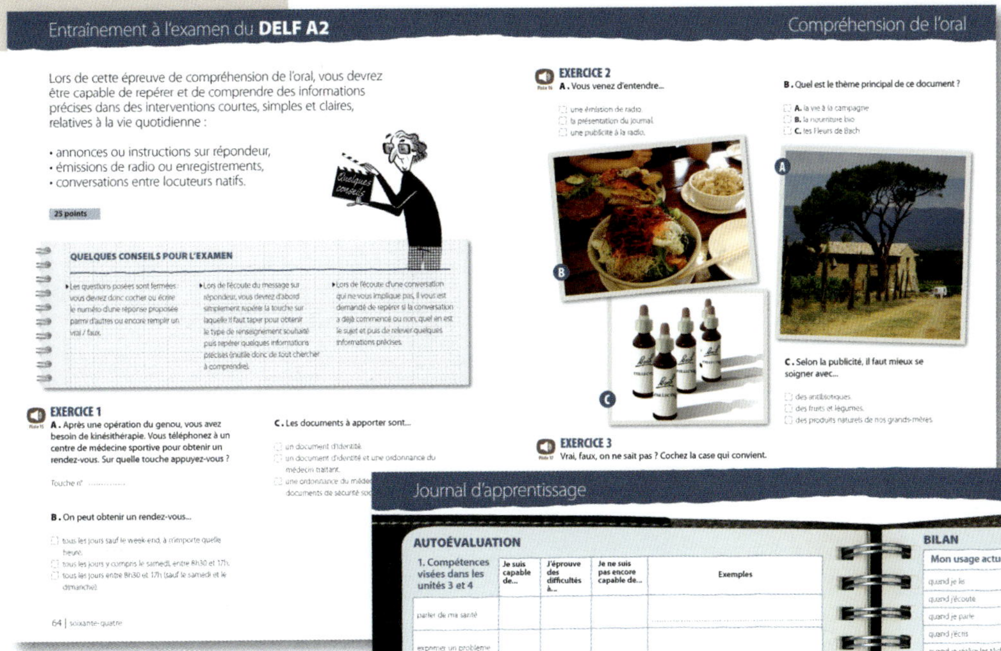

JOURNAL D'APPRENTISSAGE
Je fais mon bilan.

Tableau des contenus

UNITÉ	TÂCHE	TYPOLOGIE TEXTUELLE	COMMUNICATION
1. J'adore le français !	Dresser le « réseau des langues » de la classe	• Tests • Articles de presse • Forums en ligne • Journal de bord • Conversations • Devinettes	• Parler de sa relation avec les langues • Exprimer son point de vue (1) • Exprimer des émotions et des difficultés • Parler de faits passés • Exprimer une motivation
2. Faites comme chez vous !	Choisir un logement et l'aménager	• Annonces immobilières • Petites annonces • Plans • Photos et textes de magazines • Catalogues • Devinettes • Forums en ligne	• Décrire un logement et des objets • Localiser • Faire des comparaisons • Exprimer des préférences • Nommer ses activités quotidiennes
Entraînement à l'examen du DELF : Compréhension des écrits			
Journal d'apprentissage			
3. Bien dans sa peau	Organiser un forum d'échange de conseils	• Publicités • Articles de presse • Conversations informelles • Notices et modes d'emploi • Code de bonne conduite • Courriels • Forums en ligne • Blogs	• Parler de sa santé • Décrire des douleurs et des symptômes • Demander et donner des conseils • Donner des instructions • Exprimer son point de vue (2)
4. En ce temps-là…	Réaliser l'album d'enfance de la classe	• Articles de presse • Émissions de radio • Commentaires de photos • Commentaires de tableaux • Témoignages	• Situer dans le passé • Décrire des situations du passé et du présent
Entraînement à l'examen du DELF : Compréhension de l'oral			
Journal d'apprentissage			
5. L'Histoire, les histoires	Réaliser l'interview d'un personnage célèbre	• Biographies • Témoignages • Articles de presse • Anecdotes • Légendes urbaines	• Poser des questions sur un parcours de vie • Décrire et rapporter des faits et des situations du passé • Raconter des anecdotes • Situer des évènements dans le passé • Demander des informations
6. Qui vivra verra…	Prévoir l'évolution d'un problème d'intérêt général et présenter ses conclusions oralement	• Articles scientifiques • Articles de presse • Dépêches de journal • Prévisions météorologiques • Proverbes et citations	• Faire des prévisions • Parler de l'avenir • Parler de conditions et de conséquences • Exprimer différents degrés de certitude • Parler du temps
Entraînement à l'examen du DELF : Production orale			
Journal d'apprentissage			
7. Je vous en prie…	Organiser un match d'improvisation	• Roman-photo • Tests • Lettres officielles • Publicités • Forums en ligne • Courriels • Conversations • Commentaires de dessin	• Demander un service • Demander l'autorisation • Refuser et accepter • Se justifier
8. Apprendre en jouant	Créer un jeu de société sur la francophonie	• Affiches • Extraits de magazine • Concours publicitaire • Cartes géographiques • Légendes de photos • Courriels • Messages sur répondeur • Concours radio • Règles du jeu	• Poser des questions en fonction de la situation de communication • Situer des actions dans le temps • Décrire et raconter dans le passé • Situer géographiquement • Exprimer différents degrés de certitude
Entraînement à l'examen du DELF : Production écrite			
Journal d'apprentissage			

Précis de grammaire 125 | Tableaux de conjugaison 138 | Transcriptions des enregistrements et du DVD 144 | Cartes 152 | Index analytique 156

Tableau des contenus

RESSOURCES GRAMMATICALES	RESSOURCES LEXICALES	PHONÉTIQUE	COMPÉTENCES INTERCULTURELLES	
• Le passé composé • Les pronoms COI • Le verbe trouver • **Pour** et **parce que** • **C'est** + adjectif	• Le lexique des émotions et des difficultés • Le lexique de l'appréciation • Les adjectifs qualificatifs	• Les liaisons	• Les langues en Europe • Les programmes européens pour favoriser l'apprentissage des langues • *On tourne ! Vivre Érasmus* : témoignages d'étudiants.	12
• Les prépositions de lieu • Le pronom **y** • Les structures de la comparaison **plus, moins, aussi, autant que**... • La formation des noms composés	• Le lexique de l'habitat • Le lexique des meubles et des objets • Le lexique des matières et des couleurs	• Élision du **e** muet final et liaison dans les noms composés avec **en / à**	• Le retour à la campagne • *On tourne ! Changer de vie* : témoignage de Bernard, un Parisien parti vivre dans les Cévennes.	24
				36
				38
• L'impératif • La forme et la place des pronoms réfléchis à l'impératif • **Devoir** au conditionnel	• Le lexique du corps et de la santé • Le langage d'Internet	• Les courbes mélodiques	• Les Français et le sport • Quelques sports originaux à pratiquer en France • *On tourne ! Champions ! S'entraîner pour gagner* : l'équipe de France junior d'aviron nous fait découvrir sa passion.	40
• L'imparfait de l'indicatif • Les adjectifs et les pronoms indéfinis • Le pronom personnel **on** • La subordonnée temporelle avec **quand**	• L'expression de la (dis)continuité : **ne plus, encore, toujours** • Les marqueurs temporels du passé et du présent • Le lexique des revendications sociales	• Les voyelles nasales	• Les grèves et les Français • Les nouvelles formes de manifestation • *On tourne ! Le combat pour la terre* : le témoignage d'un acteur des luttes paysannes du Larzac des années 70.	52
				64
				66
• L'opposition passé composé / imparfait de l'indicatif dans le récit • Les pronoms relatifs **qui, que, où** • **Être en train de** + infinitif	• Le lexique des étapes de la vie • Les marqueurs temporels du passé	• L'opposition [e] / [ə] (passé composé **j'ai chanté** et imparfait **je chantais**)	• L'histoire de la peinture en France • Les arts dans la rue • *On tourne ! Ma vie en couleurs* : une peintre nous parle de son métier et de son parcours artistique.	68
• Le futur • Les marqueurs temporels du futur • **Si**... + futur • Les adjectifs qualificatifs et leur place	• Le lexique de l'environnement et de la nature • Le lexique de la météo • Les expressions de la certitude	• L'opposition [s] / [z] et l'opposition [ʃ] / [ʒ]	• Quelques initiatives originales pour sauver la planète : les villes en Transition • *On tourne ! Idées reçues sur le tri.*	80
				92
				94
• Les verbes modaux : **vouloir, pouvoir** et **devoir** • Le conditionnel • Les formes de politesse	• Les formules de sollicitation, d'acceptation, de refus, de justification • Les formules de politesse	• L'intonation pour marquer l'adhésion ou le refus	• Molière et le théâtre en France • *On tourne ! La visite* : un clown à l'hôpital.	96
• Les formes de la question • Les mots interrogatifs • Le genre des noms de pays • Les temps du verbe : synthèse • Les prépositions de localisation devant les noms de pays et de villes (**à / en**)	• Les noms de pays et de régions francophones • Le lexique de la localisation	• Le rejet du hiatus	• Le monde de la francophonie sous le regard de femmes artistes • *On tourne ! Un petit coin de France* : carte postale d'une île française au bout du monde, la Réunion.	108
				120
				122

1

J'adore le français !

À la fin de cette unité, nous serons capables de dresser notre « réseau de langues ».

Pour cela, nous allons apprendre à :
- parler de notre relation avec les langues
- exprimer des émotions et des difficultés
- parler de faits passés
- exprimer des motivations
- exprimer notre point de vue (1)

Nous allons utiliser :
- le passé composé
- les pronoms COI
- le verbe **trouver**
- **pour** et **parce que**
- les adjectifs qualificatifs
- **c'est** + adjectif
- le lexique des émotions et des difficultés

Nous allons travailler le point de phonétique suivant :
- les liaisons

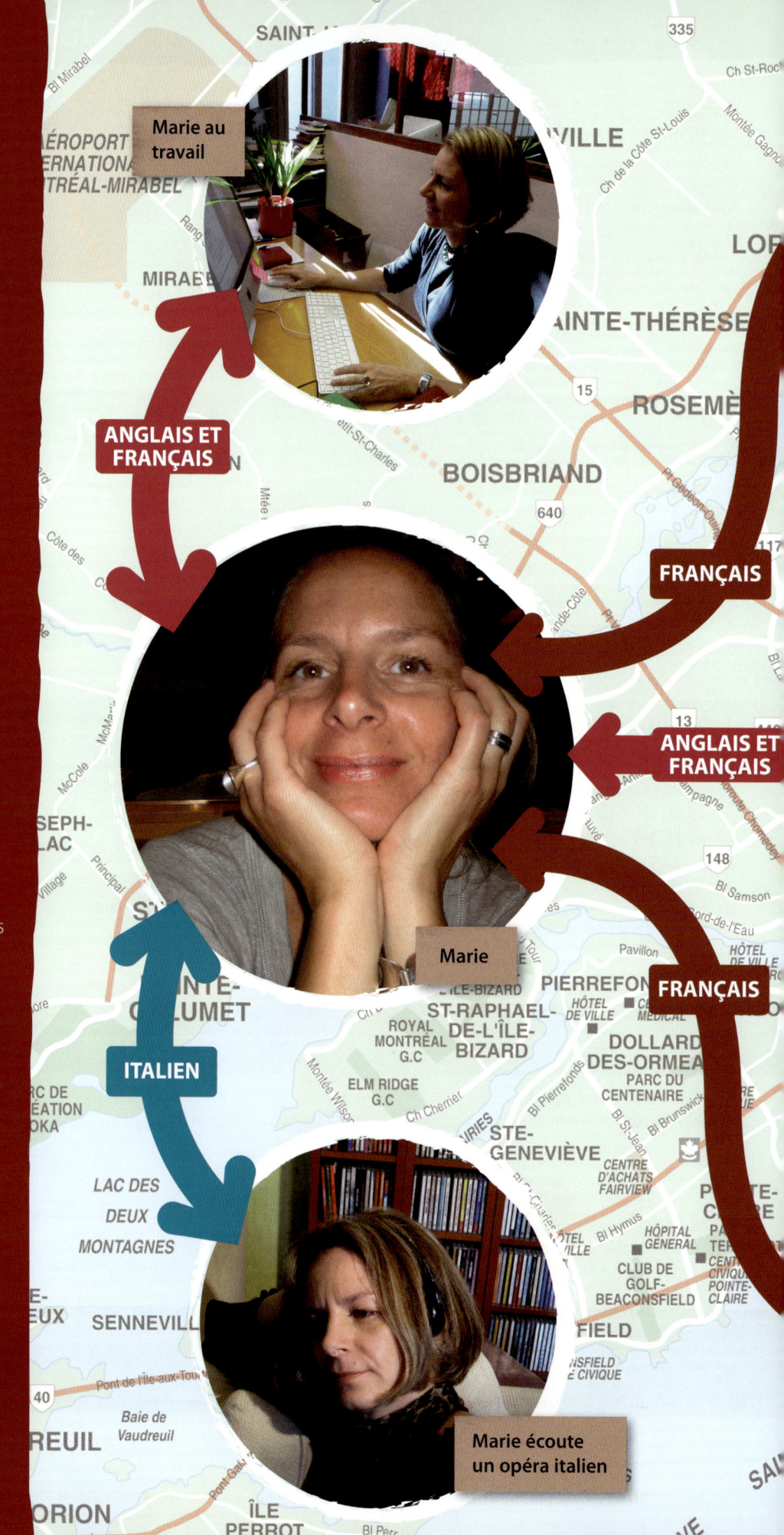

Marie au travail

ANGLAIS ET FRANÇAIS

FRANÇAIS

ANGLAIS ET FRANÇAIS

Marie

FRANÇAIS

ITALIEN

Marie écoute un opéra italien

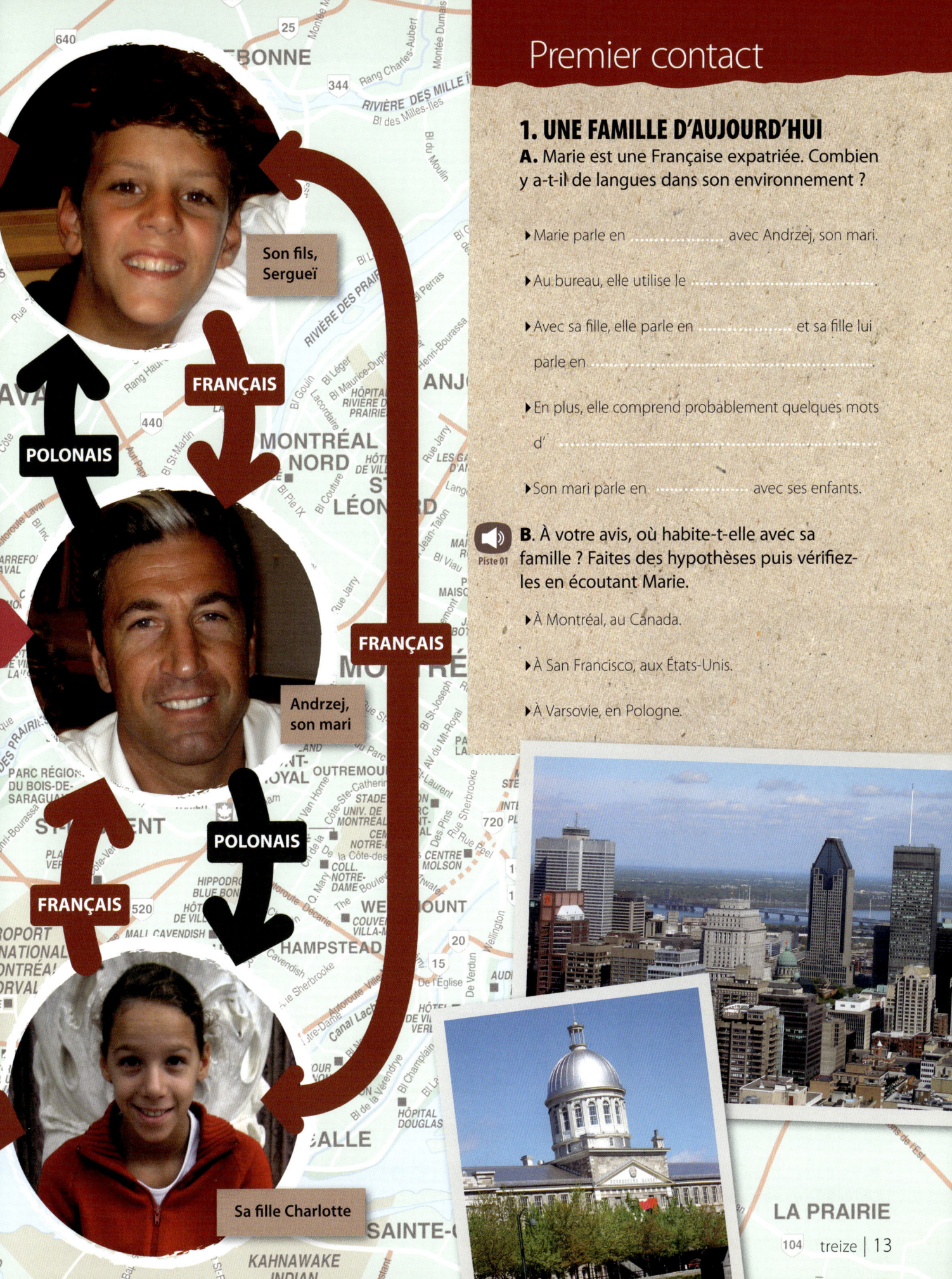

Premier contact

1. UNE FAMILLE D'AUJOURD'HUI

A. Marie est une Française expatriée. Combien y a-t-il de langues dans son environnement ?

▸ Marie parle en .... avec Andrzej, son mari.

▸ Au bureau, elle utilise le ....

▸ Avec sa fille, elle parle en .... et sa fille lui parle en ....

▸ En plus, elle comprend probablement quelques mots d'................................

▸ Son mari parle en .... avec ses enfants.

B. À votre avis, où habite-t-elle avec sa famille ? Faites des hypothèses puis vérifiez-les en écoutant Marie.
Piste 01

▸ À Montréal, au Canada.

▸ À San Francisco, aux États-Unis.

▸ À Varsovie, en Pologne.

treize | 13

1 | Textes et contextes

2. APPRENDRE LE FRANÇAIS À LILLE

A. Oscar est à Lille pour suivre un cours intensif de français. Il a un questionnaire à remplir pour son inscription. Notez ses réponses.

ESFL — École Supérieure de Français de Lille

1. Nom, Prénoms :	....
2. Pour quelles raisons voulez-vous étudier le français ?	☐ **a.** Pour des raisons professionnelles. ☐ **b.** Pour mes études. ☐ **c.** Parce que j'ai des amis francophones. ☐ **d.** Pour connaître une autre culture. ☐ **e.** Pour faire un séjour dans un pays francophone. ☐ **f.** Pour le plaisir. ☐ **g.** Autres : ....
3. Quelles activités aimez-vous faire en classe de langue ?	☐ **a.** Faire des jeux. ☐ **b.** Regarder des documents vidéo. ☐ **c.** Faire des dictées. ☐ **d.** Écouter des chansons. ☐ **e.** Lire des textes à voix haute. ☐ **f.** Traduire. ☐ **g.** Faire des activités d'expression orale. ☐ **h.** Travailler en groupe. ☐ **i.** Faire des exercices de grammaire. ☐ **j.** Faire des recherches sur Internet. ☐ **k.** Autres : ....
4. Avez-vous l'occasion de parler le français dans votre vie quotidienne ?	☐ **a.** Souvent. ☐ **b.** Parfois. ☐ **c.** Jamais.
5. Regardez-vous des films en français ?	☐ **a.** Souvent. ☐ **b.** Parfois. ☐ **c.** Jamais.
6. Écoutez-vous de la musique et/ou la radio françaises ?	☐ **a.** Souvent. ☐ **b.** Parfois. ☐ **c.** Jamais.
7. À votre avis, qu'est-ce qui est important pour bien apprendre et parler une langue ?	☐ **a.** Maîtriser l'intonation et la prononciation. ☐ **b.** Connaître les règles de politesse. ☐ **c.** Connaître les règles d'orthographe. ☐ **d.** Connaître les règles de grammaire. ☐ **e.** Connaître les coutumes du pays. ☐ **f.** Connaître l'art et la littérature du pays. ☐ **g.** Connaître l'histoire du pays. ☐ **h.** Connaître du vocabulaire. ☐ **i.** Autres : ....

B. Reprenez le questionnaire pour interroger un camarade et notez ses réponses.

C. Quelles sont les réponses les plus fréquentes dans la classe ?

3. J'ADORE APPRENDRE UNE NOUVELLE LANGUE

A. Des étudiants nous parlent de leur apprentissage d'une nouvelle langue. Vivez-vous les mêmes expériences ? Relevez les opinions que vous partagez.

APPRENDRE UNE LANGUE, QUE D'ÉMOTIONS !

La classe de langue est un lieu où les émotions débordent : ennui, frustration, impatience, peur du ridicule, anxiété… Mais aussi enthousiasme et empathie. De nombreuses études ont été réalisées pour comprendre comment ces émotions et certaines attitudes (ouverture d'esprit, sens du partage…) influencent l'apprentissage d'une langue étrangère. Voici ce que des étudiants de français ont dit à propos de leur expérience d'apprentissage.

Je suis très timide et **j'ai peur de** parler devant la classe. **Je trouve qu'**une atmosphère détendue est très importante pour apprendre.
Gaspard

Je trouve la prononciation assez difficile, mais **j'adore** écouter parler les Français.
Olga

J'aime beaucoup faire des exercices de phonétique en classe. **C'est très utile !**
Meredith

Je me sens mal à l'aise quand le professeur m'envoie au tableau. Par contre, **j'aime bien** travailler en petit groupe.
Max

Je déteste faire des rédactions. **C'est ennuyeux !**
Veronica

J'ai du mal à prononcer les voyelles nasales. C'est très difficile !
Brenda

J'adore parler une langue étrangère en classe. **J'aime** étudier des langues, on comprend mieux les autres cultures. **Je crois que** c'est important que le professeur nous fasse parler.
Christina

Parfois, **je n'ose pas** prendre la parole parce que **j'ai peur de** me tromper. En fait, **je n'aime pas** être corrigée devant tout le monde.
Emma

Je m'ennuie quand je fais des exercices de grammaire répétitifs ; par contre, **j'aime bien** inventer et jouer des dialogues. **C'est motivant !**
Uwe

Quand je lis un texte, je dois chercher tous les mots dans le dictionnaire. **C'est décourageant ! Je n'arrive pas à** retenir le vocabulaire.
Andrea

Je suis bloquée quand le professeur me pose des questions.
Sakura

B. Expliquez à vos camarades comment vous vous sentez en classe de langue.

- Moi, j'aime beaucoup faire des rédactions ; par contre, je me sens ridicule quand je parle en français.

1 | À la découverte de la langue

4. J'AI APPRIS À CONDUIRE

A. À votre avis, tout le monde peut-il apprendre tout au long de la vie ? Lisez les messages du forum suivant et relevez les opinions et les expériences que vous partagez.

APPRENDRE TOUT AU LONG DE LA VIE

ACCUEIL | ÉTUDIANT | ENTREPRISE | ÉCOLE | INFORMATION | ANNUAIRE | FORUM | M'ENREGISTRER | FAQ | CONNEXION

AUTEUR — PAGE : 1 2 — NOUVEAU ▸ RÉPONDRE ▸

Gertrude
Posté le 9 juillet
Il n'est jamais trop tard pour apprendre… J'ai 75 ans et j'ai appris à utiliser un ordinateur il y a 5 ans quand ma fille est partie en Amérique avec son mari et mes petits-enfants… D'abord, je me suis sentie très mal à l'aise, puis j'ai trouvé ça amusant et, maintenant, j'adore envoyer mon petit message tous les jours.

Pauvre Marmiton
Posté le 9 juillet
Chère Gertrude,
Vous avez appris à utiliser un ordinateur parce que l'absence de votre fille vous en a donné envie, mais moi, mon problème, c'est que je n'ai pas envie du tout d'apprendre à cuisiner parce que je déteste cela ! Je trouve que c'est très ennuyeux ! J'ai parfois essayé de faire une recette facile, mais ça n'a jamais donné de bons résultats.

Sof
Posté le 10 juillet
Je te comprends Pauvre Marmiton ! Moi, j'ai eu la même expérience que toi, mais avec la conduite automobile : j'ai d'abord essayé d'apprendre avec mon père. Une catastrophe ! Puis j'ai suivi des cours pendant des mois et j'ai raté mon permis trois fois ! Le mois dernier, j'ai réessayé avec mon petit ami et… on a failli se séparer ! En fait, quand je me trouve devant un volant, je panique, je suis bloquée…

Mamie 2000
Posté le 11 juillet
Allons un peu de courage et de volonté, jeunes gens ! On n'apprend rien sans effort ! J'ai commencé à apprendre le chinois l'année dernière quand j'ai pris ma retraite…

• Moi, je suis d'accord avec Mamie 2000, apprendre de nouvelles choses, c'est vraiment motivant !

 B. Relevez dans ce forum toutes les formes verbales au passé composé et rappelez la règle de construction.

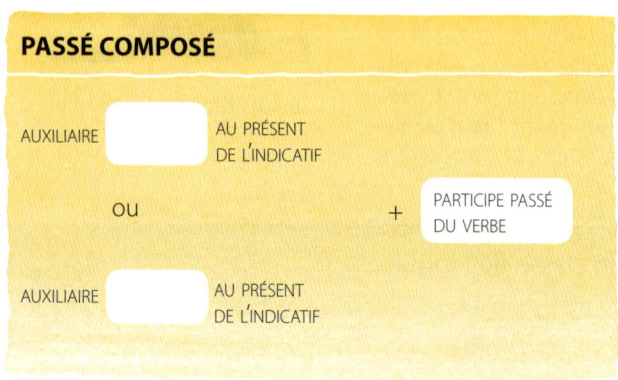

PASSÉ COMPOSÉ

AUXILIAIRE [ ] AU PRÉSENT DE L'INDICATIF

OU + PARTICIPE PASSÉ DU VERBE

AUXILIAIRE [ ] AU PRÉSENT DE L'INDICATIF

 C. Vous rappelez-vous avec quels verbes on utilise les auxiliaires **être** et **avoir** ? Relevez dans ce forum les formes verbales au passé composé qui se construisent…

Avec **être** : ....
Avec **avoir** : ....

D. À votre tour, racontez à vos camarades une expérience d'apprentissage positive ou négative.

• Moi, j'ai essayé 36 fois d'apprendre à jouer au bridge… Pas moyen, trop difficile !

À la découverte de la langue | 1

5. ÉMOTIONS DE PROFS

A. Lisez ce qu'une professeure d'anglais a écrit dans son journal de bord : croyez-vous que votre professeur de français éprouve certaines de ces émotions dans votre classe ? Donnez votre avis.

• Je crois que notre prof de français se sent parfois ridicule quand elle fait le clown pour expliquer le sens d'un mot, par exemple.

B. Relevez les verbes ou expressions qui expriment des sentiments, des émotions ou des difficultés. À quelles expressions correspondent-elles dans votre langue ?

C. Et vous, dans votre vie quotidienne, ressentez-vous ces émotions ?

• Moi, je me sens un peu ridicule quand je dois parler anglais avec des clients américains.

Mardi 17 octobre

Aujourd'hui, troisième semaine avec mes élèves d'anglais langue vivante 1.

J'ai parfois peur de leur donner trop de travail ; pourtant, je pense que c'est important qu'ils pratiquent beaucoup.

Et puis, je me sens ridicule quand je dois faire des grimaces et des gestes pour expliquer un mot. Mes élèves sont gentils, mais je me sens parfois un peu mal à l'aise à faire le clown devant eux... Par contre, aujourd'hui, un de mes élèves qui n'ose jamais prendre la parole a enfin participé à un jeu de rôle et cela m'a rendue très heureuse. J'aime beaucoup quand mes élèves se lancent et osent parler, et surtout quand ils n'ont pas peur de se tromper ! Donc, une journée très positive ! Cela fait du bien après la journée d'hier qui a été difficile... Je déteste quand mes élèves ne parlent pas et j'ai l'impression qu'ils dorment sur leur chaise... Hier, je suis rentrée déprimée à la maison... Mais après une journée comme aujourd'hui, je suis heureuse d'être prof !

6. UN JEUNE, TROIS LANGUES

A. Éric vit dans un milieu plurilingue. Lisez ce qu'il a écrit à ce propos. Connaissez-vous des cas semblables ?

▸ À la maison, mon père **me** parle en français, mais je **lui** réponds en italien. Et, avec mes sœurs, c'est un peu la même chose : mon père **leur** parle en français, mais elles **lui** répondent en italien.

▸ À l'école – je fréquente une école bilingue –, les professeurs **nous** parlent en anglais et en italien. Mais la professeure de français **nous** parle toujours en français. Je me sens un peu ridicule, mais je **lui** réponds en français.

▸ Avec mes copains, c'est l'italien tout le temps, mais parfois je **leur** apprends quelques mots de français.

 B. Observez les mots marqués en gras dans l'activité précédente. Ce sont des pronoms personnels compléments d'objet indirect (COI). Placez-les dans le tableau suivant pour le compléter.

	À moi	À toi	À lui	À elle	À nous	À vous	À eux	À elles
COI		te				vous		

1 | À la découverte de la langue

7. ÇA, C'EST IMPORTANT !

A. Adrien et Capucine, deux amis qui apprennent le russe, échangent leurs opinions sur leur façon d'apprendre une langue étrangère. Lequel des deux dit les phrases suivantes ?

	Adrien	Capucine
S'efforcer de toujours parler en russe, **c'est difficile.**		
Avoir des amis russes pour parler avec eux, **c'est génial**.		
Traduire les textes russes en français, **c'est ennuyeux.**		
Faire une rédaction par semaine, **c'est** très **dur.**		
C'est très **utile de faire** ses propres listes de vocabulaire.		
C'est décourageant de comprendre si peu quand on regarde la télé en russe.		

B. Observez les formes en gras dans l'activité précédente. Dans quelles phrases trouvez-vous la préposition **de** ? Complétez ces deux affirmations avec vos opinions.

1. En cours de français, c'est très dur de...
2. Faire beaucoup d'exercices de grammaire, c'est...

C. Avec un camarade, commentez ce que vous pensez des conseils suivants pour mieux apprendre le français.

facile   difficile   amusant   ennuyeux
utile   stupide   génial   décourageant
important   intéressant

- Consulter des sites sur Internet.
- Apprendre par cœur des listes de vocabulaire.
- Faire beaucoup d'exercices systématiques de grammaire.
- Faire une rédaction par semaine.
- Faire un échange linguistique avec un francophone.
- Lire des livres faciles en français.
- Lire des textes à voix haute.
- S'efforcer de toujours parler en français en classe.
- Passer les écrits au correcteur d'orthographe.
- Regarder des films français en version originale.

• Faire une rédaction par semaine, tu penses que c'est utile pour toi ?

8. C'EST TRÈS « ZUTILE » !

DES SONS ET DES LETTRES

A. Voici quelques paires d'expressions. Comment les prononcez-vous ? Attention aux **s** marqués en gras.

Trè**s** utile	Trè**s** décourageant
De**s** exercices	De**s** textes
Le**s** attitudes	Le**s** traditions
Troi**s** activités	Troi**s** rédactions
No**s** amis	No**s** parents
Me**s** inquiétudes	Me**s** problèmes
Te**s** idées	Te**s** sentiments

B. Écoutez et vérifiez. Quand le **s** final est prononcé, quel son entendez-vous : **s** comme dans **soleil** ou **z** comme dans **zéro** ?

Outils | 1

▲ LES PRONOMS

PRONOMS SUJETS	PRONOMS TONIQUES	PRONOMS COI
je	moi	me
tu	toi	te
il	lui	lui
elle	elle	
nous	nous	nous
vous	vous	vous
ils	eux	leur
elles	elles	

Les pronoms compléments d'objet indirect remplacent un COI connu des interlocuteurs.

- Dans quelle langue Corinne parle à ses enfants ?
- Elle **leur** parle en français, mais le cadet **lui** répond en italien.

*Je **lui** apprends le japonais, comme ça, elle peut lire des mangas.*

*Moi, je **lui** apprends l'anglais, comme ça, elle peut voir des films anglais en v.o.*

▲ PARLER DE FAITS PASSÉS

LE PASSÉ COMPOSÉ

AVOIR OU ÊTRE AU PRÉSENT + PARTICIPE PASSÉ

j'	ai		je	suis	
tu	as		tu	es	parti(e)
il / elle	a	étudié	il / elle	est	
nous	avons		nous	sommes	
vous	avez		vous	êtes	parti(e)(s)
ils / elles	ont		ils / elles	sont	

Tous les verbes au passé composé se forment avec **avoir**, sauf :
- les verbes pronominaux,
- les 15 verbes suivants :

aller	monter	tomber	mourir
arriver	retourner	venir	descendre
entrer	rester	partir	revenir
naître	apparaître	sortir	

 NE + AUXILIAIRE + PAS/JAMAIS… + PARTICIPE PASSÉ

Je **ne** suis **jamais** allé à Paris.

▲ PARLER DES ÉMOTIONS ET DES DIFFICULTÉS

Avoir du mal à + INFINITIF

- J'**ai du mal à** lire à voix basse.

Ne pas arriver à + INFINITIF

- Je **n'arrive pas à** improviser des dialogues.

Se sentir + bien / mal / à l'aise / mal à l'aise / ADJECTIF (triste, ridicule…)

- Je **me sens** ridicule quand je chante en français.

Avoir peur de + INFINITIF

- J'**ai peur de** faire des erreurs.

Ne pas oser + INFINITIF

- Je **n'ose pas** prendre la parole en public.

▲ DONNER SON AVIS

C'est + ADJECTIF + (**de** + INFINITIF)

- La grammaire, **c'est** intéressant !
- **C'est** utile **de** travailler en groupe.

trouver + NOM + ADJECTIF

- Je **trouve** l'orthographe française difficile.

trouver que + PHRASE

- Je **trouve que** la grammaire française est assez facile.

▲ EXPRIMER UNE MOTIVATION

pour + INFINITIF / NOM

- J'étudie le français **pour** voyager.
- J'étudie le français **pour** le plaisir.

parce que + PHRASE

- J'étudie le français **parce que** mon fiancé est français.

1 | Outils en action...

9. TU TIRES OU TU POINTES ?

A. Connaissez-vous ce sport ?

LA PÉTANQUE

La pétanque est un jeu de boules très populaire en France. La plupart des Français pratiquent ou ont pratiqué ce sport en famille ou entre amis, notamment en vacances. Si vous allez dans n'importe quelle ville ou village de France, vous trouverez un boulodrome où les gens de tous les âges se retrouvent pour y jouer.

B. Savez-vous jouer à la pétanque ? Si oui, où et quand avez-vous appris ?

LES MOTS POUR AGIR

- Je joue très bien.
- Je joue assez bien.
- Je ne joue pas très bien.
- Je joue très mal.
- Je n'ai jamais joué.

● Je sais jouer, mais pas très bien. J'ai appris à jouer avec mon grand-père, il y a 10 ans.

C. Dans ces autres activités, quel est votre niveau ? Parlez-en en groupes.

 Skier   Chanter

 Faire du cheval   Danser

 Jouer d'un instrument   Nager

 Conduire   Jouer au baby-foot

● Je joue assez bien au baby-foot. J'ai beaucoup joué avec mes copains de lycée.
○ Moi, je trouve ça génial, mais je joue très mal.

 D. Écoutez Sophie et Pierre parler de leur pratique musicale. Quel est leur niveau ?

Sophie	Elle chante très bien...
Pierre	

10. NOUS SOMMES TOUS POLYGLOTTES

A. Avec quelles langues êtes-vous en contact ? Vous allez élaborer votre propre réseau de langues. Pour chaque domaine choisi parmi les suivants, rédigez une petite biographie linguistique et affective.

- La famille
- Les amis
- Les vacances
- Le travail / les études
- La télévision et le cinéma
- Internet
- La musique et la littérature
- La gastronomie
- Autres…

> DANS MON TRAVAIL, JE PARLE ET J'ÉCRIS LE PLUS SOUVENT EN ANGLAIS. JE VOYAGE BEAUCOUP AU JAPON POUR VOIR DES CLIENTS ET JE COMPRENDS QUELQUES MOTS D'USAGE EN JAPONAIS, MAIS LA PLUPART DU TEMPS JE PARLE ANGLAIS AVEC MES COLLÈGUES ET MES CLIENTS.

B. Montrez votre réseau à vos camarades ; ils peuvent vous poser des questions pour en savoir plus.

- Tu parles anglais avec tes cousins ?
- Oui, j'ai des cousins qui vivent aux États-Unis.

C. Votre classe est sûrement polyglotte. Élaborez le réseau de langues de votre classe.

Découvrez les activités 2.0 sur **versionoriginale.difusion.com**

1 | Regards sur...

LES LANGUES EN EUROPE

« Pour chaque nouvelle langue que tu parles, tu vis une nouvelle vie. Qui ne parle qu'une langue ne vit qu'une fois. »
Proverbe tchèque

On parle environ 6 700 langues dans le monde. Dans l'Union européenne d'aujourd'hui, il y a seulement 23 langues officielles pour 27 pays. Mais, avec l'immigration, beaucoup d'autres langues sont parlées, surtout dans des villes multiculturelles comme Berlin, Bruxelles, Londres ou Paris.

L'Union européenne reconnaît que la langue et l'identité sont très liées car, derrière chaque langue, il y a une culture. Ainsi, elle fait tout pour développer et faire respecter la diversité linguistique, pour promouvoir le multilinguisme et pour aider à la mobilité des étudiants et des professionnels européens.

DU CÔTÉ DES JEUNES

Une langue étrangère est enseignée dès l'école primaire dans de nombreux pays européens. En France, on apprend la plupart du temps l'anglais, mais aussi l'allemand, l'espagnol et l'italien. Au collège, on enseigne deux langues étrangères et des stages gratuits sont organisés dans les lycées pendant les vacances pour que les élèves améliorent leur niveau.

l'auberge espagnole/Cédric Klapisch©Jérôme Plon 2

ON TOURNE !

👁 VIVRE ERASMUS

A. Fiches d'identité de Marianne et de Susana.

Marianne
Nationalité :
Étudie à :
Pays :
Nom du programme :

Susana
Nationalité :
Étudie à :
Pays :
Nom du programme :

B. Étudier en Roumanie

Dans les universités françaises, les étudiants ont cours dans des « amphithéâtres » : avez-vous repéré ce mot en roumain ?

Le français et le roumain font partie de la famille des langues romanes : quelles sont les autres langues de la même famille ?

Regards sur... | 1

À l'université, les étudiants européens peuvent profiter du programme Erasmus pour élargir leurs connaissances culturelles et linguistiques. Ils passent trois mois minimum ou un an maximum dans un autre établissement universitaire européen.

Ce programme existe depuis plus de vingt ans maintenant. Le film *L'auberge espagnole* qui décrit la vie commune de ces étudiants européens à Barcelone a connu un grand succès auprès du public.

> Le multilinguisme est inscrit depuis le début dans le code de l'Union européenne.
>
> Dans la Charte des droits fondamentaux de l'Union, adoptée en 2000, l'article 22 proclame qu'elle respecte la diversité linguistique et l'article 21 interdit toute discrimination fondée sur la langue.

DU CÔTÉ DES ADULTES

Parmi tous les projets de mobilité, il y a le projet Leonardo « Formation Transnationale Europe » qui contribue à développer les compétences professionnelles et linguistiques des demandeurs d'emploi au moyen de placements dans des entreprises européennes. Le candidat suit un cours de formation générale comprenant des modules professionnels, linguistiques et culturels pendant huit semaines, puis des cours de langues intensifs pendant trois à six semaines et enfin effectue un stage de cinq ou six mois dans une entreprise européenne.

11. L'UNION EUROPÉENNE ET LES LANGUES

A. Pouvez-vous compléter certaines informations du texte ? Quels sont les pays actuels de l'Union européenne, quelles sont les langues officielles...

B. Citez deux noms de projets européens de mobilité :

....

C. Dans votre pays, quelles sont les langues officielles ? Quelles langues parle-t-on dans votre ville ? Quelles sont les langues enseignées au primaire et au secondaire ?

....

C. L'argent.
- Les étudiants français
  - montant de la bourse :

  ....
  - du loyer : ....
- Susana :
  - montant de la bourse :

  ....
  - du loyer : ....

D. À votre avis, Erasmus c'est (numérotez de 1 à 5 par ordre d'importance) :
- ☐ beaucoup de travail
- ☐ une expérience unique
- ☐ faire la fête
- ☐ étudier et vivre différemment
- ☐ apprendre une langue étrangère

E. Et chez vous ? Le programme Erasmus existe-t-il ? Sinon, existe-t-il d'autres programmes pour les étudiants ? Comment s'appellent-ils ? À quoi servent-ils ?

vingt-trois | 23

2

Faites comme chez vous !

À la fin de cette unité, nous serons capables de choisir un logement et de l'aménager.

Pour cela, nous allons apprendre à :
- décrire un logement et des objets
- localiser des objets et des meubles
- faire des comparaisons
- exprimer nos préférences
- nommer nos activités quotidiennes

Nous allons utiliser :
- les structures de la comparaison (**plus, moins, aussi, autant que**...)
- les prépositions de lieu
- le pronom **y**
- le lexique de l'habitat
- le lexique des meubles et des objets
- le lexique des matières et des couleurs

Nous allons travailler les points de phonétique suivants :
- l'élision du **e** muet final et la liaison dans les noms composés avec **en / à**

À LOUER

BUNGALOW à louer sur la côte bretonne, entièrement en bois, 30 m^2, grande pièce (salle à manger, salon et cuisine américaine), chambre et salle de bain séparées ; terrasse et jardin.

CHERCHE COLOCATAIRES

CHERCHE COLOCATAIRES dans grand appartement à Paris. Trois chambres, cuisine, salon et salle de bain à partager. 400 euros CC.

VENDU

MAISON de charme dans petit village du Massif central : grande pièce très lumineuse avec cuisine américaine ; trois chambres et salle de bain séparée ; une grande terrasse et 500 m^2 de terrain. Disponible de suite. Contacter l'agence.

TRÈS GRAND CHALET à louer dans les Hautes-Alpes (de juin à septembre). Rez-de-chaussée : grande cuisine équipée, buanderie, salle à manger, salon et bureau ; étage 1 : 4 chambres, 2 salles de bain ; étage 2 : 2 grandes chambres avec douche.

STUDIO à louer, complètement rénové et meublé (30 m^2) à Montpellier, très lumineux et confortable ; cuisine américaine, salle de bain à part. 450 euros CC. Contactez l'agence.

CAMPING-CAR à louer pour 2 à 4 personnes : 2 x 2 lits superposés, cuisine et coin à manger, coin douche, wc.

CABANE DANS LES ARBRES à louer, vacances exceptionnelles dans la forêt de Fontainebleau ! Confort assuré dans pièce unique (+ coin douche/wc).

PÉNICHE d'artiste à vendre, complètement aménagée : salle de séjour, cuisine équipée, deux chambres, salle de bain.

Premier contact

1. DISPONIBLE TOUT DE SUITE
A. Regardez ces photos : où aimeriez-vous vivre ?

- dans un camping-car
- dans un studio
- sur une péniche
- dans un chalet
- dans un appartement
- dans un bungalow
- dans un chalet
- dans une cabane dans les arbres
- dans une maison

• J'aimerais vivre dans une cabane dans les arbres.

B. Ces types de logement existent-ils aussi dans votre pays ?

• Chez moi, il y a aussi des chalets, mais il n'y a pas de péniches.

2 | Textes et contextes

2. RÉNOVATION ET AMÉNAGEMENT

A. Grégory et Laura viennent d'acheter un appartement à Bruxelles. Il est commercial et elle travaille à la maison comme traductrice. Ils souhaitent faire des travaux et ont reçu trois propositions. Observez les différentes options et dessinez le troisième plan.

 B. Écoutez la discussion entre Grégory et Laura : quel plan de rénovation choisissent-ils ? Pourquoi ?

C. Quelle proposition préférez-vous ? Pourquoi ? Discutez-en en groupes. Quelle est l'option préférée de la classe ?

- Moi, je préfère l'option 3. Il y a beaucoup de lumière et beaucoup d'espace.

PLAN ORIGINAL

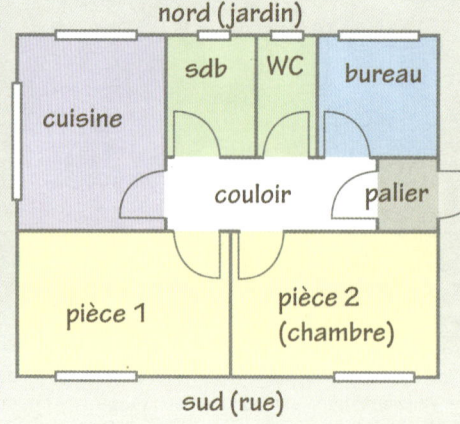

60 m²

À l'arrière (orientation nord, côté jardin) : une cuisine, une salle de bain, les WC et un bureau.

À l'avant (orientation sud, côté rue) : une salle de séjour et une chambre.

Au milieu : un petit couloir.

OPTION 1

À l'arrière (orientation nord, côté jardin) : une chambre, une grande salle de bain / WC et une cuisine.

À l'avant (orientation sud, côté rue) : un grand living (salon + salle à manger) communiquant directement avec la cuisine (sans porte).

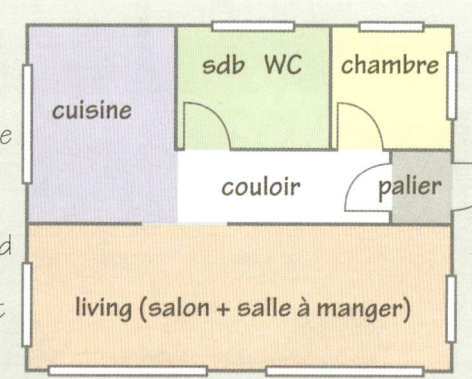

OPTION 2

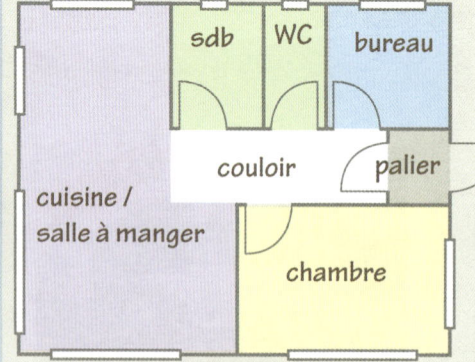

À l'arrière (orientation nord, côté jardin) : une salle de bain, les WC, un bureau et une cuisine / salle à manger qui donne aussi au sud.

À l'avant (orientation sud, côté rue) : une chambre.

OPTION 3

À l'arrière (orientation nord, côté jardin) : une chambre, une salle de bain et des WC.

À l'avant (orientation sud, côté rue) : un espace de vie qui comprend une immense salle donnant sur la rue (au sud) et comprenant aussi la cuisine qui donne sur le nord.

Textes et contextes | 2

D. Grégory et Laura ont un budget de 1000 euros pour aménager leur appartement. Aidez-les à choisir dans le catalogue en tenant compte de l'option d'aménagement qu'ils ont choisie.

LITS
1. **Lit COSY, 230 euros**
2 couchages, bois, marron
2. **Lit CRAZY, 199 euros**
2 couchages, en acier, gris
3. **Lit YOKO, 250 euros**
2 couchages, contreplaqué, blanc

LAMPES
4. **Lampe TANIA, 19 euros**
structure et socle en fer, orange
5. **Lampe PAIMPOL, 45 euros**
céramique
6. **Lampe METALIC, 22 euros**
structure métal, teinte grise

CHAISES
1. **Chaise LAPA, 29 euros**
chaise en plastique, rouge
2. **Chaise SOLO, 25 euros**
chaise en acier, dossier et plateau en tissu, teinte noire
3. **Chaise RUSTIC, 36 euros**
chaise en bois, teinte naturelle

COMMODES
4. **Commode ROLO, 245 euros**
commode à 6 tiroirs en bois, teinte naturelle
5. **Commode LUM, 299 euros**
commode à 2 tiroirs en bois
6. **Commode LUCA, 245 euros**
commode fantaisie en bois, teinte grise

CANAPÉS
7. **Canapé CLASS, 550 euros**
canapé 3 places, en cuir noir
8. **Canapé FUN, 340 euros**
canapé convertible 3 places, structure métallique et coussins en mousse, marron
9. **Canapé LOTUS, 320 euros**
canapé 2 places, rouge

ARMOIRES
10. **ARMOIRE LIP, 890 euros**
armoire 6 portes, 2 miroirs, en bois
11. **ARMOIRE ORLY, 390 euros**
armoire 2 portes, en bois, teinte noire
12. **ARMOIRE YOKO, 230 euros**
armoire 3 portes, 1 miroir et 5 étagères, en contreplaqué

• La chaise en plastique rouge à 29 euros, le lit Cosy à 230 euros…

E. Commentez votre liste à un camarade et écoutez-le à son tour.

• Bon, eh bien, moi, j'ai choisi la lampe orange à 19 euros.

F. Dans la classe, qui dépense le moins pour bien aménager l'appartement ?

• Helena dépense plus que moi : pour quatre achats, elle dépense 862 euros.

2 | À la découverte de la langue

3. ON Y FAIT DES RÊVES

A. Devinez quelle pièce désigne chaque devinette.

- On y prépare à manger, on y déjeune…
- On y dort ; on peut aussi y lire, y faire la sieste, y faire de doux rêves…
- On s'y lave, on s'y maquille, on s'y douche…
- On y regarde la télévision, on y reçoit des amis, on y joue avec les enfants, on s'y repose…
- On y gare la voiture, mais on y range aussi de vieux objets, des outils…
- On y travaille, on y utilise l'ordinateur, on y étudie…
- On y plante des fleurs ou des arbres, on y passe la tondeuse, on y prend le soleil…

B. Et vous, dans quel endroit faites-vous chacune des activités de l'exercice A ? Parlez-en avec un camarade.

- Moi, normalement, j'étudie dans ma chambre. Et toi ?
- Ça dépend. Parfois dans ma chambre, parfois…

C. Observez maintenant les phrases suivantes. À quel substantif de la question renvoie le **y** de la réponse ?

- Tu connais les Antilles ?
- Oui, j'y suis allé en vacances l'année dernière.
  y ▶ aux Antilles
- Tu es allé à la banque ?
- Oui, j'y suis allé ce matin.
  y ▶
- Jonathan est à la bibliothèque ?
- Oui, il y est depuis ce matin.
  y ▶

D. Préparez cinq devinettes qui évoquent des lieux (de votre logement, de votre quartier, de l'école…) et posez-les à un camarade.

- On y nage.
- La piscine !

4. LA CHAMBRE DE LÉO

A. Voici les descriptions de deux chambres. Indiquez à quel dessin (1 ou 2) renvoie chacune des phrases suivantes.

1. Il y a un lit à droite de la pièce.	1
2. Il y a un miroir à côté de la fenêtre.	
3. Il y a des tableaux au-dessus de la table.	
4. On trouve une armoire à gauche au fond de la pièce.	
5. Il y a une chaise sous le miroir.	
6. On aperçoit une étagère au-dessus du lit.	
7. Il y a une table à droite de la pièce.	
8. Il y a des livres sur le bureau.	
9. Il y a un petit tapis au milieu de la chambre.	
10. Il y a une fenêtre ouverte au fond de la pièce.	

B. À votre tour, décrivez votre chambre à un camarade ; il devra en faire le plan.

À la découverte de la langue | 2

5. LOGEMENTS DE VACANCES

A. Lisez le forum suivant et donnez votre avis. Avec quelles opinions êtes-vous d'accord ?

LES LOGEMENTS DE VACANCES

CAMPING, LOCATION OU HÔTEL ? COMMENT VOUS LOGEZ-VOUS EN VACANCES ?

L'hôtel est presque toujours **plus** cher **que** la location ou le camping... Louer un appartement offre **plus de** liberté et d'indépendance **que** les autres options... Et le camping est évidemment **moins** confortable **que** l'hôtel, mais... Quel est votre choix ?

DERNIERS AVIS :

Posté à 14:25 | Auteur : Charles, 44 ans
Moi, je préfère de loin la location. Nous voyageons à quatre : ma femme, mes deux enfants et moi, et, pour nous, c'est la solution parfaite. Ça offre **moins de** services **que** l'hôtel, c'est vrai, mais rester dans un appartement permet de dépenser moins d'argent et de rester plus longtemps en vacances. En plus, les enfants aiment l'appartement beaucoup **plus que** l'hôtel.
RÉPONDRE

Posté à 16:31 | Auteur : Sophie, 28 ans
Je suis pour le camping : c'est beaucoup **plus** convivial **que** l'hôtel et si vous êtes bien équipé, ça peut être **aussi** confortable **qu'**un appartement... et c'est génial pour se faire de nouveaux amis !
RÉPONDRE

Posté à 17:08 | Auteur : Anne, 35 ans
Moi, je préfère l'hôtel ou la location, mais ça dépend de l'établissement. Aujourd'hui, les bons appartements offrent **autant** de services **qu'**un hôtel, mais j'aime bien l'ambiance des hôtels, surtout quand ils sont très modernes ou ont beaucoup de caractère.
RÉPONDRE

Posté à 19:48 | Auteur : Léo, 19 ans
Moi, j'ai 19 ans et je déteste les hôtels **autant que** les appartements... Mon option : le camping sauvage. C'est la vraie aventure ! Sinon, quand je vais dans une grande ville, les auberges de jeunesse sont la bonne solution : tu dépenses beaucoup **moins que** dans un hôtel et tu es dans le centre ville.
RÉPONDRE

• Moi, je préfère le camping : on est plus libre.

B. Relevez les mots en gras dans les textes ci-dessus : ce sont les structures utilisées en français pour la comparaison. Placez-les dans le tableau suivant.

	Comparer des adjectifs	Comparer des noms	Comparer des verbes
Supériorité +	**plus** + ADJECTIF + **que** plus cher que...	**plus de** + NOM + **que** + NOM	VERBE + **plus que** + NOM
Infériorité −	**moins** + ADJECTIF + **que**	⬚ + NOM + ⬚ + NOM	VERBE + ⬚ + NOM
Égalité =	⬚ + ADJECTIF + ⬚	⬚ + NOM + ⬚ + NOM	VERBE + ⬚ + NOM

2 | À la découverte de la langue

6. DES OBJETS DÉLIRANTS

A. Écrivez le nom ou la description de chaque table.

....

....

....

....

....

TABLE

....

....

....

....

....

....

à roulettes   rouge   basse   en verre
en bois   à repasser   de jardin
à langer   de ping-pong   à rallonges

 B. Avec quelle préposition introduit-on généralement… ?

une précision…
• de matière :
• de fonction, d'usage :   ou
• d'accessoire :
• de lieu :

C. Utilisez ces différentes possibilités de compléter un nom pour distinguer différents lits.

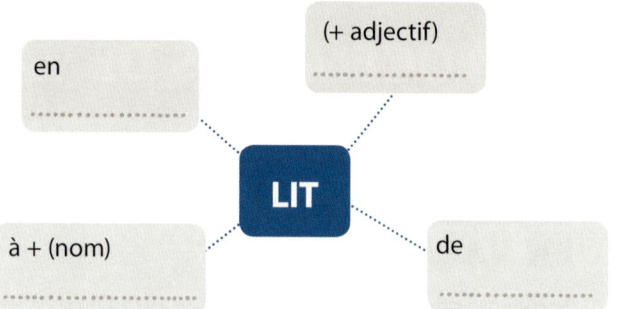

en   (+ adjectif)

LIT

à + (nom)   de

D. Laissez maintenant libre cours à votre imagination et inventez des objets délirants.

Un lit de jardin à roulettes et à rallonges.

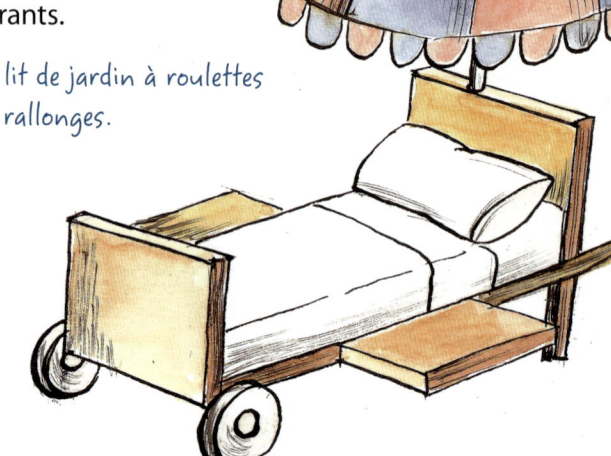

7. UNE CHAISE EN BOIS

DES SONS ET DES LETTRES

 Piste 07

A. Écoutez ces expressions. Répétez-les.

Une chaise en bois blanc.
Une table à roulettes.
Un canapé en cuir noir.

B. Séparez ces expressions en syllabes prononcées.

UNECHAISEENBOISBLANC.
UNETABLEÀROULETTES.
UNCANAPÉENCUIRNOIR.

Outils | 2

▲ LES PRÉPOSITIONS DE LIEU

Il y a un fauteuil **à droite**.
Il y a un canapé **à gauche**.
Il y a une étagère **au-dessus du** canapé.
Il y a une télévision **en face du** canapé.
Il y a une armoire **au fond de** la pièce.
Il y a une fenêtre **à côté de** l'armoire.
Il y a une table **au milieu de** la pièce.
Il y a quatre chaises **autour de** la table.
Il y a un tapis **sous** la table.
Il y a des fleurs **sur** la table.
Il y a une plante **devant** la fenêtre.
Il y a un coffre-fort **derrière** un tableau.

▲ LES NOMS COMPOSÉS AVEC PRÉPOSITION

en + matière :
métal, bois, verre, plastique, fer, carton, toile, papier…
une chaise **en** bois, une table **en** plastique…

à + verbe (fonction) :
une table **à** langer, **à** repasser…

NOM

à + nom (accessoire) :
une table **à** roulettes, **à** rallonges

de + nom (domaine / lieu) :
un lit **d'**hôpital, une table **de** nuit…

▲ LA COMPARAISON

ÉGALITÉ

aussi + ADJECTIF + **que**
Ton studio est **aussi** cher **que** mon appartement.

autant de + NOM + **que**
Tu as **autant d'**espace **que** moi dans ton appartement.

VERBE + **autant que**
Tu as dépensé **autant que** moi.

SUPÉRIORITÉ

plus + ADJECTIF + **que**
Mon appartement est **plus** grand **que** ton studio.

plus de + NOM + **que**
Anne a **plus d'**espace **que** Pierre dans son appartement.

VERBE + **plus que**
J'ai dépensé **plus que** toi.

 Mon appartement est plus bien que ton studio.
▶ Mon appartement est **mieux** que le tien.

INFÉRIORITÉ

moins + ADJECTIF + **que**
Mon studio **est** moins **cher** que ton appartement.

moins de + NOM + **que**
J'ai **moins d'**espace **que** toi dans mon appartement.

VERBE + **moins que**
J'ai travaillé **moins que** toi.

▲ LE PRONOM Y

Y est un pronom qui remplace un groupe nominal introduit par **à, chez, dans, en, sur**.

Tu vas à la piscine jeudi ?
Oui, j'**y** vais ; et toi ?

Tu vis en France maintenant ?
Oui, j'**y** vis déjà depuis plus d'un an.

Tu habites chez ta mère ?
Oui, tu sais, j'**y** suis bien !

trente et un | 31

2 | Outils en action...

8. MON ENDROIT FAVORI

A. Écoutez quatre amis parler de leur endroit favori dans leur logement et complétez le tableau.

Piste 08

	Lieu favori	Raisons et / ou activités
Sonia et Patrick		
Mélanie et Luc		

B. Quel est votre endroit favori chez vous ? Pourquoi ? Parlez-en avec un camarade.

• Moi, mon endroit préféré, c'est dans mon hamac, dans mon jardin.

C. Quels sont les endroits préférés de votre classe ?

9. PETITES ANNONCES

A. Louer un logement à Paris est très difficile et souvent les Français partent vivre à l'extérieur. Consultez les petites annonces suivantes et donnez votre avis. Comparez avec les prix dans votre ville.

LOCATION APPARTEMENT

STUDIO

Val d'Oise

LOUE ARGENTEUIL CTRE studio, 30 m², cour, tt confort, loyer 465€, Tél. 01.45.11.10.90 mardi au samedi.

95-L'ISLE ADAM CTRE VILLE studio + PETITE CHAMBRE rdc., 30 m², loy. 580€ CC. Tél. 01.34.20.91.10

MENUCOURT, STUDIO MEUBLÉ et jardin avec accès indépendant, 550€ CC. Tél. 06.62.35.38.84

F1

Oise

BORAN F1 1er étage, libre le 15/01, loyer 460€ + 24€ charges. Tél. 01.34.70.13.15

Val d'Oise

ST BRICE SUR FORET F1 NEUF, park. 530€, Tél. 06.62.47.06.20

F2

Oise

CREIL LOUE F2 45 m², petite cour commune, cuis. séparée loyer 480€ CC, Tél. 06.88.00.09.11

CHANTILLY F2, libre, calme, tsse. 660€ CC. Tél. 06.98.75.77.23

CINQUEUX TOUS COMMERCES F2 RDC. 50 m², sam., cuis., chbre., sdb., wc, débarras, 570€. Tél. 06.08.89.49.22

60-CHAMBLY DANS RÉSIDENCE F2, jard., place park. interphone. Libre courant janvier. Loy. 750€ + 50€. Tél. 01.34.70.99.19

60-MAIGNELAY, 7KM ST JUST, F2, 50 m², résid. très calme : sam., coin cuis., 1 ch., sdb. avec douche et wc, place park., 530€/mois CC, libre. Tél. 06.77.37.32.77

F3

Val d'Oise

AUVERS cuis. équip., park., loyer 700€. 06.14.34.70.79

ST OUEN L'AUMONE F3 au 2e ét., asc. cuis. sdb/wc cave grenier. 625€ CC. Tél. 01.30.38.55.14 ou 06.74.18.52.88

LOUE BORNEL CENTRE 60 Proche gare, F3 duplex, park., libre le 01.02. Loyer 700€ CC. Tél. 01.34.69.18.54

Oise

COMPIÈGNE ST Côme, F3, 65 m² neuf, tsse, 2 park. couverts et sécurisés, 750€. Tél. 06.48.41.07.22

CRAMOISY DUPLEX F3, park. 2 voitures, cour fermée, 650€ + 45€ charges, libre mi fév. Tél. 03.44.25.10.35

F4

Val d'Oise

LOUE L'ISLE ADAM CENTRE F4, 3 ch., 2 sdb., loyer 820€ (eau + chauffage compris). Libre le 15/01. Tél. 01.34.69.22.34

BEAUMONT F3, emplacement park., jard. Loy. 620€ + 120€ charges. Tél. 01.34.70.97.19

Yvelines

ACHÈRES APPARTEMENT NEUF 4 pièces, 79 m², au 4e, cave, 2 park., 1150€/mois. Tél. 01.30.27.90.63

F5

Val d'Oise

F5 DUPLEX 98 m², 2 ét., au fond d'une impasse, 3 ch., 2 sdb., cuis. meublée, park., 1500€ CC. Tél. 06.07.67.70.35

F4 : 4 pièces (3 ch.+ 1 sam.)
ch. ou **chbre. :** chambre
sdb. : salle de bain
cuis. : cuisine
sam. : salle à manger
WC : toilettes
park. : parking
tsse : terrasse
jard. : jardin
rdc. : rez-de-chaussée
asc. : ascenseur
ét. : étage
loy. 600 € CC : loyer 600 € charges comprises

B. Rédigez une petite annonce pour louer votre logement actuel. Puis trouvez s'il y a quelqu'un d'intéressé dans la classe.

et tâches | 2

10. UN MOIS À LYON

A. Une école de langues a invité votre groupe à séjourner pendant un mois à Lyon pour perfectionner votre français. L'école dispose de deux appartements et de différents meubles. Par groupes de 4, choisissez le logement qui vous plaît le plus.

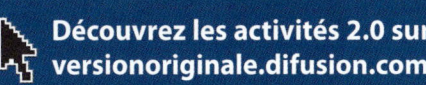

Découvrez les activités 2.0 sur versionoriginale.difusion.com

logement 1 :
2 grandes chambres,
2 salles de bain,
une cuisine, un salon
et un jardin.

logement 2 :
3 petites chambres
et une grande
chambre, une salle de
bain, une grande salle
qui fait cuisine/salle à
manger et un balcon.

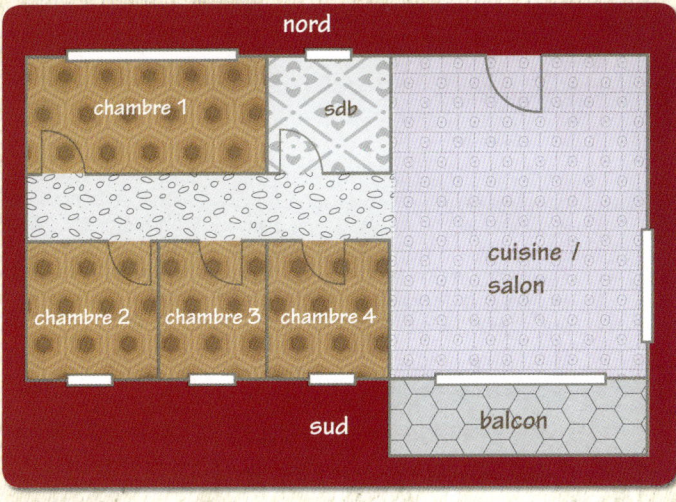

B. Par quatre, choisissez comment vous vous partagez l'espace et aménagez-le. De quels meubles avez-vous besoin ? Puis, dessinez un plan qui vous aidera à présenter vos idées aux autres.

C. Présentez ensuite oralement vos décisions à la classe. Votre classe devra choisir les deux meilleurs projets et les présenter au directeur de l'école.

- Nathalie et moi, nous allons dormir dans la chambre côté nord et les garçons dans celle côté sud.
- Avez-vous prévu un endroit pour étudier ?

2 | Regards sur...

LE BONHEUR EST-IL DANS LE PRÉ ?

Dans les années 70 déjà, de nombreux citadins sont partis s'installer à la campagne, souvent du jour au lendemain, sans projet vraiment défini. La réussite et le bonheur n'ont pas toujours été au rendez-vous... Aujourd'hui encore, de nombreux habitants des grandes villes rêvent de nature. Pour éviter les échecs, il existe en France, depuis une dizaine d'années, une « politique d'accueil » pour aider les personnes à s'installer en zone rurale et à y réaliser leur projet.

AIRDECAMPAGNE.VO

Enfin installés
LE 20 SEPTEMBRE À 16:56

Nous sommes une famille parisienne : mon mari et moi, 45 et 44 ans, 2 enfants. Nous voulions quitter Paris depuis longtemps pour ouvrir une maison d'hôtes à la campagne, mais nous avons pris notre décision il y a 2 ans seulement. Alors nous avons commencé les démarches : choisir la région, contacter le Conseil régional, trouver la maison qui correspond à notre projet, organiser le déménagement... Les démarches n'ont pas toujours été faciles ! Mais maintenant nous avons notre maison dans un charmant petit village de l'Allier et nous avons reçu nos premiers clients. Nous sommes vraiment contents d'avoir quitté Paris !!!

VOIR LES COMMENTAIRES   COMMENTER

Retour
28 OCTOBRE 10:12

Je suis née dans le Jura, de parents agriculteurs. J'ai quitté mon village pour faire des études de graphisme et travailler à Lyon (métro, bruit, stress...). Après 2 ans comme webdesigner, j'ai décidé de tout quitter. Maintenant, je vis dans un village très sympa du Béarn. Mon atelier de vannerie dans une ferme pédagogique marche super bien. Finalement, je suis revenue à la vie de mes ancêtres : travailler de mes mains et être proche de la nature et de la terre ! Quel bonheur !!!

VOIR LES COMMENTAIRES   COMMENTER

La biomasse, c'est le futur !
23 DÉCEMBRE 00:12

Certains pensent que je suis fou, moi, je pense que c'est génial ! Génial d'utiliser les déchets organiques (le bois, la paille) pour les transformer en énergie ! Je suis donc parti de Lyon pour lancer la biomasse dans un village d'Ardèche.

Grâce au maire du village qui a cru en moi et au soutien de copains aussi fous que moi, aujourd'hui, 75 % du village est alimenté par la chaufferie collective à bois.

VOIR LES COMMENTAIRES   COMMENTER

Regards sur... | 2

L'EXODE URBAIN AU CINÉMA ET EN MUSIQUE

Une hirondelle a fait le printemps, Christian Carion, (2001)
Sandrine, 30 ans, informaticienne, rêve depuis toujours de devenir agricultrice dans les Alpes. Après deux ans de formation, elle achète une ferme à un vieux paysan. Mais la Parisienne et le vieux paysan grognon doivent cohabiter... et affronter les difficultés de la vie paysanne.

Le Bonheur est dans le Pré, Étienne Chatiliez (1995)
« Le bonheur est dans le pré, cours-y vite, cours-y vite, le bonheur est dans le pré, cours-y vite, il va filer. » Le héros du film suit les conseils du poème de Paul Fort pour échapper à la mort, aux employées de son usine, à sa femme et à sa fille...

« ... J'ai tout laissé dans mon bel appartement
Un genre de loft du 11e arrondissement
Pour m'en retourner à la terre
Pour m'en retourner à la terre
J'ai quelques chèvres, des canards et des agneaux
J'fais du fromage, du foie gras et du vin bio... »
                      Juliette, *Retour à la nature*, 2002

« ... Si tu es né dans une cité HLM
Je te dédicace ce poème
En espérant qu'au fond de tes yeux ternes
Tu puisses y voir un petit brin d'herbe
Et les « mans* » faut faire la part des choses
Il est grand temps de faire une pause
De troquer cette vie morose
Contre le parfum d'une rose... »
*hommes
                  Tryo, *L'hymne de nos campagnes*, 1997

11. RETOUR AUX SOURCES

A. Selon les documents, que recherchent les gens en partant vivre à la campagne ?

B. Et chez vous ? Beaucoup de gens vivent-ils à la campagne ?

ON TOURNE !

CHANGER DE VIE

A. L'environnement de Bernard.

Où habite-t-il ?
☐ en ville ☐ à la montagne
☐ à la campagne ☐ dans un immeuble
☐ dans une ferme ☐ dans une maison

Dans quelle région vit-il ?
☐ en Provence ☐ dans les Alpes ☐ dans les Cévennes

Quels animaux apparaissent à l'écran ?
☐ un chat ☐ des moutons ☐ des chèvres

Quelles pièces apparaissent à l'écran ?
☐ la cuisine ☐ le salon ☐ la bergerie ☐ la fromagerie

B. La vie de Bernard.

Âge : ....
Nom de sa compagne : ....
Villes où il a habité : 1. ....
                     2. ....
Ses métiers : 1. .... 2. ....

C. Le travail de Bernard.

Nombre de bêtes au départ : ....
La fabrication des fromages représente .... de son revenu.
Mois de la traite : ....
Durée de la traite : le matin : .... le soir : ....

D. Bernard se sent-il isolé ? Pourquoi ?

Entraînement à l'examen du DELF A2

Lors de ces épreuves de compréhension des écrits, vous allez répondre à des questions de compréhension qui portent sur des documents courts ayant trait à des situations de la vie quotidienne.

25 points

QUELQUES CONSEILS POUR L'EXAMEN

- Essayez d'abord de reconnaître le type de document qu'on vous propose (gros titres de journaux, articles de presse, formulaires publicitaires ou administratifs, panneaux, courriels…). Pour cela, observez sa présentation : format, organisation du texte, titres, etc.
- Pour gagner du temps, lisez d'abord attentivement les questions avant de lire le document.
- On ne vous demande pas de tout comprendre : vous devez trouver une information bien précise et seulement cette information-là. Ne vous préoccupez pas du reste !
- Pour répondre rapidement, repérez le mot-clé de la question : **qui, où, quel, combien…**

EXERCICE 1
Lisez et identifiez chaque annonce.

Il s'agit d'une annonce pour…
- ☐ louer un appartement.
- ☐ partager un appartement.
- ☐ un emploi.
- ☐ vendre un meuble.
- ☐ un cours à domicile.

1. JOB INTERNET À DOMICILE
Offre de travail à domicile. Accessible à tous avec un ordinateur. Démarrez tout de suite sur le site : http://www.lejobadomicile.vo

2. Votre enfant trouve les mathématiques trop difficiles ? Il a du mal à faire ses devoirs de sciences ? Je peux l'aider. Ancien professeur de l'Éducation nationale aujourd'hui spécialisé dans le soutien scolaire, je propose des cours de mathématiques et de sciences naturelles de la 4e à la terminale. Je me déplace à domicile. Vous pouvez me contacter au 06.19.71.25.48.

3. Salut,
Je m'appelle Anthony, j'ai 21 ans, je suis étudiant en école de commerce.
J'occupe actuellement un appart meublé de deux chambres proche de la gare Montparnasse, l'appart est agréable et bien situé. Je recherche une personne sympa pour le partager. Le loyer demandé est de 350 euros par mois.

4. STUDIOS À LOUER
De 410€ à 480€ HC (selon surface : 18 à 21 m²). À cinq minutes à pied de la gare. Quartier calme. Immeuble de caractère (ancienne ferme rénovée). Non meublé mais : kitchenette avec frigo, plaques électriques, four micro-ondes + armoire toilette et placard rangement.

5. Lit 2 personnes, 300 euros, en bois et fer forgé, 140x190, avec matelas. Acheté 650 euros, très peu servi !! Vous pouvez me contacter au 06.87.71.25.48.

Compréhension des écrits

EXERCICE 2
Lisez ce document puis répondez aux questions.

JOB ÉTUDIANTS

Guides au Château, rémunérés et logés + pourboires, postuler avant le 01-03
Employeur : Château de Foix
10 postes

Mission
Si vous êtes intéressé(e) par une expérience de guidage au Château de Foix pour la prochaine saison estivale, voici les conditions à remplir pour présenter votre candidature à l'Association pour la Gestion et la Restauration du Château de Foix.

Profil
Vous êtes étudiants en histoire de l'art, en langues ou en tourisme, vous souhaitez acquérir une bonne expérience sur le terrain en matière de guidage de façon à enrichir votre curriculum vitæ, vous parlez l'anglais couramment et vous acceptez de participer à un stage de formation de deux jours pendant les vacances de Pâques.

Période
Adressez, pour le 1er mars au plus tard, une lettre de motivation, votre CV et vos disponibilités (un mois minimum entre le 15 juin et le 30 septembre).

Rémunération
11,50 €/jour + pourboires. Logement gratuit à proximité.

Postuler
- Par courrier :
  Château de Foix - 09400 Tarascon-sur-Ariège
- Par e-mail :
  contact@chfoix.vo
- Par fax :
  05 61 05 00 00
- Par téléphone :
  05 61 05 00 01

1. Ce document est…
☐ un message publicitaire.
☐ une offre d'emploi.
☐ une lettre amicale.

2. L'offre d'emploi s'adresse…
☐ à tout le monde.
☐ à des étudiants.
☐ à des femmes.

3. Pour présenter sa candidature, il faut…
☐ savoir conduire.
☐ avoir des connaissances en langues étrangères.
☐ habiter la région.

4. Cochez la bonne réponse et citez un passage pour justifier votre réponse.
Les candidats retenus sont logés gratuitement.
☐ Oui.
☐ Non.
Justification : ....

Les candidats retenus peuvent suivre une formation facultative de trois jours.
☐ Oui.
☐ Non.
Justification : ....

Journal d'apprentissage

AUTOÉVALUATION

1. Compétences visées dans les unités 1 et 2	Je suis capable de…	J'éprouve des difficultés à…	Je ne suis pas encore capable de…	Exemples
exprimer des émotions et des difficultés				
parler de faits passés				
donner mon avis avec **c'est** + adjectif et **je trouve que…**				
décrire des objets de la vie quotidienne				
comparer avec **plus, moins, aussi, autant…**				
exprimer mes préférences				
nommer mes activités quotidiennes				

2. Connaissances visées dans les unités 1 et 2	Je connais et j'utilise facilement…	Je connais mais n'utilise pas facilement…	Je ne connais pas encore…
le passé composé			
les pronoms COI : **me, te, lui…**			
le lexique lié aux émotions			
les prépositions de lieu : **au milieu, au-dessus, en face, au fond…**			
le pronom **y**			
le lexique des pièces de la maison			
les noms composés avec prépositions			
le lexique des matières et des couleurs			

Unités **1** et **2**

BILAN

Mon usage actuel du français	☀	⛅	☁	☁☁
quand je lis				
quand j'écoute				
quand je parle				
quand j'écris				
quand je réalise les tâches				

Ma connaissance actuelle	☀	⛅	☁	☁☁
de la grammaire				
du vocabulaire				
de la prononciation et de l'orthographe				
de la culture				

À ce stade, mes points forts sont : ....

....

À ce stade, mes difficultés sont : ....

....

Des idées pour améliorer	en classe	à l'extérieur (chez moi, dans la rue...)
mon vocabulaire		
ma grammaire		
ma prononciation et mon orthographe		
ma pratique de la lecture		
ma pratique de l'écoute		
mes productions orales		
mes productions écrites		

Si vous le souhaitez, discutez-en avec vos camarades.

3

Bien dans sa peau

À la fin de cette unité, nous serons capables d'organiser un forum d'échange de conseils.

Pour cela, nous allons apprendre à :
- parler de notre santé : décrire des douleurs et des symptômes
- demander et donner des conseils
- donner des instructions
- exprimer notre point de vue (2)

Nous allons utiliser :
- l'impératif
- le lexique du corps et de la santé
- le lexique d'Internet

Nous allons travailler le point de phonétique suivant :
- les courbes mélodiques

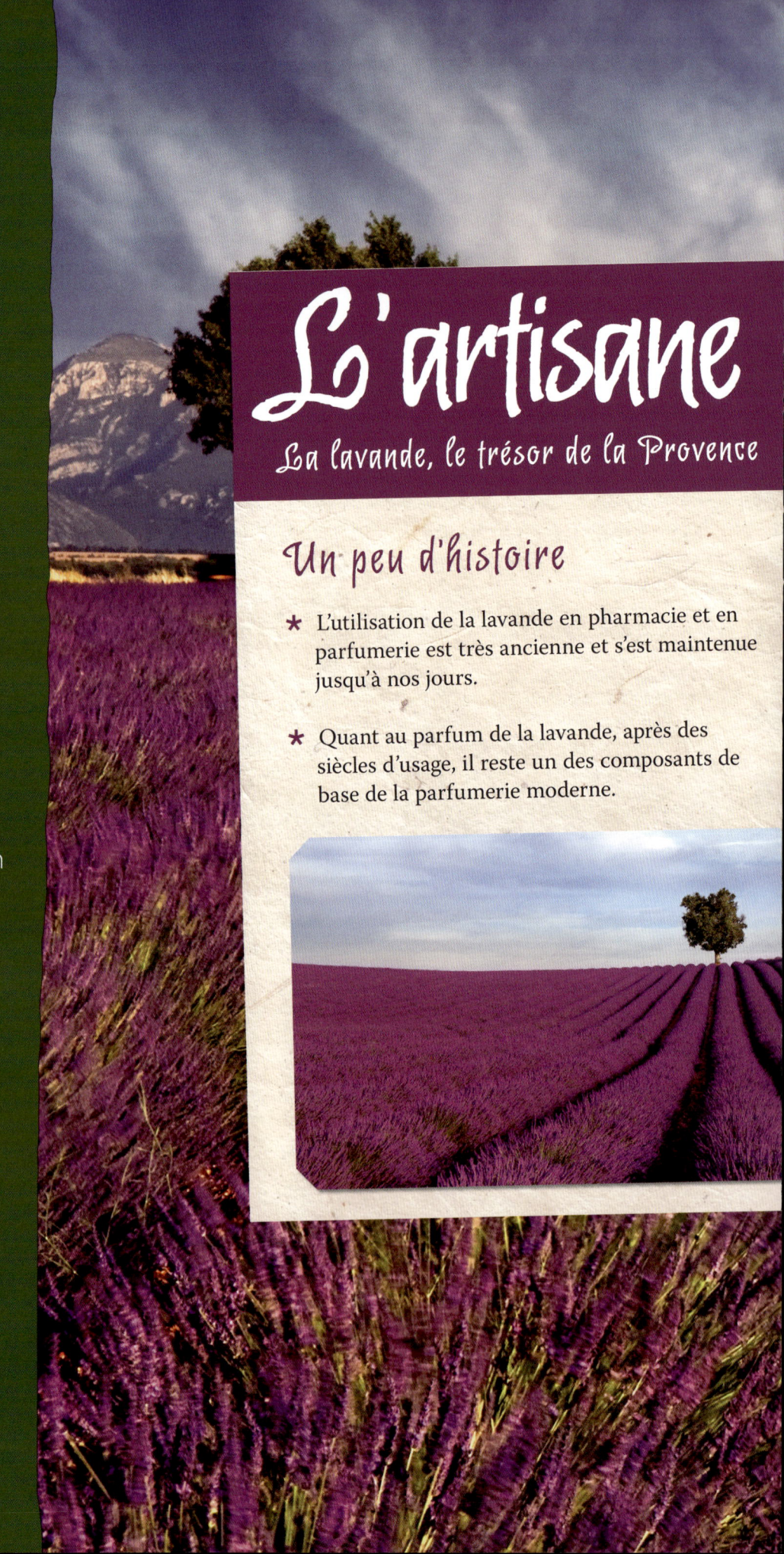

L'artisane
La lavande, le trésor de la Provence

Un peu d'histoire

* L'utilisation de la lavande en pharmacie et en parfumerie est très ancienne et s'est maintenue jusqu'à nos jours.

* Quant au parfum de la lavande, après des siècles d'usage, il reste un des composants de base de la parfumerie moderne.

Nos produits

HUILE ESSENTIELLE DE LAVANDE

Propriétés : une huile essentielle de lavande 100 % pure et naturelle, très appréciée pour ses vertus antiseptiques et pour son délicieux parfum. Elle a un grand pouvoir relaxant et anti-stress.

Utilisations : rhume, mal de gorge, petites plaies ou brûlures, piqûres d'insectes, insomnie, problèmes de peau.

BAUME APRÈS-RASAGE

Une émulsion hydratante qui apporte fraîcheur et douceur pour calmer le feu du rasage. Chaque jour, votre peau est nette et fraîche.

SAVON À LA LAVANDE

Un savon sans colorant qui respecte la nature de votre peau. Son parfum est relaxant et frais. Il produit une mousse compacte et très douce.

Premier contact

1. AU SOLEIL DU MIDI

A. Regardez ce paysage. Que vous évoque-t-il ? À quelle région de France appartient-il ? Où se trouve-t-elle ?

B. Lisez la brochure de L'artisane. Quel produit pourriez-vous utiliser…

- pour calmer un mal de gorge ?
- pour soulager une piqûre de moustique ?
- pour soigner votre peau après le rasage ?
- pour vous laver ?

C. Dans votre pays, utilise-t-on d'autres produits naturels pour ces usages ? Lesquels ?

• *Chez moi, pour le mal de gorge, on utilise…*

3 | Textes et contextes

2. SOIGNEZ VOTRE DOS !

A. Aujourd'hui, de nombreuses personnes souffrent du dos. Quelles sont les causes de ce mal fréquent ? Savez-vous comment l'éviter ? Parlez-en avec deux camarades, puis lisez l'article.

Lutter contre le mal de dos

Vous vous penchez pour lacer vos chaussures, une décharge électrique vous parcourt la jambe. Vous restez bloqué. C'est le dos !

Rester assis face à l'ordinateur, porter des sacs trop lourds, ne pas faire de sport, se déplacer toujours en voiture au lieu de marcher, travailler debout… Votre dos souffre ! Comment faire pour éviter le mal de dos ?

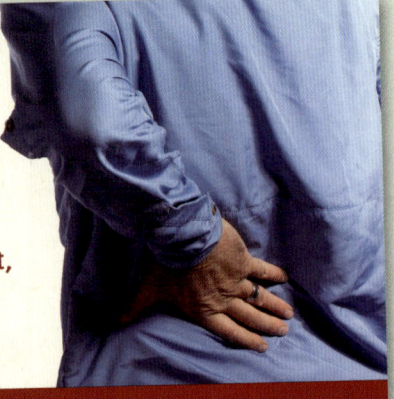

Respectez quelques règles simples

LE MATIN AU RÉVEIL
Ne vous levez pas d'un bond, mais asseyez-vous au bord du lit, posez les deux pieds au sol puis levez-vous.

QUAND VOUS SOULEVEZ UN OBJET
Ne courbez pas le dos en levant des objets mais pliez les genoux.

ASSIS FACE À L'ORDINATEUR
Asseyez-vous le dos bien droit et les bras posés sur la table. Ne croisez pas les jambes, mais maintenez toujours les deux pieds appuyés au sol.

QUAND VOUS TRAVAILLEZ EN POSITION DEBOUT
Relâchez régulièrement les muscles des jambes. Mettez un pied sur un repose-pied, puis changez de jambe après quelques minutes.

Enfin, ne restez jamais trop longtemps sans bouger. Faites régulièrement des petites pauses, levez-vous et étirez-vous lentement, comme les chats.

B. Dessinez le croquis manquant.

Textes et contextes | 3

3. PROMESSES PUBLICITAIRES

A. Regardez ces publicités. À votre avis, est-il possible…

- de se muscler sans effort grâce à une machine ?
- de se relaxer en regardant un aquarium ?
- d'avoir une peau douce et belle en prenant un bain de sels ?
- de se soigner par les pierres ?

● Moi, je crois que c'est possible de se muscler sans effort.
○ Tu crois ? Moi, j'ai essayé mais ça n'a pas marché…

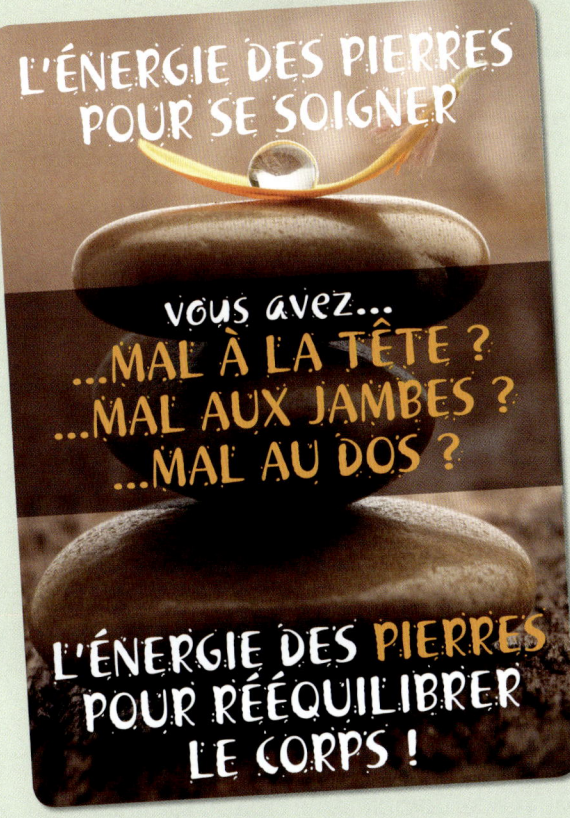

PERDRE DU VENTRE, C'EST FACILE !

10 MINUTES PAR JOUR SUFFISENT AVEC LA MUSCLEUSE D'INTÉRIEUR
Musclez le ventre, les jambes, les bras…
Sans aucun effort, sans régime, sans sortir de la maison !

L'ÉNERGIE DES PIERRES POUR SE SOIGNER

vous avez…
…MAL À LA TÊTE ?
…MAL AUX JAMBES ?
…MAL AU DOS ?

L'ÉNERGIE DES PIERRES POUR RÉÉQUILIBRER LE CORPS !

POUR UNE PEAU DOUCE ET BELLE
Sels de bain de l'Himalaya

ENTIÈREMENT NATURELS !

CONTRE L'ANXIÉTÉ ET LE STRESS, L'AQUARIUM POISSONS D'OR !

DÉTENDEZ-VOUS,
DÉCONTRACTEZ-VOUS,
RELAXEZ-VOUS
EN REGARDANT
L'AQUARIUM
POISSONS D'OR

AQUARIUM ÉLECTRIQUE | BASSE CONSOMMATION | SANS ENTRETIEN !

B. Écoutez ces publicités radio. Quels produits annoncent-elles ? Quelle est leur utilité ?
Piste 09

1. Produit : ....
   Utilité : ....
2. Produit : ....
   Utilité : ....
3. Produit : ....
   Utilité : ....
4. Produit : ....
   Utilité : ....

C. Connaissez-vous d'autres « remèdes miracle » ?

quarante-trois | 43

3 | À la découverte de la langue

4. J'AI MAL AUX DENTS

A. Lisez cette notice. Avez-vous déjà essayé cette méthode pour calmer un mal de dents ?

HUILE DE CLOU DE GIROFLE

Indications
Mal de dents : mettre sur un coton tige ou sur un doigt bien propre, deux gouttes d'huile de clou de girofle. Appliquer sur la dent sensible et prendre rendez-vous chez le dentiste.

Précaution d'emploi
Potentiellement irritante. Ne pas appliquer l'huile directement sur la peau.

B. Observez comment sont écrites les instructions sur une notice. Où se place la négation ?

> Sur une notice, les verbes qui expriment les instructions sont à l' _____ et les particules de la négation se placent _____ le verbe.

C. Pour calmer son mal de dents, Carine consulte un « webdocteur » et demande conseil à une amie. Lisez les réponses qu'elle reçoit. Quel moyen vous semble le meilleur pour calmer un mal de dents ?

webdocteur
votre docteur sur Internet

Cher docteur,
J'ai très mal à une dent.
Que puis-je faire pour calmer la douleur ?
Merci pour votre réponse.

Carine

Bonjour Carine,
Vous devez consulter un dentiste rapidement. En attendant, prenez un médicament contre la douleur : de l'aspirine ou de l'ibuprofène. Lisez les notices pour vous assurer qu'il n'y a pas de contre-indication pour vous. Si la douleur ne diminue pas ou si vous avez de la fièvre, n'hésitez pas et allez aux urgences ou faites venir un médecin.

Bien à vous

Webdocteur

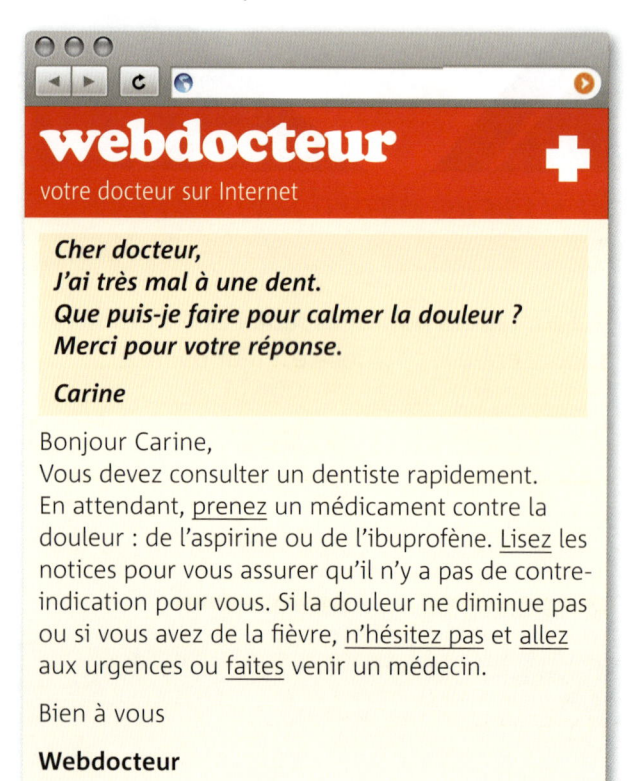

De : carine.lasalle@version.vo
À : lulu23@version.vo
Objet : mal aux dents

Bonjour Lulu !
J'ai terriblement mal à une dent, qu'est-ce que je peux faire pour calmer la douleur ? Merci d'avance pour ton bon conseil !
Bisous,

Carine

De : lulu23@version.vo
À : carine.lasalle@version.vo
Objet : Re: mal aux dents

Chère Carine,
Tu devrais aller d'urgence chez le dentiste ! En attendant, mets des glaçons dans une serviette et applique-la sur ta joue. J'oubliais… ne t'allonge pas car ça augmente la douleur. Prends soin de toi, et surtout va voir un dentiste très vite !
Bises,

Lulu

D. Observez les verbes soulignés dans ces deux messages ; ce sont des formes de l'impératif, un nouveau mode. Complétez le tableau suivant.

IMPÉRATIF DE LA 2ᵉ PERSONNE DU PLURIEL, VOUS	IMPÉRATIF DE LA 2ᵉ PERSONNE DU SINGULIER, TU
prenez	mets

Les formes de l'impératif sont les mêmes que celles du _____ de l'indicatif, mais sans pronom sujet.

☞ Les formes de la 2ᵉ personne du singulier des verbes en **-er** ne prennent pas de _____ final.

À la découverte de la langue | 3

E. Paul vous écrit pour vous demander conseil. Répondez-lui en utilisant les deux recettes naturelles suivantes.

De : paul@version.vo
À : eleve22@version.vo
Objet : hoquet

Salut !
Toi qui connais plein d'astuces, dis-moi ce que je peux faire quand j'ai le nez bouché. Et contre le hoquet ? J'en ai souvent et c'est très désagréable !
Bises, Paul

De : paul@version.vo
À : malade@version.vo
Objet : Re : hoquet

Salut Paul,
Pour le nez bouché, il y a une recette très simple avec de l'huile d'eucalyptus et de la menthe poivrée.

....
....

Pour le hoquet, il y a une recette avec de l'huile de mandarine.

....
....

Bien à toi,

HOQUET

Mélanger 2 gouttes d'huile de mandarine à une cuillère à café de miel. Déguster lentement.
<u>Précaution d'emploi :</u> Ne pas s'exposer au soleil dans les 12 heures qui suivent une application ou une ingestion d'huile de mandarine.

NEZ BOUCHÉ

Mélanger 2 gouttes d'huile essentielle d'eucalyptus à 1 goutte d'huile essentielle de menthe poivrée. Verser le mélange dans un bol d'eau bouillante. Respirer les vapeurs pendant 15 minutes.

5. LE MALADE IMAGINAIRE

A. Argan a toujours des problèmes de santé. Complétez les phrases.

◀ Argan a mal à ....

Argan a mal aux ....▶

◀ Argan a mal au ....

Argan ....▶

◀ Argan est ....

Argan a de la ....▶

B. Avec quels mots pouvez-vous utiliser les structures verbales suivantes pour parler de symptômes et de douleurs ?

la jambe / les jambes	l'œil / les yeux	la grippe
l'oreille / les oreilles	un rhume	une otite
le pied / les pieds	les dents	le dos
envie de vomir	le ventre	la gorge
la tête qui tourne	le nez qui coule	

Avoir mal au ....   Avoir mal aux ....
Avoir mal à la ....   Avoir ....
Avoir mal à l' ....

quarante-cinq | 45

3 | À la découverte de la langue

6. PROBLÈMES DE PEAU

A. Quels sont, parmi ces conseils de beauté, ceux que vous avez suivis ou que vous allez essayer ?

LES SOINS DE TA PEAU

Si tu as des problèmes de peau et que tu es une fille...

✱ **démaquille-toi** tous les soirs, mais attention : **ne te démaquille pas** avec de l'eau et du savon, mais avec un démaquillant doux pour les peaux sensibles.

✱ **ne te couche pas** sans avoir hydraté ta peau. **Couche-toi** après avoir mis de la crème sur ta peau.

Si tu es un garçon...

✱ **ne te rase pas** avec un rasoir électrique, qui peut être irritant ; laisse pousser ta barbe ou **rase-toi** comme ton grand-père : avec de la mousse à raser et un bon rasoir à lames.

Pour tous...

✱ **ne vous exposez pas** trop souvent au soleil : il dessèche la peau. En été, **habituez-vous** graduellement au soleil et **enduisez-vous** toutes les heures d'une crème haute protection.

✱ **ne vous lavez pas** avec un savon normal ; **utilisez** un savon doux, sans parfum ni colorant.

B. Les verbes marqués en gras dans les textes sont des verbes pronominaux ; observez leurs formes et complétez la règle.

À l'impératif affirmatif, les pronoms personnels réfléchis des verbes pronominaux se placent :

☐ avant ☐ après le verbe.

À la forme négative, ils se placent :

☐ avant ☐ après le verbe.

À la forme affirmative, on utilise les pronoms personnels :

☐ atones. ☐ toniques.

C. À deux, rédigez cinq conseils ou commandements sur la santé ou l'hygiène entendus souvent dans votre enfance.

Lave-toi les mains avant de t'asseoir à table.

7. COURBE MÉLODIQUE

DES SONS ET DES LETTRES

A. Écoutez ces phrases. Pouvez-vous distinguer l'intonation de l'affirmation, celle de la question ou celle de la surprise ?

1	une question
2	
3	
4	
5	
6	
7	
8	
9	

B. Essayez maintenant de prononcer les phrases « Il aime les sels de bain » et « Se muscler sans efforts est possible » de différentes manières. Travaillez avec un camarade. Pouvez-vous reconnaître les différentes intonations ?

Outils | 3

DONNER DES INSTRUCTIONS

L'infinitif
On emploie l'infinitif pour rédiger des notices et des modes d'emploi impersonnels.

> **Prendre** un comprimé trois fois par jour.
> **Ne pas dépasser** la dose prescrite.

L'impératif
Pour donner des instructions de façon personnelle, on emploie l'impératif. Ce mode a les mêmes formes que le présent de l'indicatif mais s'utilise sans pronom sujet. Il possède seulement trois personnes.

	Affirmation	Négation
(tu)	Mang**e** !	Ne mang**e** pas !
(nous)	Mang**eons** !	Ne mang**eons** pas !
(vous)	Mang**ez** !	Ne mang**ez** pas !

✋ Les verbes terminés en -er ne prennent pas de -s final à la 2ᵉ personne du singulier.

✋ **Avoir** : aie, ayons, ayez   **Être** : sois, soyons, soyez

À l'impératif affirmatif, les verbes pronominaux s'utilisent avec les pronoms personnels toniques placés après la forme verbale. À l'impératif négatif, les pronoms personnels atones sont placés avant la forme verbale.

se laver	Affirmation	Négation
(tu)	Lave-**toi** !	Ne **te** lave pas !
(nous)	Lavons-**nous** !	Ne **nous** lavons pas !
(vous)	Lavez-**vous** !	Ne **vous** lavez pas !

DONNER UN CONSEIL

> **Devoir au conditionnel** + **infinitif**

- J'ai très mal à une dent !
- Tu **devrais** voir un dentiste.

- Je suis très fatigué !
- Vous **devriez** vous reposer davantage.

✋ **IMPÉRATIF**
- Si tu as mal aux pieds, **change** de chaussures !
- Si votre peau est sensible, **utilisez** un savon neutre.

PARLER DU CORPS ET DE LA SANTÉ

▶ Parler d'actions sur une partie du corps :
se laver le visage, **la** tête, **les** dents...
se ronger les ongles

▶ Avoir mal à
avoir mal **à la** tête, **au** ventre, **à l'**oreille, **aux** dents...

✋ J'ai mal à ma tête.   J'ai mal à la tête.

▶ Parler de symptômes et de maladies :
avoir **de la** fièvre, **la** grippe, **un** rhume...

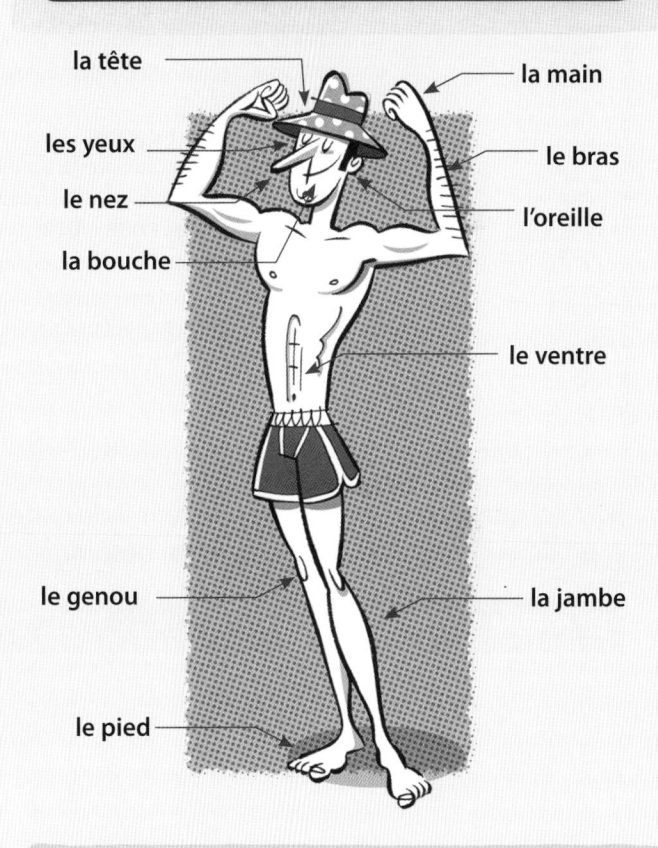

- la tête
- les yeux
- le nez
- la bouche
- la main
- le bras
- l'oreille
- le ventre
- le genou
- la jambe
- le pied

ÉCRIRE UN MESSAGE : FORMULES DE DÉBUT ET DE SALUTATION

	Familiarité	Non familiarité
Formule de début	Coucou (Mon/Ma) cher / chère + prénom Salut + prénom	Bonjour (Cher) Monsieur / (Chère) Madame
Salutation finale	À plus Bien à toi (Grosses) bises Bisous	Bien à vous (Bien) cordialement

3 | Outils en action...

8. CODE DE BONNE CONDUITE

A. Voici la page d'accueil et le code de bonne conduite d'un site d'échange de conseils.
À votre avis, quelles sont les règles les plus importantes ? Faut-il en ajouter d'autres ?

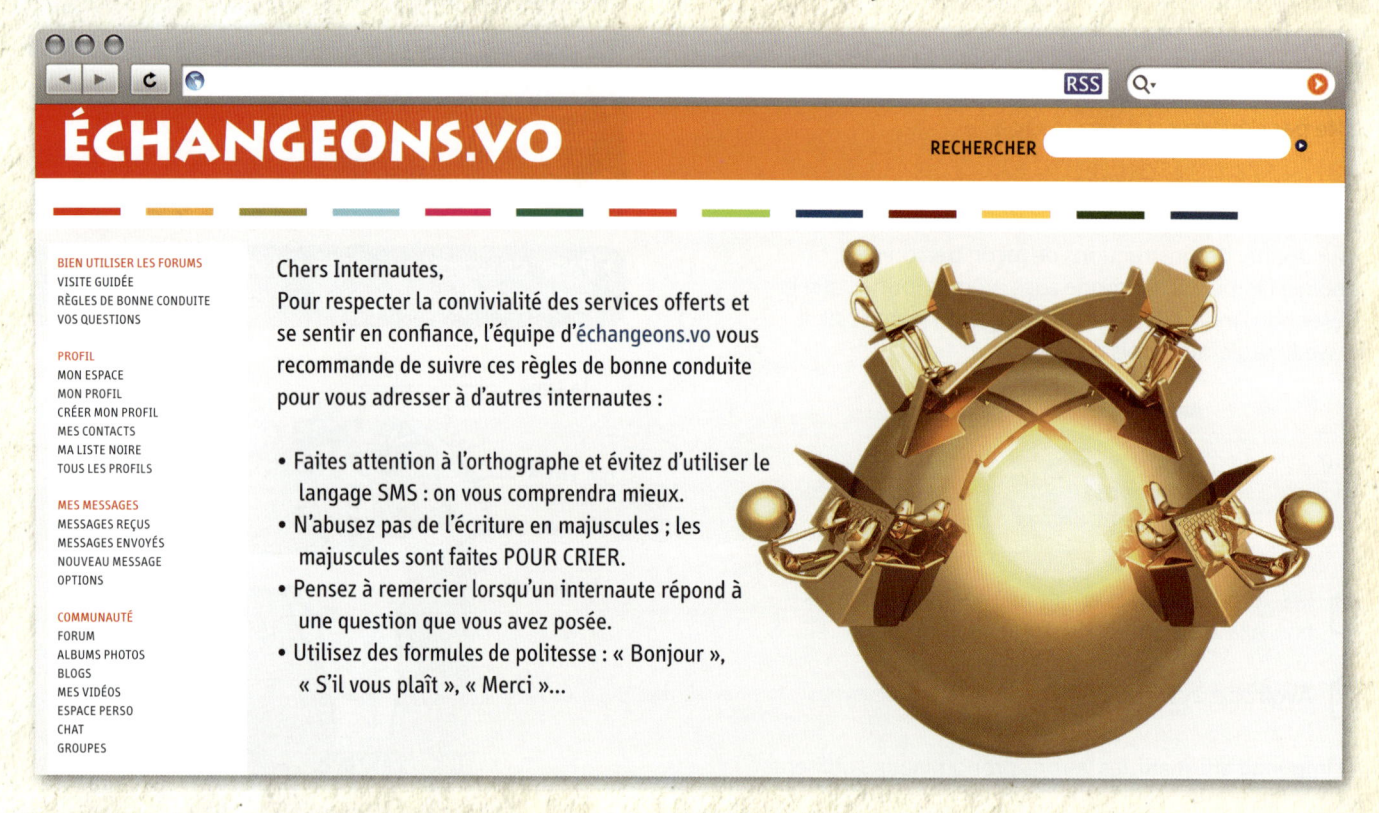

ÉCHANGEONS.VO

RECHERCHER

BIEN UTILISER LES FORUMS
VISITE GUIDÉE
RÈGLES DE BONNE CONDUITE
VOS QUESTIONS

PROFIL
MON ESPACE
MON PROFIL
CRÉER MON PROFIL
MES CONTACTS
MA LISTE NOIRE
TOUS LES PROFILS

MES MESSAGES
MESSAGES REÇUS
MESSAGES ENVOYÉS
NOUVEAU MESSAGE
OPTIONS

COMMUNAUTÉ
FORUM
ALBUMS PHOTOS
BLOGS
MES VIDÉOS
ESPACE PERSO
CHAT
GROUPES

Chers Internautes,
Pour respecter la convivialité des services offerts et se sentir en confiance, l'équipe d'échangeons.vo vous recommande de suivre ces règles de bonne conduite pour vous adresser à d'autres internautes :

- Faites attention à l'orthographe et évitez d'utiliser le langage SMS : on vous comprendra mieux.
- N'abusez pas de l'écriture en majuscules ; les majuscules sont faites POUR CRIER.
- Pensez à remercier lorsqu'un internaute répond à une question que vous avez posée.
- Utilisez des formules de politesse : « Bonjour », « S'il vous plaît », « Merci »...

B. Voici quelques messages. Respectent-ils le code de bonne conduite ?
Avec deux camarades, améliorez-les si besoin.

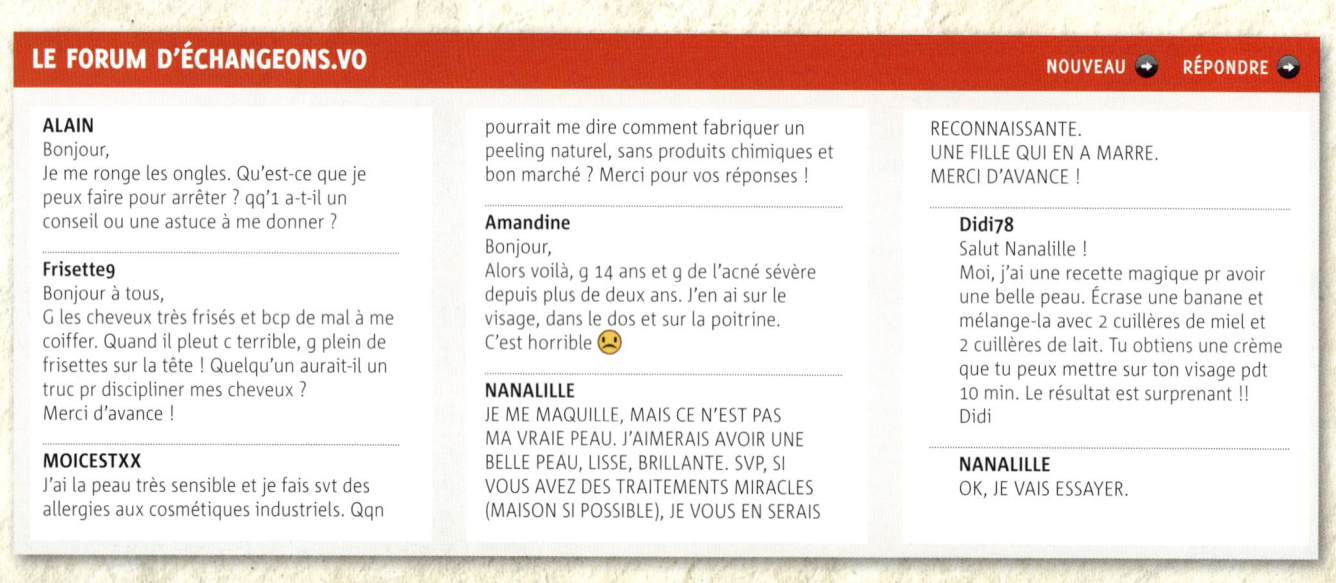

LE FORUM D'ÉCHANGEONS.VO   NOUVEAU ➡   RÉPONDRE ➡

ALAIN
Bonjour,
Je me ronge les ongles. Qu'est-ce que je peux faire pour arrêter ? qq'1 a-t-il un conseil ou une astuce à me donner ?

Frisette9
Bonjour à tous,
G les cheveux très frisés et bcp de mal à me coiffer. Quand il pleut c terrible, g plein de frisettes sur la tête ! Quelqu'un aurait-il un truc pr discipliner mes cheveux ?
Merci d'avance !

MOICESTXX
J'ai la peau très sensible et je fais svt des allergies aux cosmétiques industriels. Qqn pourrait me dire comment fabriquer un peeling naturel, sans produits chimiques et bon marché ? Merci pour vos réponses !

Amandine
Bonjour,
Alors voilà, g 14 ans et g de l'acné sévère depuis plus de deux ans. J'en ai sur le visage, dans le dos et sur la poitrine. C'est horrible 😟

NANALILLE
JE ME MAQUILLE, MAIS CE N'EST PAS MA VRAIE PEAU. J'AIMERAIS AVOIR UNE BELLE PEAU, LISSE, BRILLANTE. SVP, SI VOUS AVEZ DES TRAITEMENTS MIRACLES (MAISON SI POSSIBLE), JE VOUS EN SERAIS RECONNAISSANTE.
UNE FILLE QUI EN A MARRE.
MERCI D'AVANCE !

Didi78
Salut Nanalille !
Moi, j'ai une recette magique pr avoir une belle peau. Écrase une banane et mélange-la avec 2 cuillères de miel et 2 cuillères de lait. Tu obtiens une crème que tu peux mettre sur ton visage pdt 10 min. Le résultat est surprenant !!
Didi

NANALILLE
OK, JE VAIS ESSAYER.

C. Notez comment on écrit les mots suivants en langage SMS.

LANGAGE SMS

| J'ai = | Pour = | Quelqu'un = | Pendant = |
| C'est = | Beaucoup = | S'il vous plaît = | Souvent = |

D. Avez-vous des solutions pour certains de ces problèmes ?

et tâches | 3

9. MA SANTÉ.VO

A. Que faites-vous sur Internet ? Cochez les affirmations qui vous conviennent. Puis parlez-en avec quelques camarades.

- ☐ Quand j'ai besoin d'un conseil, d'une astuce, etc., je les cherche sur Internet.
- ☐ Quand j'ai besoin d'un conseil, d'une astuce, etc., j'entre sur un forum et je pose ma question.
- ☐ J'aime bien aider les gens sur Internet : proposer des solutions à leurs problèmes, donner des conseils…
- ☐ Autres : ....

B. Créez un forum sur Internet. Vous pouvez aussi créer un forum en classe. Écrivez sur une feuille de papier un problème réel ou inventé que vous allez soumettre à vos camarades.

C. Faites circuler les feuilles et les conseils vont s'accumuler (vous pouvez faire la même chose sur un forum).

D. Affichez les feuilles. Quels sont les meilleurs conseils ? Les plus farfelus, les plus drôles, les moins bons ?

PSEUDONYME	MESSAGE
Juju2000	Bonjour, Je mets beaucoup de temps à m'endormir le soir. Avez-vous une solution ? Merci !
Marc_magic	Bonjour Juju, Tu devrais prendre une tisane à la camomille avec du miel avant de te coucher, c'est très efficace.

Découvrez les activités 2.0 sur versionoriginale.difusion.com

3 | Regards sur...

LE SPORT ET LES FRANÇAIS

Pour les Français, le sport est associé aux notions de loisir, santé, équilibre et bien-être. En bref :
- les seniors font plus de sport que les adolescents ;
- les moins de 25 ans sont accros aux « sports de glisse » : rollers, skate ;
- 1 Français sur 7 est membre d'une association sportive ;
- 1 Français sur 3 pratique un sport de nature ;
- les sports nautiques sont devenus les plus populaires.

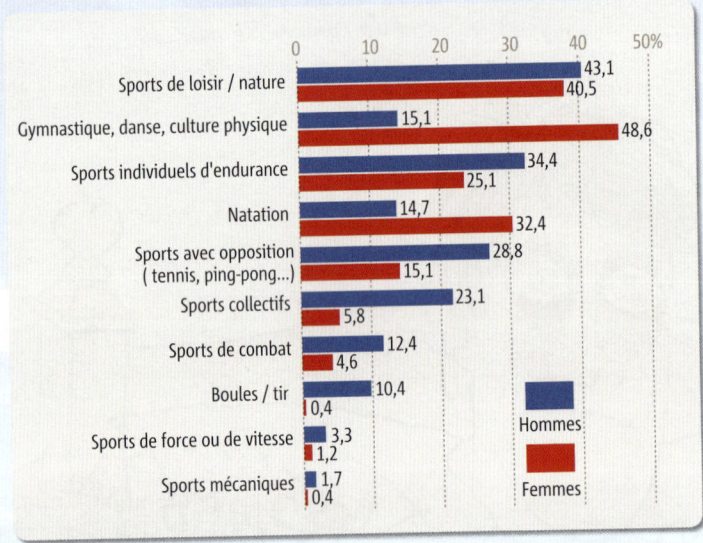

Sport	Hommes	Femmes
Sports de loisir / nature	43,1	40,5
Gymnastique, danse, culture physique	15,1	48,6
Sports individuels d'endurance	34,4	25,1
Natation	14,7	32,4
Sports avec opposition (tennis, ping-pong...)	28,8	15,1
Sports collectifs	23,1	5,8
Sports de combat	12,4	4,6
Boules / tir	10,4	0,4
Sports de force ou de vitesse	3,3	1,2
Sports mécaniques	1,7	0,4

Actualité et dossier en santé publique n° 14

POUR DES VACANCES SPORTIVES EN FRANCE

Vous voulez changer d'environnement et revenir en pleine forme de vos vacances ?

L'EAU VIVE
Vous aimez l'eau, la nature et les rivières ? Alors jetez-vous à l'eau !
Faites du **canoë-kayak** ou du **rafting** dans les gorges du Tarn ou les gorges du Verdon, du **canyoning** ou de « **la nage en eau vive** » dans la Vallée de la Roya à la frontière italienne ou sur la Nive au Pays basque !

LA MER, LES VAGUES ET LE VENT
Partez faire de la **plongée** en Martinique ou en Guadeloupe !
Prenez des risques et osez le **kitesurf** sur les plages de l'Atlantique !
Prenez une planche, **surfez** et roulez-vous dans les vagues ! Grand frisson garanti !
Goûtez le vent en mettant les pieds sur un **catamaran** !
Profitez de la Méditerranée et rejoignez la Corse depuis Nice en **voilier** !

LA NATURE AUTREMENT !
Vous n'aimez pas la neige, mais vous aimez skier ?
Deux possibilités :
• Dans le bassin d'Arcachon, la première piste de ski sur aiguilles de pin a ouvert en 1938 !
• À Nœux-les-Mines dans le Nord, le dernier puits de mine de charbon a fermé en 1972 et, depuis 1996, on peut skier sur les pentes du terril !

Vous aimez la neige, mais vous n'aimez pas skier ?
Alors choisissez une randonnée en chiens de traîneau, dans les Alpes, le Vercors, les Pyrénées, le Massif central ou le Jura.

Regards sur... | 3

10. EN FORME

A. Pour quelle(s) raison(s) choisit-on de pratiquer les sports suivants ?

Le canyoning		aime la glisse.
Le kitesurf		aime le silence.
La natation	parce qu'on	veut faire de l'exercice.
La plongée		aime le défi.
Le vélo		aime la nature.
Le ski		est aventureux.

B. Relevez les noms géographiques du texte puis situez-les sur une carte représentant la France et les DOM-TOM.

C. À votre avis, parmi les sports cités dans le texte, quel est celui qui peut :

soigner le mal de dos ? ....
bronzer le corps ? ....
lutter contre le stress ? ....
muscler les bras et les jambes ? ....

D. Et chez vous ? Faites des recherches sur les pratiques sportives dans votre pays.

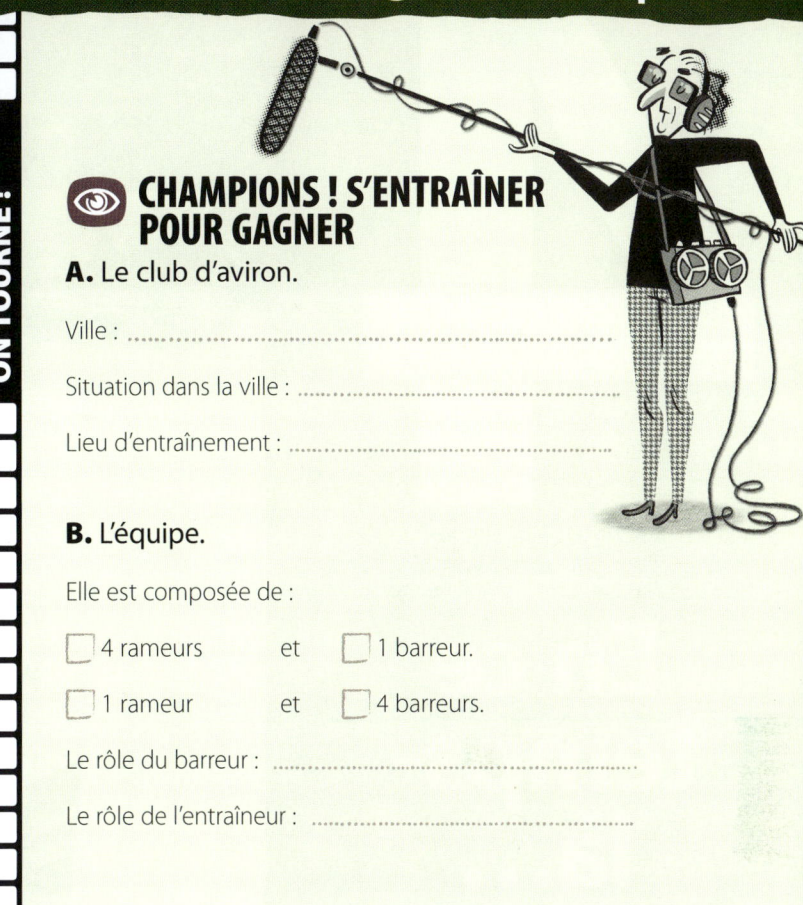

ON TOURNE !

👁 CHAMPIONS ! S'ENTRAÎNER POUR GAGNER

A. Le club d'aviron.

Ville : ....

Situation dans la ville : ....

Lieu d'entraînement : ....

B. L'équipe.

Elle est composée de :

☐ 4 rameurs   et   ☐ 1 barreur.

☐ 1 rameur   et   ☐ 4 barreurs.

Le rôle du barreur : ....

Le rôle de l'entraîneur : ....

C. Quelle récompense les rameurs ont-ils reçue ?

D. Pratique-t-on l'aviron chez vous ? Quel est le sport le plus populaire dans votre pays ?

cinquante et un | 51

4

En ce temps-là...

À la fin de cette unité, nous serons capables de réaliser l'album d'enfance de notre classe.

Pour cela, nous allons apprendre à :
• situer dans le passé
• décrire des situations du passé (des circonstances, des personnes, des lieux, des habitudes...)
• exprimer la continuité et l'interruption d'une action

Et nous allons utiliser :
• l'imparfait de l'indicatif
• les marqueurs temporels du passé et du présent
• les subordonnées de temps avec **quand**
• ne plus, encore, toujours
• les indéfinis (**aucun, la plupart, tous**)
• le pronom personnel **on**

Nous allons travailler le point de phonétique suivant :
• les nasales

Premier contact

1. C'ÉTAIT LE TEMPS DU…

A. De quelles années datent ces groupes de photos (1, 2, 3 ou 4) ?

les années 30 : ....

les années 50 : ....

les années 70 : ....

les années 90 : ....

• Ces photos du groupe… sont des années 50.

B. Reconnaissez-vous certaines personnes ?

4 | Textes et contextes

2. L'IMAGINATION AU POUVOIR

A. Que vous évoquent ces images ? À quelle époque et à quels évènements vous font penser ces photos ?

L'IMAGINATION AU POUVOIR

B. Comment comprenez-vous le slogan « l'imagination au pouvoir » ?

Textes et contextes | 4

3. PARIS, MAI 68

A. Mai 68 rappelle aux Français un moment important. Répondez aux questions suivantes :

- Que vous évoque Mai 68 ?
- Où se déroulaient les manifestations ? Pourquoi ?
- Comment s'appelait le leader le plus célèbre ? Qu'est-il devenu ?
- Contre quoi ou qui luttait-on ? Qu'est-ce qu'on voulait ?
- Qui était le président de la République de l'époque ?

B. Vérifiez et complétez vos informations en lisant la page de magazine suivante.

ANNIVERSAIRE DE L'UN DES ÉVÈNEMENTS MAJEURS DU XXe SIÈCLE

Personne n'a oublié les évènements de mai 68 en France. Mais que s'est-il réellement passé ? Notre article fait le point sur la question.

Rappel des faits

22 mars
Des étudiants occupent la salle du conseil de la faculté des lettres de Nanterre, en réponse à l'arrestation de camarades lors de la manifestation contre la guerre du Viêtnam. Daniel Cohn-Bendit dirige les opérations.

2 et 3 mai
On ferme la faculté de Nanterre, puis la Sorbonne. Les premiers pavés et coktails Molotov sont lancés depuis les barricades du boulevard Saint-Michel.

10 mai
Le pays se réveille stupéfait avec des voitures incendiées, des vitrines brisées, des rues dépavées et des centaines de blessés.

11 mai
Les ouvriers se joignent aux étudiants dans les manifestations.

13 mai
Une grève générale (800 000 personnes) est déclarée contre le président De Gaulle « 1o ans , ça suffit ! ». On dénonce le chômage, la société de consommation, le capitalisme, l'austérité morale et sexuelle.

30 mai
L'Assemblée nationale est dissoute.

30 juin
Le parti gaulliste l'emporte très largement aux élections anticipées.

Mai 68 pour nos lecteurs

« En mai 68, j'avais 20 ans ! J'étais étudiante à l'université de Bruxelles. Il n'y avait plus cours ; les amphithéâtres étaient occupés ; on faisait cuire des saucisses dans les bureaux des profs et on y dormait. On écoutait les nouvelles à la radio et on allait aux manifs. La police était partout. Quelle ambiance ! »

Monique

« En mai 68, j'avais 14 ans. J'étais élève en classe de troisième dans un lycée de filles d'une ville de province dans le Nord de la France. Dans notre école, il y avait un escalier pour les élèves et un escalier pour les profs. On n'avait pas trop droit à la parole... En mai 68, à 14 ans, au fond de notre province, c'était calme…
Mais, à la rentrée de septembre 1968, les blouses avaient disparu, nous avions le droit de passer par l'escalier des profs et le lycée était devenu mixte. »

Josiane

4. Mai 68 dans le monde

A. *Radio VO* consacre une émission à l'anniversaire de Mai 68. Écoutez les appels d'auditeurs qui situent l'évènement dans son contexte mondial : de quel pays parlent-ils ? Que s'y passait-il ?

B. Et chez vous, que s'est-il passé en 1968 ?

Pays	Évènement

4 | À la découverte de la langue

5. AU DÉBUT DU SIÈCLE

A. Lisez les descriptions suivantes et observez les photos. Quelle avenue Louise préférez-vous : celle d'aujourd'hui ou celle d'autrefois ? Pourquoi ?

Autrefois, à l'époque de sa création (au début du XXe siècle), l'avenue Louise à Bruxelles était déjà une avenue de luxe, mais on n'y trouvait pas encore de magasins. En ce temps-là, les bourgeois y faisaient construire des immeubles particuliers ; ils s'y promenaient à pied, en tram et parfois en voiture, depuis le centre de la ville jusqu'au bois de la Cambre. On y voyait même parfois le roi, Léopold II. Le grand architecte de l'art nouveau, Victor Horta, y avait son appartement et son atelier.

Aujourd'hui, l'avenue Louise est devenue la plus grande avenue commerçante de luxe de Bruxelles : on y trouve toutes les grandes marques de vêtements, d'ameublement… De nos jours, beaucoup de Bruxellois y font leurs courses le week-end et y travaillent pendant la semaine. Très peu de personnes y habitent : tout le centre de la large avenue est actuellement utilisé par les voitures et pour la traverser, les piétons doivent utiliser des tunnels !

● Moi, je préfère l'avenue Louise d'autrefois : elle était plus romantique.

B. Relevez dans ces textes les formes verbales qui situent dans le passé.

C. Dans le tableau ci-dessus apparaissent les formes d'un nouveau temps, l'imparfait de l'indicatif. Ajoutez les terminaisons de l'imparfait au verbe suivant et complétez la règle.

j'entend**ais**	nous entend**ions**
tu entend**ais**	vous entend**iez**
il / elle / on entend ___	Ils / elles entend ___

Imparfait = radical du _____ + terminaisons :
ais / ais / _____ / ions / iez / _____

D. À quelle photo de l'avenue Louise se rapportent les phrases suivantes ?

1. Il y avait peu de voitures.
2. Le trafic est intense : il y a quatre voix de circulation.
3. Il y a de nombreux magasins.
4. Il y avait beaucoup d'immeubles particuliers.

phrase n° ___ 1920   ___ Aujourd'hui

À la découverte de la langue | 4

6. AH... DE MON TEMPS !

A. Lisez les différentes légendes de ce diaporama qui circule sur Internet. À votre avis, quelle époque préfère l'auteur ?

Dans les années 80, on roulait en voiture sans ceinture de sécurité à l'arrière. De nos jours, il faut mettre la ceinture devant et derrière !

À cette époque-là, on buvait l'eau du robinet ou de la fontaine ; maintenant, on achète des bouteilles d'eau minérale au supermarché !

Avant, on s'envoyait des lettres ou des cartes postales entre amis ; à présent, on a des soit-disant amis sur Facebook.

Quand nous partions à vélo, nous n'avions pas de casque. Actuellement, on fait du vélo avec un casque et parfois même avec des protections pour les coudes et les genoux.

B. Relisez ces textes et relevez les marqueurs qui situent dans le passé et ceux qui situent dans le présent.

Marqueurs du passé	Marqueurs du présent

C. Dans ce diaporama, on utilise beaucoup le pronom **on**.

Que désigne ce pronom ?	
☐ une personne	☐ un objet
☐ un sujet	☐ un complément

D. Selon le contexte, le pronom **on** change de sens. Que signifie-t-il dans chacune des phrases suivantes ?

> tout le monde   quelqu'un   nous

Va voir... On a sonné à la porte.	
Qu'est-ce qu'on fait ? On sonne et on entre ?	
Dans le temps, on ne sonnait pas, on frappait aux portes.	

E. Rédigez à votre tour quelques commentaires qui illustrent les progrès actuels.

● *Dans ma jeunesse, les enfants pauvres n'allaient pas à l'école et, aujourd'hui, l'école est obligatoire pour tous.*

4 | À la découverte de la langue

7. QUAND ON ENTEND LE BRUIT DU VENT

DES SONS ET DES LETTRES

A. En français, les nasales sont [ã] comme dans *sans*, [ɛ̃] comme dans *matin*, [ɔ̃] comme dans *bon*. Écoutez les mots suivants. Entendez-vous un son nasal ?

1	2	3	4	5	6

B. Maintenant, vous allez entendre les paires de mots suivants. Dans quel ordre entendez-vous les mots ?

1. 2	le vent [ləvã]	1	le vin [ləvɛ̃]
2.	le son [ləsɔ̃]	....	le sang [ləsã]
3.	attendre [atãdʀ]	....	atteindre [atɛ̃dʀ]
4.	le pain [ləpɛ̃]	....	le pont [ləpɔ̃]
5.	c'est marron [sɛmaʀɔ̃]	....	c'est marrant [sɛmaʀã]
6.	les liens [leljɛ̃]	....	les lions [leljɔ̃]
7.	quel beau teint [kɛlbotɛ̃]	....	quel beau temps [kɛlbotã]

C. Observez les mots ci-dessus et pensez à d'autres mots que vous connaissez. À quelle voyelle nasale correspondent généralement les associations de lettres suivantes ?

en et **an** se prononcent : ☐

in et le **en** de **ien** se prononcent : ☐

on se prononce : ☐

☝ **un** se prononce : [œ̃]

8. LA CONDITION FÉMININE

A. Lisez l'article suivant et notez ce qui, en un siècle, a changé ou s'est maintenu, dans la vie des femmes françaises.

Femmes d'hier et d'aujourd'hui

Au début du XXᵉ siècle, **quelques** femmes seulement faisaient des études supérieures ; la plupart s'occupaient des enfants et de la maison. Aucune ne pouvait ouvrir un compte sans la signature de son mari.

Les femmes françaises d'aujourd'hui n'ont plus la même vie que leurs grands-mères. Depuis 1945, toutes les femmes ont le droit de vote et elles ne sont plus exclues des universités. La plupart des femmes mariées ne dépendent plus de leur mari, elles ont leur autonomie financière. En 1961, les femmes représentaient 34% de la population active contre 46% en 2005.

Mais les statistiques montrent quand même que beaucoup de femmes ont encore du chemin à parcourir… Le ménage, c'est encore souvent pour elles. Dans 68% des couples, ce sont les femmes qui prennent en charge les tâches ménagères et, en plus, elles continuent à gagner moins que les hommes pour le même travail.

Source : *Francoscopie*

B. Relisez et notez ci-dessous les différents moyens de signifier qu'une action passée…

se poursuit dans le présent.	ne se poursuit pas dans le présent.

C. On trouve dans cet article des adjectifs et des pronoms indéfinis. Reliez les élèments de la colonne de gauche au dessin qui exprime une quantité.

Quelques femmes
Quelques-unes

Aucune femme
Aucune

La plupart des femmes
La plupart

Toutes les femmes
Toutes

Outils | 4

▲ L'IMPARFAIT

L'imparfait de l'indicatif sert à décrire des situations dans le passé.

● À 30 ans, j'**étais** beaucoup plus mince.

	REGARDER	FINIR	PRENDRE
je	regard**ais**	finiss**ais**	pren**ais**
tu	regard**ais**	finiss**ais**	pren**ais**
il / elle / on	regard**ait**	finiss**ait**	pren**ait**
nous	regard**ions**	finiss**ions**	pren**ions**
vous	regard**iez**	finiss**iez**	pren**iez**
ils / elles	regard**aient**	finiss**aient**	pren**aient**

✋ Être : j'**étais**, tu **étais**, il **était**…

▲ LES MARQUEURS DE CONTINUITÉ / DE DISCONTINUITÉ

Pour exprimer la continuité d'une action ou d'un état, on utilise :
– les adverbes : **encore, toujours**
– le verbe : **continuer à…**

Pour exprimer la discontinuité / l'interruption d'une action ou d'un état, on utilise :
– l'adverbe : **ne… plus**
– le verbe : **arrêter de…**

Ce matin, il pleuvait.

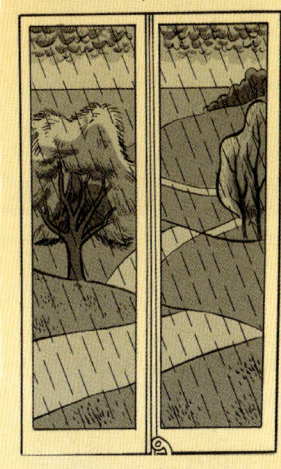

Maintenant, il pleut **encore**.

Maintenant, il **ne** pleut **plus**.

▲ LES MARQUEURS TEMPORELS

DU PRÉSENT	DU PASSÉ
aujourd'hui	dans les années 60…
maintenant	autrefois
de nos jours	dans le temps
en ce moment	à ce moment-là
	à cette époque-là

● **Dans le temps**, on ne voyageait différemment ; **actuellement**, on prend l'avion souvent.

▲ LES SUBORDONNÉES TEMPORELLES

Pour situer dans le temps, on peut utiliser un adverbe mais aussi une proposition de temps, au passé, au présent ou au futur.

● **Quand nous étions enfants**, nous jouions aux billes.
● **Quand tu es malade**, ta mère s'occupe de toi.
● **Quand tu viendras chez nous**, nous regarderons les photos de notre enfance.

▲ LES INDÉFINIS

Tous les hommes, **toutes** les femmes
(tous, toutes)

La plupart des hommes, **la plupart** des femmes
(la plupart)

Quelques hommes, **quelques** femmes
(quelques-uns, quelques-unes)

Aucun homme, **aucune** femme
(aucun, aucune)

▲ LE PRONOM ON

Le pronom **on** ne s'utilise que comme sujet.
Selon le contexte, il peut signifier :
• **tout le monde** : Dans le temps, **on** écrivait des lettres.
• **quelqu'un** : **On** sonne à la porte ; va voir qui c'est.
• **nous** : **On** y va ! **On** sonne et **on** entre.

✋ Le verbe qui a **on** pour sujet s'accorde à la troisième personne du singulier, mais l'adjectif s'accorde, en genre et en nombre, selon le sens.
● Nous, les filles, **on** est travailleus**es** !

cinquante-neuf | 59

4 | Outils en action...

Eugène Boudin, *Deauville, le moment du bain*, 1865

9. LES PLAGES DU NORD

Regardez le tableau ci-dessus. Que pouvez-vous dire des habitudes de l'époque par rapport à celles d'aujourd'hui ?

- Avant, les gens venaient sur la plage tout habillés. Ils ne portaient pas de maillot de bain.

Deauville

DEAUVILLE EST UNE VILLE DU NORD DE LA FRANCE, SUR LA CÔTE NORMANDE.

Avec son festival de cinéma, son champ de courses et son casino, Deauville est considérée comme une des stations balnéaires les plus prestigieuses de France. De nombreuses stars viennent se promener sur les Planches, l'endroit à la mode de la ville.

10. QUAND J'ÉTAIS ENFANT...

A. Écoutez les souvenirs de ces personnes. De qui vous sentez-vous le plus proche ? Pourquoi ?

- Moi aussi, comme la fille, quand j'étais petit j'adorais être malade.

B. À votre tour, évoquez des bons ou des mauvais souvenirs d'enfance.

- Moi, quand j'étais petit, je détestais manger le vendredi à la cantine. On avait du poisson et je n'aimais pas ça du tout...

11. L'ALBUM D'ENFANCE DE LA CLASSE

A. Pensez à un moment de votre passé qui a laissé une image précise dans votre mémoire, et peut-être une photo... Préparez un texte où vous parlerez de l'époque, de vous-même...

En 1978, j'avais 4 ans ; j'habitais à Paris avec mes parents et mes deux petits frères. Avec mon frère Albert, on adorait aller à la fête foraine.
Sur cette photo, je suis avec ma mère, mon grand-père et mon frère.
Ce jour-là, j'étais très contente ; ma mère m'avait acheté de la barbe à papa et avec mon frère on était montés dans un super manège !!!
C'était vraiment un jour de fête ! Aujourd'hui encore, les odeurs de barbe à papa me rappellent mon enfance et j'adore ça !
Qui suis-je ?

B. Remettez vos textes à votre professeur qui va les redistribuer. Présentez la personne dont vous avez le texte à la classe.

• Alors, moi, j'ai le portrait d'une petite fille qui aimait et qui aime toujours les barbes à papa. Elle a deux petits frères et elle est née en 1974.

C. Vos camarades essaient de deviner de qui il s'agit.

• Moi, je crois que c'est Claudia. Elle a deux frères plus jeunes qu'elle et elle adore les sucreries.

D. Vous allez faire l'album de la classe. Décidez par groupes, des critères de regroupement (par année, par thème, etc.) puis regroupez tous les textes et photos.

Découvrez les activités 2.0 sur versionoriginale.difusion.com

4 | Regards sur...

DES MANIFESTATIONS PACIFIQUES

Depuis le début du XXIe siècle, les manifestations ont évolué et elles sont aujourd'hui souvent très festives, avec des danses, des farandoles, des *olas*, des séances de hip-hop... pour attirer davantage l'attention. Elles sont le plus souvent organisées dans la rue et elles se veulent surtout citoyennes, solidaires et pacifiques.

En juin 2007, s'est tenu à Paris le 1er *Salon des solidarités*, vitrine de l'entraide internationale avec plus de 200 exposants. Depuis, le nombre d'exposants et de visiteurs ne cesse d'augmenter. 74% des Français éprouvent de la sympathie pour ces nouveaux militants et 29% se disent prêts à participer à leurs opérations.

La Brigade Active des Clowns (la BAC) évoque des questions politiques en organisant des manifestations ou des *happenings* dérisoires dans des établissements publics : leurs membres sont déguisés en clowns et narguent les forces de l'ordre avec leurs gros nez rouges et un large sourire.

Les enfants de Don Quichotte, depuis octobre 2006, défendent les droits des mal-logés et réclament une vie digne et décente pour chacun. Pour cela, ils organisent des actions spectaculaires en installant des tentes rouges individuelles pour les sans-logis.

LE PARADOXE FRANÇAIS : PEU DE SYNDICALISTES, PLUS DE GRÈVES

- Le taux de syndicalisation national en France est estimé à 8% de la population active (contre 70% en Italie ou 80% dans les pays de l'Europe du Nord) : c'est le plus faible de tous les pays industrialisés.

- Mais la France enregistre le plus grand nombre de journées de grève par an.

- Les jours de grève ont diminué entre 1995 et 2001.

- La grande majorité des journées de grève concerne le secteur public (les employés des administrations de l'État ou les fonctionnaires) et plus spécialement le secteur des transports.

LES 10 PAYS QUI FONT LE PLUS GRÈVE

Pays	1995	2001	Rang
France	5 883 200	1 807 250	1
Espagne	1 457 100	1 802 360	2
Italie	909 300	1 005 430	3
Royaume-Uni	414 700	525 100	4
Belgique	100 200	142 620	5
Irlande	130 300	114 610	6
Finlande	869 420	60 650	7
Danemark	197 310	59 500	8
Pays-Bas	691 480	45 100	9
Portugal	62 870	41 480	10

En nombre de journées individuelles de grève
Source : *Eurostat*.

Regards sur... | 4

12. TOUS ENSEMBLE !

A. Quelles nouvelles formes prennent souvent les manifestations d'aujourd'hui ?

☐ la danse   ☐ le défilé   ☐ le sit-in   ☐ la ola

B. Que veut dire...?

« Les manifestations se veulent

solidaires » : ....

pacifiques » : ....

C. Avez-vous bien lu ? Est-ce vrai ou faux ?

	V	F
Les Français sont les moins syndiqués des pays industrialisés.	☐	☐
C'est en France qu'il y a le plus de jours de grève.	☐	☐
Entre 1995 et 2001, les jours de grève ont augmenté en France.	☐	☐
Les grèves concernent pour la plupart le secteur privé.	☐	☐

D. Et chez vous ? Pouvez-vous donner des exemples de manifestations citoyennes ? Depuis quand existent-elles ?

....

....

....

ON TOURNE !

👁 LE COMBAT POUR LA TERRE

A. Le Larzac est :

☐ un causse.
☐ une montagne.
☐ une plaine.

Il est situé ....

Sa superficie est de :

☐ 103 000 hectares.
☐ 17 000 hectares.

Sa richesse est ....

B. La lutte du Larzac.

Dates : de .... à ....

Type de lutte : ....

Cause de la lutte : ....

La lutte est : ☐ gagnée. ☐ perdue.

C. Les photos en noir et blanc illustrent les actions de la lutte. Donnez des titres à ces photos :

1 : ....

2 : ....

3 : ....

4 : ....

D. Et chez vous ? Dans l'histoire de votre pays, y a-t-il une lutte qui a duré très longtemps ? Laquelle ? Pouvez-vous expliquer pourquoi ?

soixante-trois | 63

Entraînement à l'examen du **DELF A2**

Lors de cette épreuve de compréhension de l'oral, vous devrez être capable de repérer et de comprendre des informations précises dans des interventions courtes, simples et claires, relatives à la vie quotidienne :

- annonces ou instructions sur répondeur,
- émissions de radio ou enregistrements,
- conversations entre locuteurs natifs.

25 points

QUELQUES CONSEILS POUR L'EXAMEN

▶ Les questions posées sont fermées : vous devrez donc cocher ou écrire le numéro d'une réponse proposée parmi d'autres ou encore remplir un vrai / faux.

▶ Lors de l'écoute du message sur répondeur, vous devrez d'abord simplement repérer la touche sur laquelle il faut taper pour obtenir le type de renseignement souhaité puis repérer quelques informations précises (inutile donc de tout chercher à comprendre).

▶ Lors de l'écoute d'une conversation qui ne vous implique pas, il vous est demandé de repérer si la conversation a déjà commencé ou non, quel en est le sujet et puis de relever quelques informations précises.

EXERCICE 1

A. Après une opération du genou, vous avez besoin de kinésithérapie. Vous téléphonez à un centre de médecine sportive pour obtenir un rendez-vous. Sur quelle touche appuyez-vous ?

Touche n° ....

B. On peut obtenir un rendez-vous...

☐ tous les jours sauf le week-end, à n'importe quelle heure.
☐ tous les jours y compris le samedi, entre 8h30 et 17h.
☐ tous les jours entre 8h30 et 17h (sauf le samedi et le dimanche).

C. Les documents à apporter sont...

☐ un document d'identité.
☐ un document d'identité et une ordonnance du médecin traitant.
☐ une ordonnance du médecin traitant et les documents de sécurité sociale et d'identité.

Compréhension de l'oral

EXERCICE 2

A. Vous venez d'entendre...

☐ une émission de radio.
☐ la présentation du journal.
☐ une publicité à la radio.

B. Quel est le thème principal de ce document ?

☐ **A.** la vie à la campagne
☐ **B.** la nourriture bio
☐ **C.** les Fleurs de Bach

C. Selon la publicité, il faut mieux se soigner avec...

☐ des antibiotiques.
☐ des fruits et légumes.
☐ des produits naturels de nos grands-mères.

EXERCICE 3

Vrai, faux, on ne sait pas ? Cochez la case qui convient.

	VRAI	FAUX	ON NE SAIT PAS
1. La conversation entre les deux personnes a déjà commencé avant l'enregistrement.			
2. Les deux personnes ont travaillé dans la même entreprise.			
3. Le monsieur a deux enfants à l'université.			
4. Le monsieur vit toujours à Dubaï et il adore cette ville.			
5. La conversation a lieu à Paris.			

Journal d'apprentissage

AUTOÉVALUATION

1. Compétences visées dans les unités 3 et 4

Compétences	Je suis capable de...	J'éprouve des difficultés à...	Je ne suis pas encore capable de...	Exemples
parler de ma santé				
exprimer un problème				
demander un conseil				
donner des instructions				
situer dans le passé				
décrire des situations du passé				
exprimer la continuité et l'interruption d'une action				

2. Connaissances visées dans les unités 3 et 4

Connaissances	Je connais et j'utilise facilement...	Je connais mais n'utilise pas facilement...	Je ne connais pas encore...
l'impératif			
le conditionnel			
le lexique du physique			
l'imparfait			
les marqueurs temporels du passé			
quand + proposition			
les marqueurs de continuité et de discontinuité : **ne plus, encore, toujours, continuer à...**			
le pronom personnel **on**			
quelques pronoms et adjectifs indéfinis : **tous, la plupart, aucun...**			

Unités **3** et **4**

BILAN

Mon usage actuel du français	☀	🌤	⛅	☁
quand je lis				
quand j'écoute				
quand je parle				
quand j'écris				
quand je réalise les tâches				

Ma connaissance actuelle	☀	🌤	⛅	☁
de la grammaire				
du vocabulaire				
de la prononciation et de l'orthographe				
de la culture				

À ce stade, mes points forts sont : ....

....

À ce stade, mes difficultés sont : ....

....

Des idées pour améliorer	en classe	à l'extérieur (chez moi, dans la rue...)
mon vocabulaire		
ma grammaire		
ma prononciation et mon orthographe		
ma pratique de la lecture		
ma pratique de l'écoute		
mes productions orales		
mes productions écrites		

Si vous le souhaitez, discutez-en avec vos camarades.

5

L'Histoire, les histoires

À la fin de cette unité, nous serons capables de réaliser l'interview d'un personnage célèbre.

Pour cela, nous allons apprendre à :
- poser des questions sur le parcours de vie de quelqu'un
- parler d'expériences passées
- rédiger des récits et raconter des anecdotes
- placer des évènements dans le passé

Nous allons utiliser :
- le passé composé et l'imparfait de l'indicatif
- le lexique des étapes de la vie
- les marqueurs temporels du passé
- les pronoms relatifs **que, qui, où**
- **être en train de** + infinitif

Nous allons travailler le point de phonétique suivant :
- l'opposition [e] /[ə] (passé composé / imparfait : j'**ai** chanté / **je** chantais)

Premier contact

1. LA VIE EN ROSE

A. Que savez-vous d'Édith Piaf ? Partagez vos connaissances avec vos camarades.

B. Écoutez une émission de radio sur Édith Piaf. Repérez les années et les faits les plus importants de sa vie.

Piste 18

C. Connaissez-vous d'autres personnalités de la culture et de l'histoire françaises ?

Non, rien de rien
Non, je ne regrette rien
Ni le bien qu'on m'a fait, ni le mal
Tout ça m'est bien égal
Non, rien de rien
Non, je ne regrette rien
C'est payé, balayé, oublié
Je me fous du passé...

Édith Piaf, *Non, je ne regrette rien*, 1961

5 | Textes et contextes

2. « AUX GRANDS HOMMES, LA PATRIE RECONNAISSANTE »

A. De grandes personnalités de l'Histoire de France sont enterrées au Panthéon à Paris. Voici les biographies de six d'entre elles. Qui sont-elles ?

ÉMILE ZOLA   JOSEPH-LOUIS LAGRANGE   VOLTAIRE

JEAN MONNET   ALEXANDRE DUMAS   MARIE CURIE

A. PHYSICIENNE (1867-1934)
- Elle était d'origine polonaise naturalisée française.
- Elle a été la première femme à enseigner à la Sorbonne.
- Elle a obtenu deux prix Nobel.
- Elle est un symbole du féminisme : elle a réussi à acheter un gramme de radium grâce à une collecte réalisée par des féministes américaines.

B. ÉCRIVAIN (1802-1870)
- Il a écrit des romans historiques très célèbres, comme *Les trois mousquetaires*, *Le Comte de Monte-Cristo* et *La reine Margot*.
- Il était descendant d'esclaves de Saint-Domingue et il a souvent été l'objet de commentaires racistes.
- Il avait son propre théâtre à Paris : le Théâtre-Historique.
- Il a aussi écrit un *Grand dictionnaire de cuisine*.

C. ÉCRIVAIN (1849-1902)
- Orphelin depuis l'âge de sept ans, il a dû abandonner ses études très jeune.
- Ses grands romans (*Nana*, *Germinal*, *Les Rougon-Macquart*) ont eu un succès énorme et il est devenu très riche.
- Il était passionné de photographie et possédait une dizaine d'appareils.

D. MATHÉMATICIEN, MÉCANICIEN ET ASTRONOME (1736-1813)
- Il est né en Italie d'une famille française.
- Avec Lavoisier, il a créé, pendant la Révolution française, le système métrique.
- Il était extrêmement brillant et ses travaux restent fondamentaux en mathématiques.
- Quand le chimiste Lavoisier a été guillotiné, il a dit : « Il a fallu un instant pour couper sa tête ; et un siècle ne suffira pas pour en produire une si bien faite. »

E. ÉCRIVAIN ET PHILOSOPHE (1694-1778)
- Il était fils de notaire. À la fin de ses études, son père lui a trouvé une place dans un cabinet d'avocats, mais il a préféré se consacrer à la littérature.
- Il a écrit des pièces de théâtre (*Œdipe*, *Tancrède*...), des romans (*L'ingénu*), des contes (*Candide*, *Le Monde comme il va*), de la poésie épique... et plus de 20 000 lettres.
- Il a toujours lutté contre le fanatisme religieux, mais il croyait en l'existence de dieu.
- Il a fréquenté beaucoup de rois et de puissants et, malgré ses idées de justice, il n'a pas caché son mépris pour le peuple.

F. HOMME D'ÉTAT (1888-1979)
- Il est né dans une famille de négociants à Cognac. À 16 ans, il a abandonné ses études, il était bon élève, mais il n'aimait pas l'école.
- Il a joué un rôle important dans la victoire des Alliés pendant la Seconde Guerre mondiale.
- Il a été l'inspirateur et le premier président de la Communauté Européenne du Charbon et de l'Acier (CECA), qui a marqué le début de l'Union européenne.

B. Quels sont les grands personnages de l'histoire de votre pays ? Choisissez-en un et présentez-le en quelques phrases.

Textes et contextes | 5

3. LE ROI DE FRANCE À QUATRE PATTES

A. Connaissez-vous les protagonistes de ces anecdotes ? Qui étaient-ils ?

HENRI IV

Un jour, Henri IV marchait à quatre pattes, portant sur son dos son fils Louis (le futur Louis XIII), encore enfant.
Un ambassadeur espagnol est entré tout à coup dans l'appartement où était le roi et l'a surpris dans cette posture. Henri IV lui a dit tranquillement :
– Monsieur l'Ambassadeur, avez-vous des enfants ?
– Oui, Sire.
– En ce cas, je peux achever le tour de la chambre.

SARTRE ET CAMUS

Un jour à Saint-Germain-des-Prés, Jean-Paul Sartre buvait un verre avec Albert Camus qui, à l'époque, était un bon ami à lui. Ils étaient très différents physiquement : Camus était bel homme, jeune et séduisant. Sartre était petit, avec un strabisme prononcé, et déjà des cheveux rares. Quelques jolies filles sont passées devant leur table et Sartre s'est montré très charmeur : il a montré son érudition, sa culture, son humour. Camus, surpris de l'attitude de son compagnon, lui a dit au bout d'un moment :
– Mais pourquoi vous donnez-vous tant de mal ?
Sartre lui a répondu :
– Tu as vu ma gueule ?

Source : *Les carnets d'A. Camus*

PICASSO

En pleine gloire, Picasso mangeait dans les plus grands restaurants et faisait souvent des petits dessins sur la nappe en papier qu'il emportait avec lui.
Un jour, le propriétaire d'un restaurant a proposé à l'artiste de lui offrir le repas s'il acceptait de lui laisser la nappe avec ses dessins. Picasso a accepté.
Quelques minutes plus tard, le propriétaire est revenu demander à Picasso : « Maître, pourriez-vous signer votre dessin ? »
Picasso, secouant la tête, lui a dit :
« Ah, non ! Je paie la note, mais je n'achète pas le restaurant. »

CHARLIE CHAPLIN

Charlie Chaplin était de passage à Londres quand il a appris que, dans le quartier de son hôtel, il y avait un concours de sosies de Charlot.
Il s'y est rendu anonymement, a fait sa démonstration… et a fini classé 27ᵉ !

B. Lisez les anecdotes. Les avez-vous comprises ? Discutez-en avec un camarade et proposez un titre pour chacune.

C. Que pouvez-vous dire de la personnalité de ces hommes ? Discutez-en avec un camarade.

● Je crois que Picasso était quelqu'un de très comique.
○ Tu crois ? Je pense qu'il était un peu arrogant.

D. Une personne raconte une anecdote historique sur la place des Vosges à Paris. Notez les informations principales.
Piste 19

Époque de construction : ....

Premier nom : ....

Motif du changement de nom : ....

Élément détruit pendant la Révolution : ....

soixante et onze | 71

5 | À la découverte de la langue

4. LE PERSONNAGE MYSTÉRIEUX

A. Voici quelques éléments biographiques d'une célébrité francophone. Qui est-ce ?

Il est né à Bruxelles en 1929. Son père était francophone d'origine flamande et sa mère était bruxelloise. Il avait également un frère, né cinq ans avant lui. En 1941, il est entré à l'Institut Saint-Louis. Il était plutôt paresseux et rêveur, et détestait le latin. Il a redoublé plusieurs classes et il a quitté le lycée sans finir ses études.

Son père l'a nommé directeur dans son entreprise, mais il n'aimait pas ce travail. Il ne pensait qu'à écrire et il rédigeait déjà des poèmes et des chansons. Il a commencé à chanter devant sa famille.

En juin 1950, il s'est marié avec Miche, qu'il connaissait depuis 1947. Il a décidé de devenir chanteur professionnel, même si son père s'y opposait. Il a écrit quelques chansons et il a enregistré un premier disque.

En 1953, il s'est installé seul à Paris. Il a chanté dans plusieurs cabarets, où il gagnait très peu. Aux « Trois Baudets », il a rencontré d'autres artistes qui commençaient eux aussi leur carrière : Brassens, Aznavour, Gréco...

Il a travaillé durement pendant des années : il a seulement obtenu son premier succès en 1956 avec *Quand on n'a que l'amour*. En 1959, il est devenu encore plus célèbre avec *Ne me quitte pas*.

En 1966, il a décidé d'arrêter de faire des tournées. Il a traduit la comédie musicale *L'homme de la Mancha* dans laquelle il a joué le rôle de Don Quichotte. Le spectacle était épuisant. Il a donné plus de 150 représentations, mais la maladie qui commençait à l'affaiblir l'a forcé à arrêter.

Entre 38 ans et 44 ans, il a tourné dans dix films. Il aimait bien le métier d'acteur et il s'est fait beaucoup d'amis dans le milieu du cinéma.

En 1974, il a passé quelques mois sur les mers avec son bateau. En octobre, on l'a informé qu'il avait une tumeur. Après avoir pris un peu de repos, il est reparti en voyage et il s'est installé avec sa dernière compagne, Maddly, aux Îles Marquises, où il a passé des jours tranquilles parce que personne ne le connaissait.

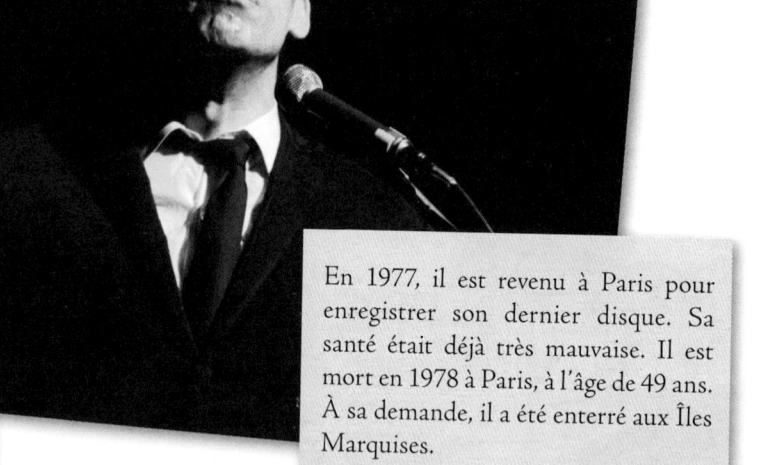

En 1977, il est revenu à Paris pour enregistrer son dernier disque. Sa santé était déjà très mauvaise. Il est mort en 1978 à Paris, à l'âge de 49 ans. À sa demande, il a été enterré aux Îles Marquises.

B. Relevez les verbes au passé composé et à l'imparfait de l'indicatif et observez leur alternance. Quelle fonction remplit chacun de ces temps ? Complétez le tableau.

En 1941, **il est entré** à l'Institut Saint-Louis. <u>Il était</u> plutôt paresseux et rêveur, et <u>détestait</u> le latin. **Il a redoublé** plusieurs classes et **il a quitté** le lycée sans finir ses études.

Le _____	Le _____
est le temps verbal « qui fait avancer » le récit, qui présente les actions comme des faits terminés.	est le temps verbal qui « arrête » le récit, qui décrit une situation ou l'action dans laquelle s'inscrit l'évènement.

C. Cette alternance existe-t-elle dans votre langue ?

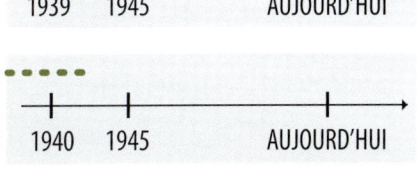

À la découverte de la langue | 5

5. UN QUARTIER UNIQUE

A. Lisez ces informations sur Saint-Germain-des-Prés. Y a-t-il dans votre ville ou dans votre pays un quartier de ce type ?

SAINT-GERMAIN-DES-PRÉS

Ce beau quartier parisien est un lieu de réunion d'intellectuels et d'artistes **depuis** le XVIIe siècle. Il a pris son nom de l'ancienne abbaye de Saint-Germain-des-Prés, la plus prestigieuse de Paris **jusqu'à** la Révolution.

Les encyclopédistes Diderot et D'Alembert se réunissaient au café « Landelle » et au « Procope », celui-ci existe toujours.

Picasso a eu son atelier dans la rue des Grands-Augustins **de** 1937 **à** 1967. **En** 1937, l'écrivain irlandais Samuel Beckett s'est installé à Paris. Il a fréquenté Saint-Germain, où il s'est lié d'amitié avec le sculpteur suisse Alberto Giacometti.

Pendant la Seconde Guerre mondiale, les cafés du quartier ont été des lieux de rencontre : chaque jour, Jean-Paul Sartre et Simone de Beauvoir s'installaient dans l'un des trois cafés mythiques : « Aux deux Magots », le « Café de Flore » et la « Brasserie Lipp ».

Après la guerre, le quartier est devenu le centre de la vie culturelle parisienne. **À la fin des** années 40, l'écrivain et musicien Boris Vian animait les clubs de jazz du quartier qui recevaient des jazzmen américains comme Duke Ellington ou Miles Davis.

Pendant les années 50 et 60, philosophes, auteurs, acteurs et musiciens fréquentaient les boîtes de nuit et les brasseries où la philosophie existentialiste coexistait avec le jazz américain.

À partir des années 70, le quartier est devenu plus commerçant et moins intellectuel. Cependant, on retrouve toujours à la « Brasserie Lipp » de nombreux journalistes, acteurs et hommes politiques.

B. Relevez les mots en gras et repérez leur utilisation. Ensuite, mettez en relation chaque graphique avec son expression correspondante.

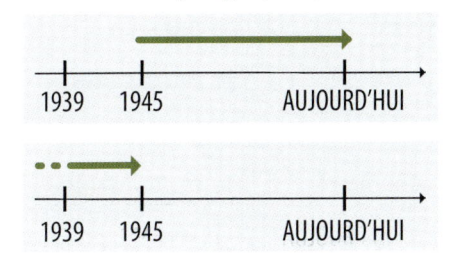

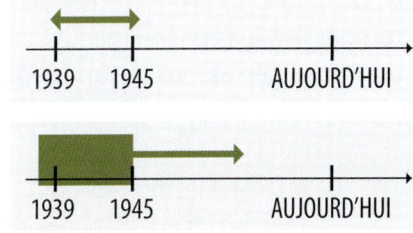

- ▸ **De** 1939 **à** 1945.
- ▸ **Jusqu'en** 1945.
- ▸ **En** 1945.
- ▸ **Depuis** 1945.
- ▸ **Après** la Seconde Guerre mondiale.
- ▸ **Pendant** la Seconde Guerre mondiale.
- ▸ **À la fin des** années 30.

soixante-treize | 73

5 | À la découverte de la langue

6. L'HOMME QUE J'AIME

A. Attribuez chaque phrase à une personne.

1. « Martin est l'homme **que** j'aime. »
2. « Paris est la ville **où** j'ai grandi. »
3. « Paris est la ville **que** j'aime le plus au monde. »
4. Paris est la ville **qui** a le plus de musées en France.
5. « Julia est la femme **qui** m'aime. »

B. Observez les pronoms relatifs **que** et **qui**. Ils remplacent le mot souligné. Quelle fonction grammaticale assure chaque pronom dans la phrase relative ?

Martin est l'homme **que** j'aime. = J'aime **cet homme**.	☐ sujet ☐ COD
Julia est la femme **qui** m'aime. = Cette **femme** m'aime.	☐ sujet ☐ COD

C. Complétez les phrases suivantes avec les pronoms **où**, **que** et **qui**.

1. Napoléon, ... aimait beaucoup l'histoire, connaissait parfaitement les guerres antiques, celles des Grecs et des Romains.

2. Voici un livre sur Napoléon .... j'ai acheté récemment.

3. Voici le livre sur Napoléon .... j'ai trouvé les renseignements pour mon exposé.

4. J'ai lu récemment une histoire de la Révolution française .... j'ai beaucoup appréciée.

5. J'ai lu récemment une histoire de la Révolution française .... a changé ma représentation de cette période.

6. J'ai lu récemment un livre .... l'auteur parle des premiers jours de la Révolution française.

7. J'AI PENSÉ À TOI, JE PENSAIS À TOI…

DES SONS ET DES LETTRES

A. Quel temps entendez-vous : le passé composé ou l'imparfait ?

Piste 20

1. ☐ J'ai déménagé ☐ Je déménageais
2. ☐ J'ai travaillé ☐ Je travaillais
3. ☐ J'ai quitté ☐ Je quittais
4. ☐ J'ai commencé ☐ Je commençais
5. ☐ J'ai changé ☐ Je changeais
6. ☐ J'ai passé ☐ Je passais
7. ☐ J'ai partagé ☐ Je partageais
8. ☐ J'ai payé ☐ Je payais
9. ☐ J'ai rencontré ☐ Je rencontrais

B. Entraînez-vous : prononcez une des phrases de l'activité A. Votre camarade doit identifier le temps du verbe.

Outils | 5

▲ PARLER DE FAITS PASSÉS

LE PASSÉ COMPOSÉ / L'IMPARFAIT

Dans le récit, le passé composé présente les actions comme des faits terminés, observés « depuis l'extérieur ». C'est le temps qui fait « avancer » le récit.

- Martine **est arrivée** chez ses parents vers trois heures, elle **est entrée** par la porte principale et **a essayé** d'allumer la lumière. Elle **a entendu** des bruits…

L'imparfait présente les actions comme des circonstances observées « depuis l'intérieur », comme des circonstances qui entourent les autres faits : il « arrête » le récit.

- Martine est arrivée chez ses parents vers trois heures, **il faisait** froid et la rue **était** silencieuse. Elle est entrée par la porte principale, qui n'**était** pas fermée comme d'habitude, et elle a essayé d'allumer la lumière. Elle a entendu des bruits qui **venaient** du premier étage, cela **ressemblait** à une sorte de musique…

À l'oral et souvent à l'écrit, on utilise aussi le présent pour raconter des évènements passés. Cela rapproche le récit du temps actuel.

- Un jour, j'étais seul à la maison. Tout à coup, **j'entends** un bruit étrange qui **vient** de la cuisine…

SE PASSER

Pour demander des précisions sur un évènement, on peut utiliser la question **qu'est-ce qui s'est passé ?**

> *Qu'est-ce qui s'est passé ?*
>
> *Je ne sais pas, maman, je faisais mes devoirs.*

LES MARQUEURS TEMPORELS DU PASSÉ

- Cette maison appartient à ma famille **depuis** le XIXe siècle.
- J'ai habité à Londres **de** 1999 **à** 2009 et mes enfants y habitent toujours.
- **En** 2004, j'ai rencontré Charles. Nous nous sommes mariés **en** 2006 et nous avons divorcé **en** 2009.
- **Après** mon bac, j'ai fait des études de médecine à Lille.
- Cette région de montagne est restée très isolée **jusqu'à** la construction du tunnel **en** 1967.
- L'aspect de la ville a changé radicalement **à la fin des** années 20 avec l'Exposition universelle.

▲ ÊTRE EN TRAIN DE…

On utilise la forme **être en train de** + INFINITIF pour indiquer que l'action est en cours.

- Où est Marc ?
- Il est **en train de faire** un gâteau. (en ce moment)
- Klaus **est en train de finir** ses études de sciences politiques. (actuellement)
- Quand nous sommes arrivés à la maison, Marc **était en train de préparer** un gâteau. (à ce moment-là)
- En 2003, Klaus **était en train de finir** ses études de sciences politiques. (à l'époque)

▲ LES PRONOMS RELATIFS QUE, QUI, OÙ

Le pronom **que** peut représenter une personne, un objet ou une idée. Il assure la fonction de COD.

- J'ai vu à la télé le jeune acteur **que** tu m'as présenté hier.
  (Tu m'as présenté un jeune acteur hier.)
                    COD

Le pronom **qui** peut aussi représenter une personne, un objet ou une idée. Il assure la fonction de sujet.

- J'ai vu à la télé la jeune actrice **qui** habite près d'ici.
  (La jeune actrice habite près d'ici.)
           Sujet

Le pronom **où** représente un lieu ou un moment. Il a donc la fonction de complément.

- J'ai vu à la télé le restaurant de Toulouse **où** on a dîné la semaine dernière.
  (En mai, on a dîné dans ce restaurant de Toulouse.)
                    Complément de lieu

soixante-quinze | 75

5 | Outils en action...

8. MA PLUS BELLE EXPÉRIENCE

Une bonne manière de connaître quelqu'un est de lui poser des questions sur ses goûts et ses expériences. Préparez trois questions pour un camarade.

| le premier / dernier pays étranger | que
qui
où | beaucoup aimer
aller
habiter
marquer |

| le premier / dernier livre | que
qui | beaucoup aimer
faire pleurer
lire
offrir
marquer |

| le premier / dernier film | que
qui | beaucoup aimer
faire pleurer
voir
offrir
marquer |

Autres : ...

- Barbara, comment était la première maison où tu as habité ?
- C'était une grande maison à Bochum...

9. LE MYSTÈRE DE JULIETTE K.

A. Il y a quelques jours, Juliette K. est allée passer un week-end dans la maison de campagne de ses parents. Écoutez l'enregistrement et prenez des notes sur ce que vous entendez.

B. Écrivez le récit de ce qui s'est passé. Attention : vous devez utiliser au moins 10 des expressions suivantes.

maison de campagne | voiture | courir | lumière
forêt | allumettes | verre | yeux verts
cuisine | escalier | chat | piano
bruit | assiette | porte | casser

10. QU'EST-CE QUI S'EST PASSÉ ?

A. Écoutez cette conversation où deux personnes racontent des anecdotes. Remplissez le tableau suivant.

Où était-il / elle ?	Avec qui ?	Que s'est-il passé ?
1.		
2.		

B. Observez ces photos. Avez-vous été dans une situation semblable ? Cherchez dans vos souvenirs et racontez-la à un camarade. Vous pouvez aussi l'inventer !

Un jour où...

vous avez eu peur

vous avez eu honte

Autres

C. Vous allez préparer votre intervention avec un camarade. Il vous posera des questions, vous dira ce qu'il ne comprend pas, vous demandera des précisions, etc.

- Un jour, j'ai eu très peur dans un bus...
- Qu'est-ce qui s'est passé ?

D. Racontez votre histoire et écoutez celles de vos camarades. Quelles sont les histoires vraies et celles inventées ?

- Je pense que l'histoire de Markus est inventée. Markus, j'ai raison ?

et tâches | 5

11. ENTRETIEN AVEC MARIE-ANTOINETTE

En groupes, vous allez vous préparer puis réaliser une interview d'un personnage célèbre. Suivez le plan proposé.

LE PLAN DE TRAVAIL
- Choisissez le personnage que vous allez interviewer : cela peut être une célébrité francophone ou non, réelle ou imaginaire, disparue ou actuelle.
- Recherchez des informations intéressantes (ou inventez-les !).
- Rédigez les questions et les réponses.
- Décidez entre vous qui jouera le rôle de l'interviewé et qui jouera le rôle du ou des journalistes.
- Mettez en scène l'interview, mais attention : ne prononcez pas le nom du personnage.
- Vos camarades doivent deviner son identité. Pour ce faire, ils peuvent, à la fin, poser des questions.

- Où êtes-vous née ?
- Quand êtes-vous venue vivre en France ?
- Avez-vous choisi votre mari ?
- Où est-ce que vous habitiez à Paris ?
- Comment était la vie à Versailles à l'époque ?
- Quel a été le moment le plus difficile de votre vie ? Avez-vous eu très peur ?

Découvrez les activités 2.0 sur versionoriginale.difusion.com

5 | Regards sur...

PEINTURE D'HIER

La France et ses peintres, toute une Histoire...

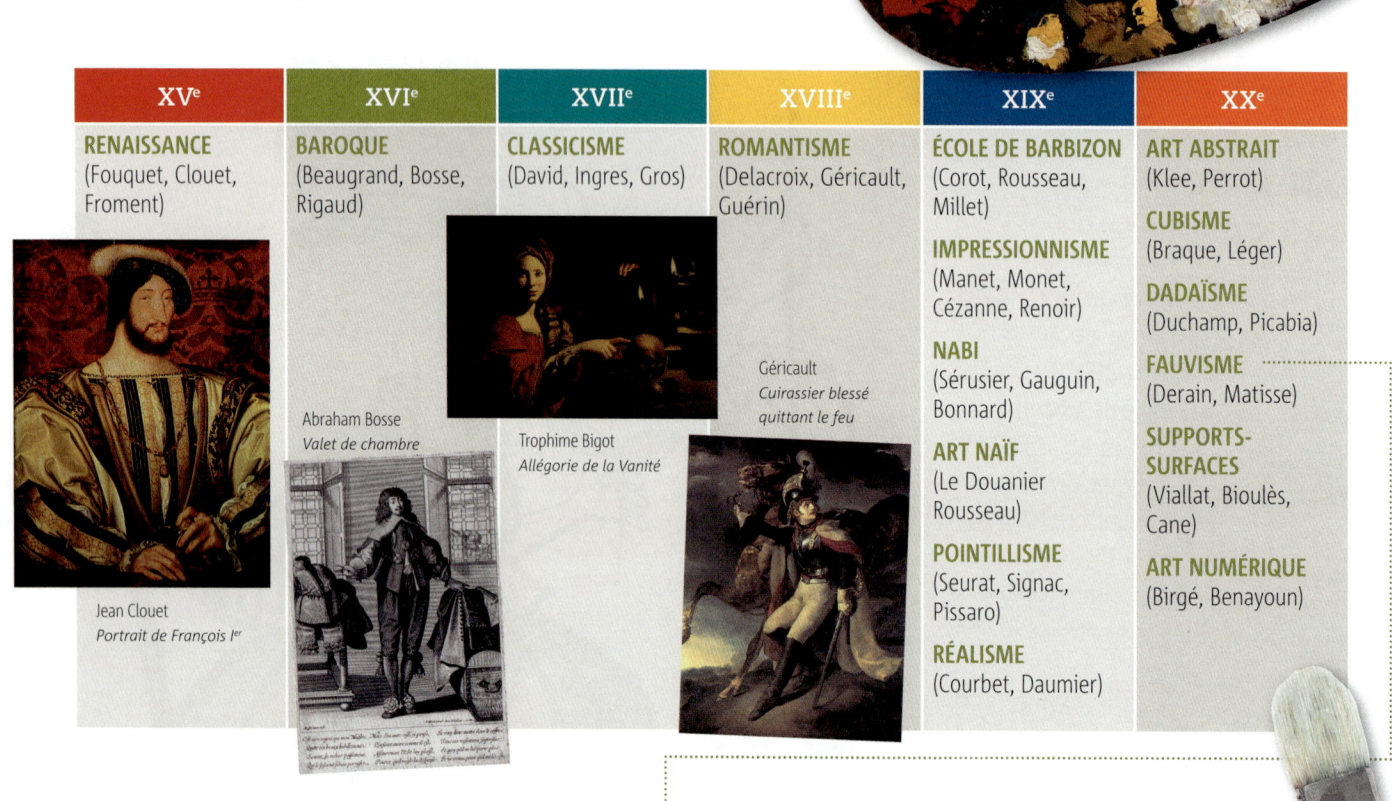

XVe	XVIe	XVIIe	XVIIIe	XIXe	XXe
RENAISSANCE (Fouquet, Clouet, Froment)	**BAROQUE** (Beaugrand, Bosse, Rigaud)	**CLASSICISME** (David, Ingres, Gros)	**ROMANTISME** (Delacroix, Géricault, Guérin)	**ÉCOLE DE BARBIZON** (Corot, Rousseau, Millet)	**ART ABSTRAIT** (Klee, Perrot)
				IMPRESSIONNISME (Manet, Monet, Cézanne, Renoir)	**CUBISME** (Braque, Léger)
				NABI (Sérusier, Gauguin, Bonnard)	**DADAÏSME** (Duchamp, Picabia)
				ART NAÏF (Le Douanier Rousseau)	**FAUVISME** (Derain, Matisse)
				POINTILLISME (Seurat, Signac, Pissaro)	**SUPPORTS-SURFACES** (Viallat, Bioulès, Cane)
				RÉALISME (Courbet, Daumier)	**ART NUMÉRIQUE** (Birgé, Benayoun)

Jean Clouet
Portrait de François Ier

Abraham Bosse
Valet de chambre

Trophime Bigot
Allégorie de la Vanité

Géricault
Cuirassier blessé quittant le feu

LE FAUVISME

Le fauvisme est un courant artistique du début du XXe siècle. Il a débuté historiquement en 1905 avec le Salon d'automne. Qu'ont fait les peintres de ce mouvement pour être appelés les « fauves », comme les animaux sauvages ? Ils ont brisé les codes de la peinture impressionniste. Ils ont libéré la couleur, ils l'ont utilisée de manière violente, provocatrice et audacieuse, et surtout ils ont séparé la couleur de sa référence à l'objet. Henri Matisse, le chef de file du mouvement, a écrit : « Quand je mets un vert, ça ne veut pas dire de l'herbe ; quand je mets un bleu, ça ne veut pas dire le ciel. »

Nu bleu I
Henri Matisse
1952

QUI ÉTAIT HENRI MATISSE ?

Henri Matisse est né en 1869 au Cateau-Cambrésis. Il a commencé par faire des études de droit, avant de tomber malade. Il a alors été obligé de rester au lit et sa mère lui a offert des tubes de peinture : il a ainsi découvert le plaisir de peindre. Il a arrêté ses études et s'est inscrit aux cours de Gustave Moreau, peintre et professeur à l'Académie des Beaux-Arts, où il a rencontré Rouault, Corot, Cézanne... En 1905, son tableau *La femme au chapeau* a provoqué un scandale. En 1906, il a rencontré Picasso qui est devenu un ami. En 1917, il s'est installé à Nice et en 1943 à Vence où il a décoré la chapelle des Dominicaines. En 1950, il a reçu le Grand prix de peinture de la XXVe Biennale de Venise. Henri Matisse est mort à Nice en 1954. Deux musées sont consacrés à son œuvre : l'un à Nice et l'autre au Cateau-Cambrésis.

Regards sur... | 5

LES MUSÉES : FICHE PRATIQUE

Il y a en France 1200 musées et le monde entier vient les visiter. Les musées les plus populaires sont le Louvre avec 8,2 millions de visiteurs par an, le Château de Versailles avec 5,3 millions et le Musée d'Orsay avec 3,2 millions.

Les musées nationaux sont fermés le mardi et les musées municipaux sont fermés le lundi.

L'entrée des musées est gratuite pour les jeunes de moins de 26 ans, citoyens des pays de l'Union européenne.

Le Louvre organise des « Nocturnes » le vendredi de 18h à 22h.

Pour acheter un billet en ligne ou tout savoir sur l'Histoire de l'art, rendez-vous sur le site des musées nationaux : http://www.rmn.fr/

12. ET SI ON ALLAIT AU MUSÉE ?

A. Connaissez-vous d'autres musées français ? Lesquels ?

B. Connaissiez-vous le fauvisme ? Donnez trois mots pour définir ce mouvement.

C. Aimez-vous le tableau d'Henri Matisse *Nu bleu I* ? Pourquoi ?

D. Préférez-vous la peinture abstraite ou la peinture figurative ?

E. Écrivez à votre tour une courte biographie d'un peintre ou d'un sculpteur de votre pays que vous aimez.

ON TOURNE !

MA VIE EN COULEURS

A. L'environnement et les outils de la peintre. Reliez.

L'atelier	l'outil pour peindre.
Le pinceau	l'objet où la peintre étend et mélange les couleurs.
La toile	l'endroit où elle range les tableaux.
La palette	l'endroit où elle travaille.
La réserve	le support pour la peinture.

B. Son parcours.

Pourquoi la peintre montre-t-elle un cahier ? Que contient-il ?

....

Où a-t-elle étudié ?

....

C. Ses tableaux.
Que peint-elle ?

☐ la mer   ☐ des banquises   ☐ des portraits
☐ des nus   ☐ des natures mortes   ☐ des animaux

D. Ses préférences.
Quels sont les mots importants pour la peintre ?

☐ mer   ☐ ombre   ☐ lumière
☐ nuit   ☐ soleil   ☐ couleur

E. Et chez vous, connaissez-vous des femmes peintres ?

soixante-dix-neuf | 79

6

Qui vivra verra...

À la fin de cette unité, nous serons capables de prévoir l'évolution d'un problème d'intêret général.

Pour cela, nous allons apprendre à :
• faire des prévisions
• parler de conditions et de conséquences
• exprimer différents degrés de certitude
• parler du temps

Nous allons utiliser :
• le futur
• les expressions de la certitude
• le lexique de la météo
• les adjectifs qualificatifs

Nous allons travailler le point de phonétique suivant :
• les oppositions [s] / [z] et [ʃ] / [ʒ]

En région parisienne,

Dans les Alpes,

Premier contact

1. EN NORMANDIE, IL FERA BEAU

A. Regardez les quatre images des caméras de Météo VO. Quel temps fait-il dans ces quatre régions de France ? Complétez les légendes des images.

- il fait beau et il fait chaud.
- il fait mauvais temps ; il pleut.
- il neige et il y a du vent.
- il fait beau, mais il y a quelques nuages.

B. Et demain, quel temps fera-t-il ? Dessinez les pictogrammes sur la carte. Aidez-vous de la carte, page 153.

En Normandie,

Sur la Côte d'Azur,

LA MÉTÉO POUR DEMAIN

Il pleuvra sur la moitié nord de la France, sauf en Bretagne où il y aura quelques éclaircies. Sur la moitié sud du pays, il neigera dans les Alpes à partir de 1000 m et il pleuvra sur le Massif central. Sur la côte méditerranéenne, il y aura du soleil et le temps sera sec. Dans les Pyrénées, le ciel restera couvert. Dans le Sud-Ouest, le temps sera humide : il pleuvra depuis l'Aquitaine jusqu'au Sud de la Bretagne.

6 | Textes et contextes

2. RÉCHAUFFEMENT CLIMATIQUE

A. Voici ce qu'explique le site de Météo France concernant le réchauffement climatique. Qu'en pensez-vous ?

> Entre 1906 et 2005, la température moyenne à la surface de la Terre a augmenté d'environ 0,74° C.
>
> Les scientifiques attribuent ce réchauffement climatique aux gaz à effet de serre d'origine humaine.
>
> Selon les experts, la hausse de la température moyenne d'ici 2100 pourrait être comprise entre 1,1 et 6,4° C.

Source : http://climat.meteofrance.com/

- ☐ Je n'y crois pas vraiment : c'est sûrement une invention des écologistes.
- ☐ J'y crois, mais les changements ne seront pas vraiment très graves.
- ☐ J'y crois : les changements seront sans doute terribles.
- ☐ Ça m'est égal : je ne serai certainement plus là.
- ☐ Autres : ...

B. Voici le résumé d'un rapport commandé par Greenpeace. Relevez les informations qui vous surprennent.

LE CHANGEMENT CLIMATIQUE EN FRANCE ET SES CONSÉQUENCES

À l'avenir, il est très probable que les périodes de chaleur seront à la fois plus fréquentes, plus longues et plus intenses en été. Au contraire, en hiver, il est probable que les pluies deviendront plus abondantes. Ces changements entraîneront des conséquences extrêmes : des inondations, des périodes de sécheresse, une augmentation de la pollution.

1. IMPACT SUR LES RÉSERVES D'EAU

Il neigera moins. Ainsi, à 1500 m, on passera de 5 à 4 mois d'enneigement dans les Alpes du Nord et de 3 à 2 mois dans les Alpes du Sud et les Pyrénées. La plupart des stations de sports d'hiver de moyenne montagne fermeront certainement.
Le réchauffement provoquera aussi un recul des glaciers. On prévoit que les glaciers français situés à moins de 2900 m disparaîtront. Si c'est le cas, la quantité d'eau disponible diminuera de façon importante.

2. IMPACT SUR LE TOURISME

L'augmentation générale des températures perturbera le tourisme d'été et un tourisme « de fraîcheur » se développera problablement. Si c'est le cas, le printemps et l'automne deviendront les « hautes saisons » touristiques.

3. IMPACT SUR L'AGRICULTURE

De façon générale, le changement climatique entraînera des effets plutôt positifs dans le Nord (les températures deviendront plus douces) et plutôt négatifs dans le Sud (surtout à cause de la sécheresse). Mais l'impact dépendra aussi du type de d'agriculture :
- les grandes cultures (le blé, le maïs, etc.) seront favorisées, sauf dans le Sud à cause du risque de sécheresse ;
- les arbres fruitiers pourront être exposés à des risques de gel au moment de la floraison ;
- en ce qui concerne la vigne – culture très importante en France – le réchauffement augmentera plutôt la qualité des vins, s'il reste limité à 1 ou 2 degrés ; mais s'il est supérieur, son effet sera négatif.

C. Avez-vous d'autres informations sur ce phénomène et ses conséquences ? Discutez-en avec vos camarades.

- ● Si la terre se réchauffe, il y aura beaucoup d'espèces d'animaux et de plantes qui disparaîtront...
- ○ Oui...

3. L'AVENIR DE LA FRANCE

A. Voici trois brèves sur la France dans 20 ans.
Lisez-les et reliez les informations aux cartes ou aux graphiques.

COMMENT SERA LA FRANCE DANS 20 ANS ?

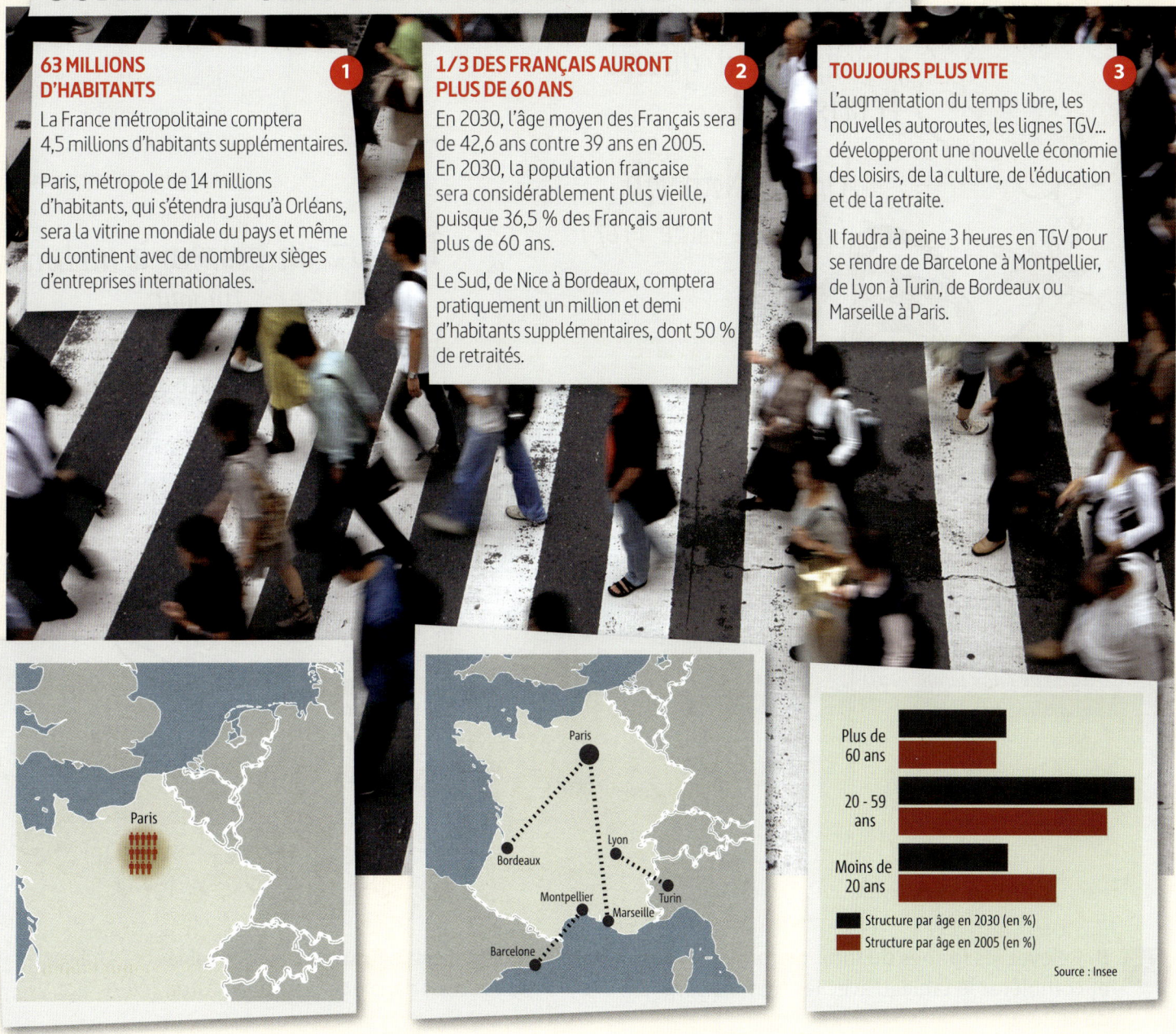

1 · 63 MILLIONS D'HABITANTS

La France métropolitaine comptera 4,5 millions d'habitants supplémentaires.

Paris, métropole de 14 millions d'habitants, qui s'étendra jusqu'à Orléans, sera la vitrine mondiale du pays et même du continent avec de nombreux sièges d'entreprises internationales.

2 · 1/3 DES FRANÇAIS AURONT PLUS DE 60 ANS

En 2030, l'âge moyen des Français sera de 42,6 ans contre 39 ans en 2005. En 2030, la population française sera considérablement plus vieille, puisque 36,5 % des Français auront plus de 60 ans.

Le Sud, de Nice à Bordeaux, comptera pratiquement un million et demi d'habitants supplémentaires, dont 50 % de retraités.

3 · TOUJOURS PLUS VITE

L'augmentation du temps libre, les nouvelles autoroutes, les lignes TGV... développeront une nouvelle économie des loisirs, de la culture, de l'éducation et de la retraite.

Il faudra à peine 3 heures en TGV pour se rendre de Barcelone à Montpellier, de Lyon à Turin, de Bordeaux ou Marseille à Paris.

B. Écoutez ces deux personnes. De quelle brève parlent-elles à chaque fois ? Quel est leur avis ?

1. ....
2. ....
3. ....

C. Comment voyez-vous l'avenir de votre pays ? Discutez-en avec vos camarades.

• En 2050, notre ville sera probablement beaucoup plus verte, il n'y aura presque plus de voitures à essence.

6 | À la découverte de la langue

4. PROVERBES ET CITATIONS

A. Lisez ces six proverbes et citations. Quels sont ceux qui vous plaisent ? Pourquoi ?

> Quand je serai grand, je **penserai** à quand j'étais petit.
>
> Amélie Nothomb.
> (écrivaine belge 1967)

> Il y a une personne avec qui nous **n'arriverons** jamais à être complètement sincères, nous-mêmes.
>
> Rémy de Gourmont
> (écrivain français, 1858-1915)

> Dis quelquefois la vérité, afin qu'on te croie quand tu **mentiras**.
>
> Jules Renard
> (écrivain français, 1864-1910)

> Donnez un poisson à un homme il **mangera** un jour. Apprenez-lui à pêcher, il **mangera** toute sa vie.
>
> Proverbe chinois

> Ne prenez pas la vie au sérieux ; de toute façon, vous n'en **sortirez** pas vivant.
>
> Bernard Fontenelle
> (écrivain et philosophe français, 1657-1757)

> Ne dites jamais du mal de vous. Vos amis en **diront** toujours assez.
>
> Talleyrand
> (homme politique français, 1754-1838)

B. Relevez les formes du futur marquées en gras et complétez le tableau avec les terminaisons de ce temps.

	RADICAL	TERMINAISONS
je	penser-	-ai
tu	mentir-	
il / elle / on	manger-	
nous	arriver-	
vous	sortir-	
ils / elles	dir-	

C. Quel est le futur des verbes suivants ? Utilisez les verbes dans une phrase au futur.

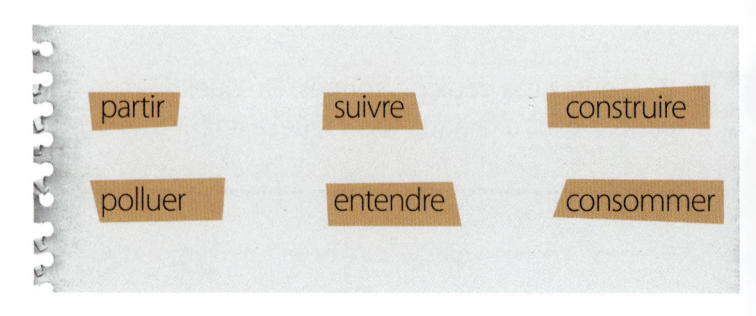

- partir
- suivre
- construire
- polluer
- entendre
- consommer

À la découverte de la langue | 6

D. Lisez ces autres proverbes et relevez dans le tableau les formes du futur. À quels verbes à l'infinitif correspondent-ils ?

1. Quand tu montes à l'échelle, souris à tous ceux que tu dépasses, car tu croiseras les mêmes en redescendant.
   Proverbe américain

2. Si tu sais te supporter, tu supporteras mieux les autres.
   Proverbe français

3. Nul n'échappe à son destin. Ce qui doit arriver arrivera.
   Proverbe créole

4. Le monde aura beau changer, les chats ne pondront pas.
   Proverbe africain

5. Aidons-nous mutuellement, la charge des malheurs en sera plus légère.
   Proverbe français

6. La tête du pécheur ne portera jamais de couronne.
   Proverbe québécois

7. Qui vivra verra.
   Proverbe français

	1	2	3	4	5	6	7
verbe	croiseras						
infinitif	croiser						

5. CHIEN OU SIEN ?

DES SONS ET DES LETTRES

A. Écoutez les paires d'expressions suivantes et indiquez dans quel ordre vous les entendez.

☐ C'est un poi**s**on.   ☐ C'est un poi**ss**on.

☐ Ils ai**m**ent.   ☐ Ils **s**èment.

☐ C'est un beau dé**s**ert.   ☐ C'est un beau de**ss**ert.

☐ Les deux **j**oues.   ☐ Les deux **ch**oux.

☐ Quelle **j**oie !   ☐ Quel **ch**oix !

B. Écoutez et répétez ces « virelangues ».

- Si six scies scient six cyprès, six cent six scies scient six cent six cyprès.

- Doit-on dire : seize sèches chaises, ou bien seize chaises sèches ?

- Les chaussettes de l'archiduchesse sont-elles sèches ? Oui, elles sont sèches, archisèches !

- Non, je n'ai pas dit samedi, j'ai dit « jeudi, ça me dit. »

- Suis-je bien chez ce cher Serge ? Il fait si chaud chez ce cher Serge.

C. Relevez dans les « virelangues » les différentes graphies des sons...

[s] comme dans **s**amedi : **s**ix...

[z] comme dans **z**éro :

[ʃ] comme dans **ch**aud :

[ʒ] comme dans **j**eune :

6 | À la découverte de la langue

6. L'EFFET DE SERRE

A. Lisez ces informations sur l'effet de serre et regardez le schéma. Reliez les mots-clés du texte en gras aux différentes images du graphique.

Qu'est-ce que l'effet de serre ?
La Terre absorbe les **rayons solaires** et en réémet une partie vers l'espace. Certains gaz de l'atmosphère (la vapeur d'eau, le CO_2, etc.) retiennent ces rayons et les réémettent vers l'espace et vers la Terre tout en la réchauffant. Les activités humaines (**les industries, l'agriculture** et **les villes**) et certains phénomènes naturels (notamment les éruptions volcaniques) ont augmenté les concentrations de **gaz à effet de serre**, ce qui entraîne une hausse de la température moyenne de la planète.

La déforestation a-t-elle des conséquences sur l'effet de serre ?
Oui, **les arbres**, par la photosynthèse, absorbent du CO_2 et produisent de l'oxygène. Si on n'arrête pas de détruire les forêts, les concentrations de gaz à effet de serre risquent d'augmenter dramatiquement.

Quelles mesures faut-il prendre si on veut limiter le réchauffement climatique ?
Il faut de toute urgence réduire les émissions de gaz à effet de serre. Tous les pays du monde doivent lutter contre le réchauffement de la planète.

Quels seront les effets du réchauffement si rien n'est fait ?
Si rien n'est fait, le réchauffement s'amplifiera. Un exemple : le **niveau moyen de la mer** a augmenté de 10 à 20 cm depuis cent ans. En 2005, les habitants de l'archipel de Vanuatu en Océanie ont dû quitter leur village, devenant ainsi les premiers réfugiés climatiques.

Quand faut-il agir ?
Il faut agir immédiatement. Si on attend jusqu'à épuisement du pétrole, il sera trop tard.

B. Observez les structures soulignées dans le texte et complétez la règle.

Si + VERBE AU PRÉSENT DE L'INDICATIF + VERBE AU ....
VERBE AU ....

C. Maintenant, complétez les phrases suivantes avec vos propres idées.

1. Si les puits de pétrole de la planète s'épuisent,
　....................
2. Si on découvre qu'il y a de la vie sur Mars,
　....................
3. Si la population mondiale continue à augmenter au rythme actuel,
　....................
4. Si les glaces des pôles fondent,
　....................
5. Si on continue à polluer les mers,
　....................

7. CHAUD, CHALEUR, RÉCHAUFFER

A. Observez cette famille de mots. Pouvez-vous l'agrandir ?

NOMS	ADJECTIFS	ADVERBES	VERBES
chaleur	chaleureux	chaleureusement	réchauffer
	chaud		

B. Construisez des familles de mots semblables à partir des mots suivants. Attention : il est parfois impossible de trouver des mots pour toutes les cases du tableau.

actif　diminuer　habiter
mondial　développer　augmenter

C. Les noms que vous avez trouvés sont-ils masculins ou féminins ? Leurs terminaisons ont-elles un équivalent dans votre langue ?

Outils | 6

FAIRE DES PRÉVISIONS

Pour faire des prévisions en français, on utilise le futur. Ce temps verbal a les mêmes terminaisons pour tous les verbes.

je		-ai
tu		-as
il / elle / on	prendr-	-a
nous		-ons
vous		-ez
ils / elles		-ont

- Demain, il **neigera** sur les Alpes.

Les radicaux de ces temps sont presque toujours réguliers : c'est en effet l'infinitif pour les verbes terminés en **–er** et **–ir** et l'infinitif sans le **e** final pour les verbes en **–re**.

✋ Il y a quelques verbes à radicaux irréguliers.

être	ser-	pouvoir	pourr-	venir	viendr-
avoir	aur-	falloir	faudr-	tenir	tiendr-
aller	ir-	voir	verr-	faire	fer-
vouloir	voudr-	savoir	saur-		

- Dans 20 ans, on **pourra** voyager encore plus vite.

✋ Pour exprimer des intentions, on peut utiliser la structure ⟨aller⟩ + ⟨INFINITIF⟩.

- Je **vais acheter** un vélo, c'est plus écologique.

RELIER UNE CONSÉQUENCE À SA CONDITION

Si + ⟨PRÉSENT DE L'INDICATIF⟩ + ⟨PRÉSENT DE L'INDICATIF / FUTUR⟩

- **Si** tu **réussis** tous tes examens, on **partira** en vacances.

En cas de + ⟨NOM⟩ + ⟨PRÉSENT DE L'INDICATIF / FUTUR⟩

- **En cas d'augm**entation des températures, le niveau des mers **peut** monter dramatiquement.

LA PLACE DE L'ADJECTIF

En général, l'adjectif se place après le nom.

- La déforestation aura des effets **négatifs** sur le climat.

Pourtant, on trouve certains adjectifs très fréquents placés le plus souvent avant le nom : **beau, joli, bon, mauvais, grand, petit, vieux…**

- Tu me donnes toujours de **bons** conseils.
- Ça, c'est une **mauvaise** idée.
- Nous avons un **grand** bateau.

✋ L'adjectif est placé obligatoirement après le nom quand celui-là exprime une couleur, une forme ou une origine.

- une jupe **rouge**
- la table **carrée** de la salle à manger
- le riz **japonais**

LES DEGRÉS DE CERTITUDE

plus sûr	↑	Certainement / Sûrement (pas)
		Peut-être (pas)
moins sûr		Probablement / Sans doute (pas)

- Nos enfants connaîtront **peut-être** un monde sans pétrole.

- En 2040, les stations de sports d'hiver ne seront **probablement pas** aussi nombreuses.

- Le réchauffement climatique aura **sans doute** des conséquences graves sur le climat de la planète.

- Les pays ne réussiront **sûrement pas** à diminuer leurs émissions de gaz à effet de serre.

*Demain il **fera** beau dans le Sud-Ouest de la France.*

6 | Outils en action...

8. UNE CHAÎNE DE CAUSES ET DE CONSÉQUENCES

A. Chacun écrit sur une feuille une question qui commence par « Que se passera-t-il si... ? » et passe sa feuille à un camarade qui doit y répondre.

Que se passera-t-il s'il neige demain ?

S'il neige demain, on aura des problèmes pour venir à l'école et...

B. Chacun passe ensuite la feuille reçue à une troisième personne, qui notera les nouvelles conséquences de la réponse.

Que se passera-t-il s'il neige demain ?

S'il neige demain, on aura des problèmes pour venir à l'école et...

nous resterons à la maison et ne viendrons pas en cours de français, alors nous...

9. LES DÉPÊCHES DU FUTUR

A. Voici quelques dépêches de journaux du futur. Vous semblent-elles possibles ? Si oui, quand se produiront ces faits ?

Les eaux couvrent définitivement Venise : le dernier Vénitien quitte la ville

Le dernier grand puits de pétrole est abandonné : le pétrole ne servira plus que pour la cosmétique

SÉLÉNIA, LE VILLAGE SUR LA LUNE, REÇOIT SES PREMIERS HABITANTS

L'AFRIQUE DEVIENT LE CONTINENT LE PLUS RICHE DU MONDE

Les premiers ministres et présidents de l'Union européenne sont toutes des femmes

• Je crois que cette nouvelle sera vraie un jour. Un jour, l'Afrique sera certainement le continent le plus riche du monde.
○ Ah bon, tu crois ?

B. Maintenant, écrivez deux autres dépêches du futur. Quelle est votre vision du futur ? Quels sujets vous préoccupent ?

10. L'ALIMENTATION DU FUTUR

A. Vous allez prévoir l'évolution d'un problème d'intérêt général, l'alimentation. Chez vous, actuellement, les affirmations suivantes sont-elles valables ? Discutez-en en petits groupes.

ACTUELLEMENT

- Les jeunes achètent de plus en plus de produits biologiques.
- On consomme trop de viande et cela a des effets sur la consommation d'eau et la déforestation.
- On consacre peu de temps à cuisiner : la plupart des gens achètent des plats cuisinés ou vont au restaurant.
- Dans les écoles, les enfants apprennent à mieux manger.
- La hausse de la demande de poisson entraîne la disparition de certaines espèces, comme le thon rouge.
- L'alimentation se mondialise ; on mange de plus en plus de produits exotiques qui doivent parcourir des milliers de kilomètres.
- Les organismes génétiquement modifiés sont présents dans nos champs et sur nos marchés.
- Certaines entreprises multinationales ont un très grand pouvoir : elles décident des variétés cultivées, elles possèdent de grands stocks d'aliments, elles contrôlent la distribution…
- Autres idées : …

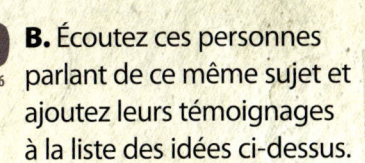

B. Écoutez ces personnes parlant de ce même sujet et ajoutez leurs témoignages à la liste des idées ci-dessus. Commentez-les en groupes.

LES MOTS POUR AGIR
Tout le monde
Certains / certaines + NOM
La plupart de + NOM

C. Reprenez les idées avec lesquelles vous êtes d'accord. Imaginez quelles seront les conséquences.

DANS 30 ANS…

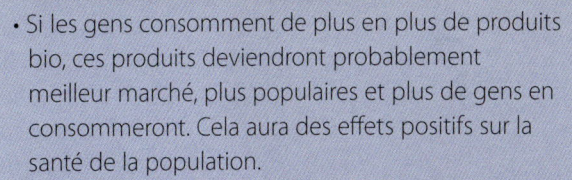

- Si les gens consomment de plus en plus de produits bio, ces produits deviendront probablement meilleur marché, plus populaires et plus de gens en consommeront. Cela aura des effets positifs sur la santé de la population.
- Si on continue à consommer autant de viande, les gens auront sûrement de plus en plus de problèmes cardio-vasculaires.
- Si les gens sont mieux informés sur la question de l'alimentation, ils arrêteront peut-être la « malbouffe ».

D. Comment voyez-vous l'alimentation du futur ? Élaborez vos conclusions en répondant aux questions suivantes :

▸ Qui mangera quoi ?
▸ Où mangera-t-on ?
▸ Comment mangera-t-on : mieux ou moins bien ?
▸ Quelles seront les conséquences pour l'environnement ?
▸ Autres : …

E. Chaque groupe présente ses prévisions à la classe. Faites ensuite la liste des prévisions retenues par toute la classe. Votre classe est-elle plutôt optimiste ou pessimiste ?

Découvrez les activités 2.0 sur versionoriginale.difusion.com

6 | Regards sur...

VILLES ET COMMUNAUTÉS EN TRANSITION

Le mouvement de Transition est né en Grande-Bretagne en septembre 2006. Il y a aujourd'hui plus de 250 initiatives de Transition dans une quinzaine de pays et ces initiatives sont arrivées dans des pays francophones comme le Québec, la Belgique ou la France.

Quels sont les objectifs ?

Inciter les citoyens d'un territoire à trouver ensemble des solutions pour lutter contre l'effet de serre, diminuer la consommation de pétrole et « vivre mieux » en communauté.

Comment y arriver ?

- Sensibiliser la population à la nécessité d'adopter un nouveau mode de vie à l'échelle locale ou régionale : transport, consommation, recyclage...
- Développer une réelle économie locale pour limiter les transports.
- Développer des énergies alternatives moins polluantes pour l'environnement.

Concrètement, quelles mesures appliquent les villes et les communautés en Transition ?

Multiplier et amplifier les circuits courts

Un circuit court est un circuit de vente qui fonctionne avec le moins d'intermédiaires possible, à une échelle régionale ou locale. Un circuit court peut relier des individus (producteurs et consommateurs), des entreprises et des commerces, des collectivités et des entreprises, etc. Les AMAP (Associations pour le Maintien d'une Agriculture Paysanne), par exemple, créent un lien direct entre paysans et consommateurs.

ON TOURNE !

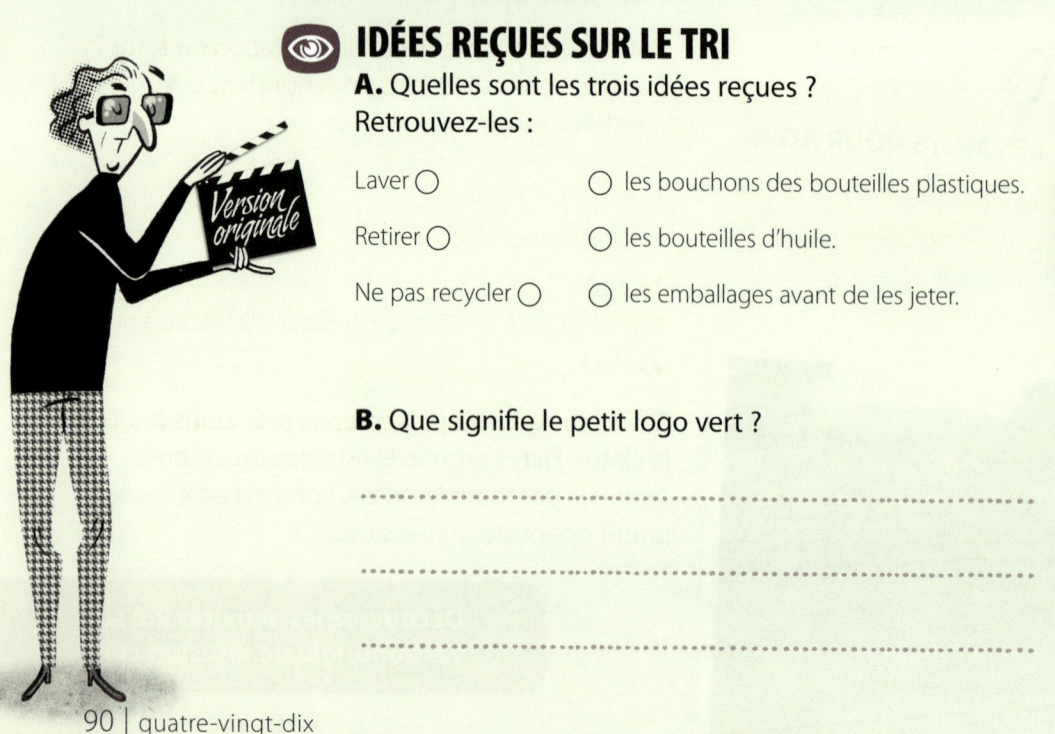

IDÉES REÇUES SUR LE TRI

A. Quelles sont les trois idées reçues ? Retrouvez-les :

Laver ○   ○ les bouchons des bouteilles plastiques.

Retirer ○   ○ les bouteilles d'huile.

Ne pas recycler ○   ○ les emballages avant de les jeter.

B. Que signifie le petit logo vert ?

....

....

....

Regards sur... | 6

Se déplacer autrement
- Circuler à plusieurs dans une même voiture sur un même trajet : c'est le covoiturage.
- Améliorer les transports en commun pour augmenter leur utilisation (c'est plus difficile à la campagne).
- Développer les parkings à vélo en ville.
- Regrouper ses déplacements, éviter les déplacements inutiles.

Recycler et échanger
Le recyclage s'est beaucoup développé ces dernières années, mais il oblige encore à des transports de longue distance. L'idéal est de recycler ou de réutiliser sur place. Il existe aussi des centrales d'échange où les particuliers déposent leurs objets que d'autres peuvent récupérer.

Produire l'énergie
Les villes ou communautés en Transition tentent de produire l'énergie dont elles ont besoin. Elles valorisent ainsi les ressources locales et créent des emplois sur place :
- utiliser des bois de chauffage et se servir de l'énergie de la biomasse.
- installer des panneaux solaires et des éoliennes lorsque cela est possible.

11. UN MEILLEUR AVENIR POUR NOS ENFANTS

A. Que pensez-vous de ces villes en Transition ?

B. Avez-vous d'autres idées d'initiatives que pourraient mettre en place les villes en Transition ?

C. Y a-t-il des villes en Transition dans votre pays ?

POUR EN SAVOIR PLUS :
www.villesentransition.net/transition/

Exemple de villes en transition
Trièves en France
http://aprespetrole.unblog.fr

Boucherville au Québec
http://boucherviIleentransition.ning.com

Ottignies-Louvain-la-Neuve en Belgique
http://www.villesentransition.net/ottignies

C. Les emballages des produits montrés sont :
- ☐ des produits alimentaires.
- ☐ des boissons.
- ☐ des produits de beauté.
- ☐ des appareils ménagers.
- ☐ des produits d'entretien.

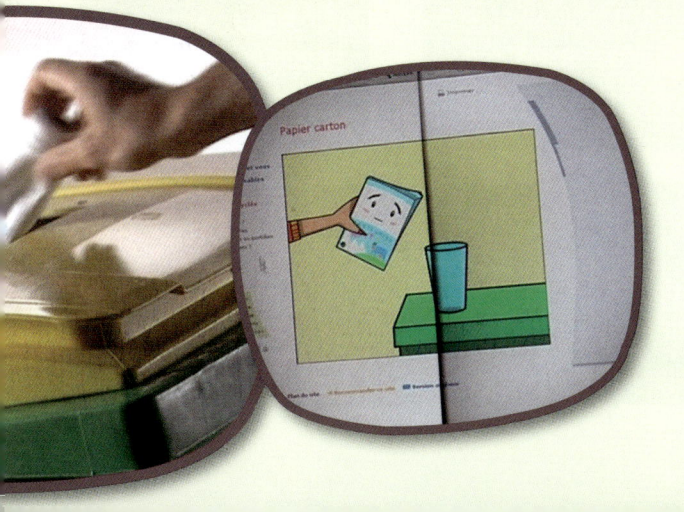

D. À quoi correspondent les trois couleurs des poubelles ?

bleu ○   ○ Les emballages plastiques vides.

vert ○   ○ Le papier (annuaires, magazines, prospectus).

jaune ○   ○ Le verre (bouteilles, bocaux).

E. Et dans votre pays, le recyclage est-il développé ? Et vous-même, recyclez-vous au quotidien ?

....
....
....

Entraînement à l'examen du **DELF A2**

L'épreuve de production orale comprend trois parties :
1. un entretien dirigé
2. un monologue suivi
3. un exercice en interaction

25 points

QUELQUES CONSEILS POUR L'EXAMEN

▸ Lors de l'**entretien dirigé**, vous devrez vous présenter et répondre à des questions sur vous-même : vos activités, vos goûts, votre famille... Si nécessaire, faites répéter les questions, soyez plutôt souriant, prenez l'initiative, donnez une impression d'aisance et de détente.

▸ Lors du **monologue suivi**, vous devrez exposer un sujet qui vous concerne : votre ville, votre alimentation, vos journées habituelles, vos études, vos projets... Ne parlez pas trop vite : articulez, mettez en évidence la ligne directrice de votre exposé, regardez l'examinateur.

▸ Lors de l'**exercice en interaction**, vous devrez jouer un rôle dans une situation de dialogue de la vie quotidienne simulée : organiser une activité de loisir, obtenir un renseignement, un objet, un service... L'examinateur vous servira de partenaire durant 3 à 5 minutes d'interaction. Entrez dans le jeu de la simulation : pensez à l'entrée en contact et à la prise de congé ; à vouvoyer ou tutoyer selon le contexte...

Lors de votre préparation, pensez à ce que vous allez dire mais aussi à ce que l'examinateur pourrait vous demander ; vous ne pourrez pas tout anticiper, le but de l'exercice étant d'ailleurs d'apprécier votre capacité de réaction ; restez donc calme et prenez votre temps.

EXERCICE 1

A. Voici une série de mots-clés qui peuvent vous aider à vous présenter. Avec un camarade, préparez les questions qui pourraient vous être posées lors de l'entretien dirigé et prévoyez les réponses (chacun les siennes).

B. À deux, posez-vous les questions et répondez-y.

- VOTRE IDENTITÉ
- VOS ÉTUDES ET VOS PROJETS DE FORMATION
- VOTRE VIE PROFESSIONNELLE ET VOS PERSPECTIVES D'AVENIR
- VOS ACTIVITÉS CULTURELLES ACTUELLES ET VOS PROJETS POUR L'ANNÉE PROCHAINE
- VOTRE VIE SPORTIVE ACTUELLE ET VOS PROJETS POUR L'ANNÉE PROCHAINE
- VOTRE VIE FAMILIALE ET VOTRE AVENIR
- LES ENDROITS OÙ VOUS AVEZ VÉCU ET VOS PROJETS

Production orale

EXERCICE 2

A. Préparez deux minutes de monologue sur l'un des sujets suivants.

▸ Vos études : quelles études avez-vous faites ? Qu'avez-vous aimé ou détesté ? Où les avez-vous faites ? Pensez-vous en faire d'autres ? Que voulez-vous faire avec le français que vous étudiez maintenant ?

▸ Quelles villes avez-vous connues ? Pourquoi ? Comment ? Quand ? Qu'y avez-vous fait ? Qu'y avez-vous aimé ou détesté ? Où voulez-vous aller prochainement ? Qu'y ferez-vous ?

▸ Quels sont vos meilleurs amis ? Comment, où et quand les avez-vous rencontrés ? Qu'est devenue votre relation aujourd'hui ? Comment pensez-vous qu'elle sera dans l'avenir ?

▸ Comment se présentent vos journées quotidiennes ? Qu'avez-vous fait hier ? Qu'est-ce qui vous a fait plaisir ou vous a été pénible ? Et demain, qu'allez-vous faire ?

▸ Qu'avez-vous fait lors de vos dernières vacances ? Où ? Quand ? Avec qui ? Qu'est-ce qui vous a plu ou déplu ? Avez-vous des projets ? Lesquels ?

B. Exposez l'un de ces sujets à un camarade : celui-ci prendra le rôle de l'examinateur et vous posera quelques questions supplémentaires. Inversez ensuite les rôles.

EXERCICE 3

A. Avec un camarade, préparez ce dialogue puis jouez la scène en alternant les rôles.

SITUATION
Vous retrouvez votre collègue de bureau après les fêtes de fin d'année : vous vous racontez comment cela s'est passé et vous prenez déjà de bonnes résolutions pour que cela se passe autrement l'année prochaine : mieux ou encore mieux !

B. Imaginez d'autres dialogues et jouez-les.

SITUATION
Vous témoignez dans un bureau de police sur un vol dont vous avez été victime. Comme vous allez devoir rester à la disposition de la justice, expliquez quelles seront vos activités des jours à venir.

SITUATION
Vous avez remplacé votre patron lors d'une importante conférence sur un thème que vous connaissez bien : l'environnement, l'économie, la culture… Vous lui rendez compte du déroulement de la rencontre. Vous lui exposez ce que l'entreprise devrait faire à l'avenir.

Journal d'apprentissage

AUTOÉVALUATION

1. Compétences visées dans les unités 5 et 6

1. Compétences visées dans les unités 5 et 6	Je suis capable de…	J'éprouve des difficultés à…	Je ne suis pas encore capable de…	Exemples
poser des questions sur le parcours de vie de quelqu'un				
raconter des expériences passées				
situer des expériences dans le passé				
faire des prévisions				
parler du temps qu'il fait et qu'il fera				
exprimer différents degrés de certitude				
parler de conditions et de conséquences				

2. Connaissances visées dans les unités 5 et 6

2. Connaissances visées dans les unités 5 et 6	Je connais et j'utilise facilement…	Je connais mais n'utilise pas facilement…	Je ne connais pas encore…
le passé composé			
l'imparfait			
le lexique des étapes de la vie			
les pronoms relatifs : **qui, que, où**			
être en train de + infinitif			
le futur			
les adjectifs qualificatifs			
les expressions de la certitude			

Unités **5** et **6**

BILAN

Mon usage actuel du français	☀	⛅	☁	☁☁
quand je lis				
quand j'écoute				
quand je parle				
quand j'écris				
quand je réalise les tâches				

Ma connaissance actuelle	☀	⛅	☁	☁☁
de la grammaire				
du vocabulaire				
de la prononciation et de l'orthographe				
de la culture				

À ce stade, mes points forts sont : ....

....

À ce stade, mes difficultés sont : ....

....

Des idées pour améliorer	en classe	à l'extérieur (chez moi, dans la rue…)
mon vocabulaire		
ma grammaire		
ma prononciation et mon orthographe		
ma pratique de la lecture		
ma pratique de l'écoute		
mes productions orales		
mes productions écrites		

Si vous le souhaitez, discutez-en avec vos camarades.

7

Je vous en prie...

À la fin de cette unité, nous serons capables d'organiser un match d'impro.

Pour cela, nous allons apprendre à :
- demander un service
- demander l'autorisation
- accepter et refuser
- nous justifier

Nous allons utiliser :
- les verbes modaux : **vouloir, pouvoir** et **devoir**
- le conditionnel
- les formes de politesse

Nous allons travailler le point de phonétique suivant :
- l'intonation pour marquer l'adhésion ou le refus

Rencontre matinale

Paris, terrasse du Café de la République, 9 h du matin...

1

2

Il la regarde intensément...

6

Premier contact

1. EXCUSEZ-MOI
Lisez les répliques de ce roman-photo et reliez-les aux photos correspondantes.

• Ah, ben voilà, je vous présente mon petit ami !

○ Excusez-moi, puis-je vous offrir un croissant, je viens d'en acheter...
• Euh… je ne sais pas…
○ Je vous en prie, j'en ai assez.
• Bon, volontiers alors. Je meurs de faim, c'est vraiment très gentil ! Merci beaucoup !

• Je voudrais un café, s'il vous plaît et un croissant.
▸ Désolée, mais nous n'avons plus de croissants…
• Ah… Dommage ! Bon, un café, alors.

▸ Vous pourriez peut-être m'offrir un croissant à moi aussi ?

○ Cela vous dérange si je m'assieds à votre table…
• Euh… non… enfin… j'attends quelqu'un…

quatre-vingt-dix-sept | 97

7 | Textes et contextes

2. JOYEUX ANNIVERSAIRE

A. Thierry prépare une grande fête pour célébrer le quarantième anniversaire de sa femme Caroline. Voici sa liste d'invités et les animations prévues. Examinez le courrier d'aujourd'hui et complétez sa liste.

INVITÉS
- Véro et Marc ok
- Sophie et Laurent ok
- Marcel
- ~~Jean et Luc D.~~
- Famille Rieux
- Pierre et Isa Domievsky
- Philline Lintaud

ANIMATION
- Théâtre : Fred D. ok
- Piano : Mateo A. ok
- Chansons : Ariane + Léa + Éric ok
- Fanfare :

FANFARE 2000
PLACE DE L'HÔTEL DE VILLE
14000 NIVELLES

À M. LAURENT

OBJET : CONCERT SAMEDI 23 MAI

Cher Monsieur,
Nous vous remercions d'avoir songé à nous pour animer votre fête, mais, malheureusement, le samedi 23, nous jouons déjà dans notre région jusqu'à 13h. Nous sommes désolés de ne pouvoir accepter votre offre.
Cordialement,

Bien à vous,

Justin Violet

De : francois.rieux@version.vo
À : thierry.laurent@version.vo
Objet : Re : invitation

Cher Thierry,
Un petit mot pour te remercier de l'invitation que nous acceptons avec grand plaisir. Juste une question : cela te gêne-t-il si nous amenons nos enfants ?
Amitié et à bientôt,
François et Gaëlle Rieux

De : domievsky.p@version.vo
À : thierry.laurent@version.vo
Objet : Re : invitation

Bonjour Thierry,
Quel dommage !
Isabelle et moi sommes déjà retenus par une représentation théâtrale qu'Isabelle met en scène. Impossible de nous libérer.
Très belle journée et bon anniversaire à Caroline.
Pierre

MARCEL GERANT

Quelle belle idée !
Oui, bien sûr, je serai là !
Avec grand plaisir !
Votre ami de toujours,
Marcel

B. Écoutez maintenant la conversation téléphonique de Thierry : faut-il modifier à nouveau sa liste ?

Piste 27

Textes et contextes | 7

3. SAVOIR-VIVRE

A. Connaissez-vous les règles de savoir-vivre en France ? Ces affirmations sont-elles exactes ou non ?

▸ Dans le métro, on laisse sortir les gens du wagon avant de monter dedans.
☐ vrai / ☐ faux

▸ Téléphoner chez quelqu'un après 22h est un usage accepté.
☐ vrai / ☐ faux

▸ Faire du bruit en buvant et en mangeant siginifie qu'on apprécie le repas.
☐ vrai / ☐ faux

▸ Lorsqu'on reçoit un cadeau, il faut l'ouvrir devant la personne qui vous l'a offert.
☐ vrai / ☐ faux

▸ Lorsqu'on est invité à dîner chez des amis, on peut se resservir soi-même si l'on a apprécié le plat.
☐ vrai / ☐ faux

▸ Lorsqu'on rentre et lorsqu'on sort d'un magasin, il est d'usage de saluer les vendeurs.
☐ vrai / ☐ faux

▸ En arrivant chez un Français, il est obligatoire d'enlever ses chaussures.
☐ vrai / ☐ faux

B. Ces règles s'appliquent-elles chez vous ?

4. LA POLITESSE DISPARAÎT-ELLE ?

A. Lisez ces deux témoignages. Qu'en pensez-vous ?

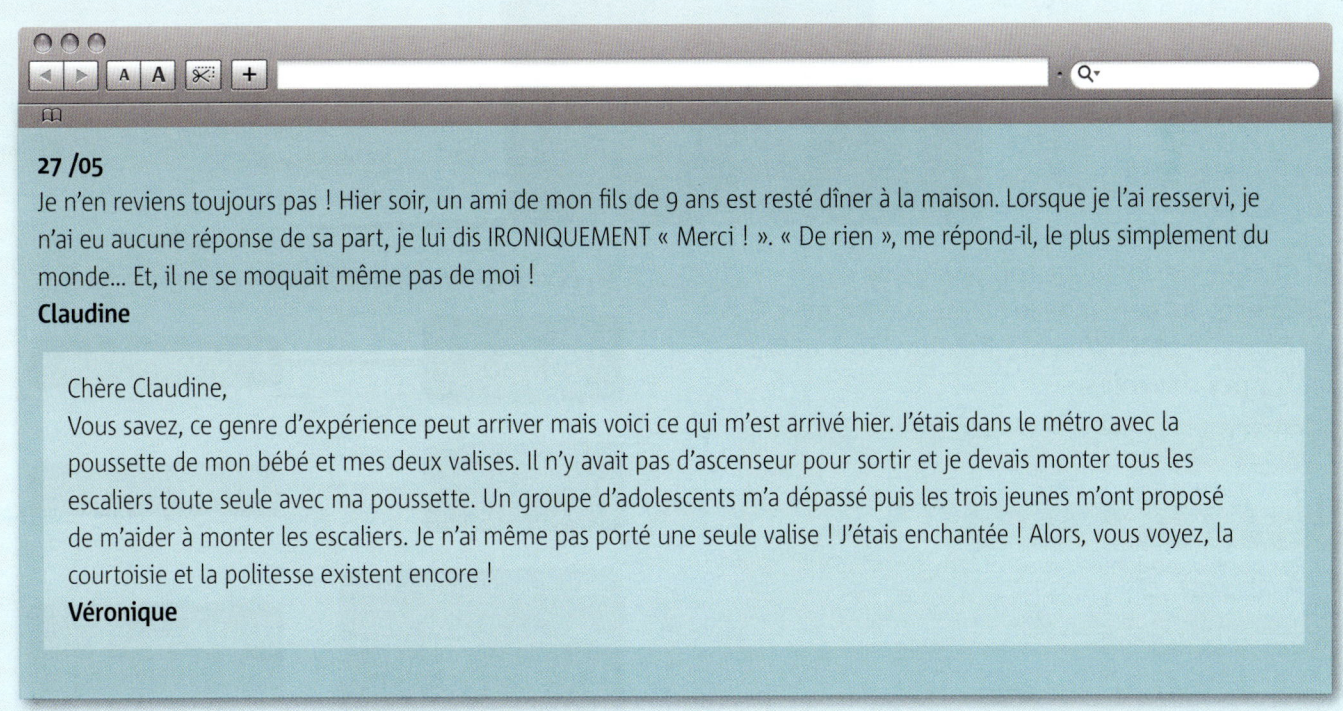

27 /05
Je n'en reviens toujours pas ! Hier soir, un ami de mon fils de 9 ans est resté dîner à la maison. Lorsque je l'ai resservi, je n'ai eu aucune réponse de sa part, je lui dis IRONIQUEMENT « Merci ! ». « De rien », me répond-il, le plus simplement du monde… Et, il ne se moquait même pas de moi !
Claudine

> Chère Claudine,
> Vous savez, ce genre d'expérience peut arriver mais voici ce qui m'est arrivé hier. J'étais dans le métro avec la poussette de mon bébé et mes deux valises. Il n'y avait pas d'ascenseur pour sortir et je devais monter tous les escaliers toute seule avec ma poussette. Un groupe d'adolescents m'a dépassé puis les trois jeunes m'ont proposé de m'aider à monter les escaliers. Je n'ai même pas porté une seule valise ! J'étais enchantée ! Alors, vous voyez, la courtoisie et la politesse existent encore !
> **Véronique**

B. Pour vous, être poli se traduit d'abord par :
☐ le comportement.
☐ les mots.

C. À votre tour, racontez une anecdote positive ou négative à propos de la politesse.

7 | À la découverte de la langue

5. L'ENFER, C'EST LES AUTRES

A. Jacqueline lit ses courriels qu'elle reçoit à 9h du matin. Pourquoi est-elle énervée ?

De : serge.durand@version.vo
À : jacqueline.durand@version.vo
Date : mercredi 4 avril, 9h04
Objet : Voiture !

Ma chérie,
Pas de chance ! Le garagiste doit garder ma voiture jusqu'à demain (problème de freins). Tu peux me passer la tienne ce midi ?
À tout à l'heure,
Bisous
Serge

De : chloe.du@version.vo
À : jacqueline.durand@version.vo
Date : mercredi 4 avril, 9h05
Objet : Fin exam

Bonjour maman !
Ça y est : les examens sont finis et j'ai tout réussi ! C'est super ! Pour fêter ça, on veut aller à la mer avec les copines ce week-end. Tu pourrais me passer ta voiture ?
Ça va, toi ?
Bisous
Chloé

De : anne.legrand@version.vo
À : jacqueline.durand@version.vo
Date : mercredi 4 avril, 9h10
Objet : service

Je suis Anne Legrand, la mère de Théo. C'est à mon tour d'emmener nos enfants au match de rugby demain après-midi mais ma voiture est en panne. Pourriez-vous me prêter la vôtre ?
Je vous en serais très reconnaissante.
Anne Legrand

De : mamie_therese@version.vo
À : jacqueline.durand@version.vo
Date : mercredi 4 avril, 9h25
Objet : week-end

Bonjour ma chérie.
Comment vas-tu depuis hier ? Moi, beaucoup mieux : je me suis reposée... À mon âge, c'est assez normal, ne te fais pas de souci ! Peut-être pourrais-tu nous passer ta voiture, à papa et à moi ? On a envie d'aller à la campagne prendre l'air. Ton père conduit encore très bien, tu sais. Mais bon, si ce n'est pas possible...
Je t'embrasse.
Maman

De : vincent85@version.vo
À : jacqueline.durand@version.vo
Date : mercredi 4 avril, 9h07
Objet : service

Salut maman !
J'ai encore eu un petit accident de voiture hier soir... Rassure-toi, tout va bien, sauf la voiture... Tu me passes la tienne demain après-midi ? Merci d'avance.
Ton fils, qui a besoin de toi...
Vincent

B. Chaque personne de l'entourage de Jacqueline lui demande le même service mais de façon un peu différente. Retrouvez qui utilise les formes suivantes.

	Nom
Question au présent de l'indicatif	
Question avec **pouvoir** au présent de l'indicatif + verbe à l'infinitif	
Question avec **pouvoir** au conditionnel + verbe à l'infinitif	

C. De quoi dépend le choix d'une formule ?

D. À votre tour, demandez...

- à un professeur / à un camarade — de vous prêter un livre.
- à un professeur / à un camarade — de fermer la porte.
- à un ami / à un inconnu assis à côté de vous dans un hall d'aéroport — de garder vos bagages pour aller aux toilettes.
- à un ami / à un voisin — de vous aider à déménager.

À la découverte de la langue | 7

6. LAISSEZ-MOI TRANQUILLE !
Jacqueline s'est calmée et répond à ses mails. Quelles demandes accepte-t-elle ? Relevez les formules d'acceptation ou de refus qu'elle utilise.

Objet : Re : Voiture !

Pas de problème pour la voiture ce midi, chéri.
Bisous

Objet : Re : Fin exam

Félicitations Chloé ! Oui, tu as le droit de t'amuser maintenant. D'accord pour la voiture ce week-end.
Bisous

Objet : RE : service

Non, non et non ! C'est la quatrième fois que tu me la demandes pour la même raison et tu es un danger public : il n'en est pas question !
Maman

Objet : Re : service

Bonjour Anne,
Merci d'amener quand même les enfants. Je vous laisse bien entendu la voiture demain après-midi.
Cordialement,
Jacqueline Durand

Objet : RE : week-end

Bonjour maman !
C'est une bonne idée, ce serait avec plaisir, mais, là, je regrette infiniment… Ce week-end, c'est vraiment impossible ; je l'ai déjà promise à Chloé.
Je te téléphone ce soir.

	Acceptation	Refus
1. à son mari		
2. à sa fille		
3. à son fils		
4. à la mère de Théo		
5. à sa mère		

7. JE VOUDRAIS UN BONBON

A. Écoutez ce dialogue qu'il est courant d'entendre en France. Chez vous, les parents réagissent-ils de la même façon ? Transposez la scène dans votre langue.

Piste 28

> Je veux un bonbon !!! Je veux un bonbon…

> Léa, on ne dit pas « je veux » mais « je voudrais » un bonbon. Et même « je voudrais un bonbon, ma petite maman chérie, s'il te plaît… »

> Je voudrais un bonbon, ma petite maman chérie… mais je le veux quand même !

B. La mère de Léa lui demande d'utiliser **je voudrais** à la place de **je veux**. Le mode conditionnel se construit avec le radical du futur et les terminaisons de l'imparfait. Complétez la conjugaison des verbes suivants.

Vouloir	Parler	Écrire
je voudrais	je parlerais	j'écrirais
tu	tu	tu ....
il / elle / on	il / elle / on	il / elle / on ....
nous	nous	nous ....
vous	vous	vous ....
ils / elles	ils / elles	ils / elles ....

C. Le conditionnel s'utilise notamment pour demander poliment quelque chose. Comment le faites-vous dans votre langue ? Discutez-en avec un camarade.

7 | À la découverte de la langue

8. MADAME SANS-GÊNE

A. Catherine passe quelques jours chez son amie Céline avec son fils de trois ans, Loïc. Mais cela ne se passe pas très bien... Imaginez les réponses de Céline.

Loïc ▶ Catherine :
Maman, j'aime pas les légumes, je peux aller jouer ?
Catherine ▶ Céline :
Céline, ça t'ennuie si le petit quitte la table ?
Céline ▶ Catherine :
....

Loïc ▶ Catherine :
Maman, j'ai faim, je veux du gâteau !
Catherine ▶ Céline :
Céline, ça te dérange si le petit prend un morceau de ton gâteau ?
Céline ▶ Catherine :
....

Loïc ▶ Catherine :
Maman, je peux aller jouer en haut, j'ai peur du chien.
Catherine ▶ Céline :
Céline, ça te dérange si on met le chien dehors ?
Céline ▶ Catherine :
....

Loïc ▶ Catherine :
Maman, je m'ennuie, est-ce que je peux regarder un DVD ?
Catherine ▶ Céline :
Céline, ça t'ennuie si on arrête de regarder la télé pour lui mettre un DVD ?
Céline ▶ Catherine :
....

B. Relevez les formules utilisées par Loïc et Catherine pour demander la permission.

Loïc à sa mère : ....

Catherine à son amie : ....

C. Comment vous exprimeriez-vous dans les situations suivantes ?

▶ Demander la permission de fumer à des amis qui vous reçoivent chez eux.
▶ Demander à un voisin dans un avion ou dans un train la permission de lui emprunter son journal.
▶ Demander à votre chef la permission de partir plus tôt pour aller chercher votre enfant à la garderie.
▶ Dans un restaurant, demander à votre voisin de table la permission d'emprunter la carte des desserts.
▶ Demander à un commerçant la permission de le payer par carte bancaire.

9. OUI, BIEN SÛR !

DES SONS ET DES LETTRES

Piste 29

Le lexique et l'intonation nous permettent d'exprimer des degrés d'acceptation et de refus différents. Dans quels dialogues trouve-t-on ces différentes réactions ?

Acceptation neutre	
Acceptation enthousiaste	dialogue 1
Refus poli	
Refus radical	

Outils | 7

◢ SOLLICITER UN OBJET, UNE FAVEUR, UNE PERMISSION

SOLLICITER UN OBJET OU UN SERVICE

▶ Question au PRÉSENT DE L'INDICATIF
- Tu me passes le sel ?

▶ Question avec **pouvoir** au PRÉSENT DE L'INDICATIF + VERBE À L'INFINITIF
- Tu **peux** me **prêter** ta voiture ?

▶ Question avec **pouvoir** au CONDITIONNEL PRÉSENT + VERBE À L'INFINITIF
- Tu **pourrais garder** les enfants ce soir ?

✋ Le choix se fait en fonction du degré de familiarité avec l'interlocuteur et du degré délicat de la sollicitation.

ACCEPTER OU REFUSER UNE SOLLICITATION

Oui	Je regrette beaucoup / vraiment
(Oui,) d'accord	(Vraiment) désolé(e)
Pas de problème	(Non,) pas question
(Oui,) bien sûr	
(Très) volontiers	
Bien entendu	

DEMANDER UNE PERMISSION

▶ Question avec **pouvoir** au PRÉSENT DE L'INDICATIF ou au CONDITIONNEL + VERBE À INFINITIF ?

Quand l'autorisation dépend du pouvoir ou de la responsabilité de l'interlocuteur.

- M. Delmas, est-ce que je **peux prendre** mes vacances en mai ?
- Madame, est-ce que je **pourrais prendre** une journée de congé demain ?

▶ Question avec + **Cela / ça te / vous dérange / ennuie si** + PRÉSENT DE L'INDICATIF ?

Quand l'autorisation sollicite la bonne volonté de l'interlocuteur.

- Ça te dérange si j'ouvre la fenêtre ?
- Cela vous ennuie si j'emprunte votre journal ?

ACCORDER OU REFUSER LA DEMANDE

▶ Après **est-ce que je peux / pourrais** :

ACCORD	REFUS RADICAL
Oui	Non
(Oui,) bien sûr	(Non,) pas question
(Oui,) évidemment	REFUS COURTOIS
(Oui,) d'accord	Je regrette vraiment / beaucoup
(Oui,) sans problème	(Vraiment) désolé(e)

▶ Accorder la permission après **Cela / Ça vous dérange si...**
- (Non,) pas du tout
- (Non,) je vous en prie

▶ Après **Cela / Ça vous dérange si...**, il est difficile de refuser, c'est pourquoi on utilise souvent des formules de regret et de justification, qui peuvent être introduites par **mais** ou, à l'écrit, par deux points.

◢ LE PRÉSENT DU CONDITIONNEL

radical du futur + terminaisons de l'imparfait

JOUER	POUVOIR
je jouer**ais**	je pourr**ais**
tu jouer**ais**	tu pourr**ais**
il / elle / on jouer**ait**	il / elle / on pourr**ait**
nous jouer**ions**	nous pourr**ions**
vous jouer**iez**	vous pourr**iez**
ils / elles jouer**aient**	ils / elles pourr**aient**

Les verbes irréguliers au conditionnel sont les mêmes que ceux du futur : **être, avoir, venir, voir, faire, aller, savoir**, etc.

Le conditionnel marque la politesse dans des demandes, conseils, invitations, sollitations... notamment avec des verbes modaux : **pouvoir, vouloir, devoir, falloir**.

- Jeudi, tu **pourrais** conduire maman à l'hôpital ?
- Je **voudrais** manger quelque chose, est-ce possible ?
- Tu **devrais** te présenter chez le directeur avant 11h ; il part à midi.
- Il **faudrait** absolument finir ce travail avant le 30 octobre.

7 | Outils en action...

10. VISITE GUIDÉE
Piste 30

A. Observez ce dessin et retrouvez qui parle.

	dialogue
A	
B	
C	
D	

B. Avec un camarade, imaginez la réponse de l'autre personnage.

C. Écoutez le dialogue en entier. Aviez-vous trouvé la bonne réponse ?
Piste 31

11. LIGUE D'IMPRO

A. Nous allons organiser un match d'impro. Lisez l'article pour découvrir ce phénomène.

B. À votre tour d'improviser. Par groupes de trois, choisissez chacun un personnage. Préparez une petite scène que vous allez jouer devant la classe. N'oubliez pas d'imaginer un dénouement.

> **La ligue d'impro** a été créée en 1977 au Québec par deux comédiens de théâtre qui ont voulu rendre aux spectateurs le frisson de l'improvisation en direct. Dans les « matchs d'impro », deux équipes s'opposent en improvisant ensemble sur plusieurs thèmes donnés par un arbitre. Au public de juger, après chaque improvisation, quelle est la meilleure équipe. La ligue d'impro est arrivée en France en 1981, en Suisse et en Belgique en 1983. Actuellement, elle connaît un immense succès dans tous les pays francophones.

LE CONTEXTE

* Paris, aéroport Charles-de-Gaulle.
* Le vol VO875 à destination de Berlin prévu à 16h10 est retardé en raison des conditions météorologiques.
* Il est 20h, la tension monte parmi les passagers en attente.

LES RÔLES

* Vous êtes un jeune papa et vous voyagez seul avec votre bébé de neuf mois et votre fils aîné de 5 ans. Vous êtes très chargé. Votre bébé a faim et l'aîné veut aller aux toilettes.

* Vous êtes l'enfant de 5 ans. Vous vous ennuyez, vous avez envie d'aller aux toilettes et vous voulez parler avec votre mère au téléphone.

* Vous êtes un employé de l'aéroport, vous n'avez pas d'informations, mais vous devez faire face à la situation.

* Vous êtes un cadre supérieur en transit et vous avez déjà raté votre correspondance. Votre portable n'a plus de batterie, vous êtes de mauvaise humeur et vous détestez les enfants.

* Vous êtes une jeune mannequin paniquée parce que vous allez manquer un défilé. Vous êtes au bord de la crise de nerfs.

C. Pour chaque scène, vous apprécierez la performance de vos camarades au moyen de la grille suivante.

CRITÈRES	ACTEUR N°1	ACTEUR N°2	ACTEUR N°3
PERFORMANCE THÉÂTRALE	/ 10	/ 10	/ 10
POLITESSE	/ 10	/ 10	/ 10
CORRECTION DE LA LANGUE	/ 10	/ 10	/ 10
TOTAL			

D. Quelle est la meilleure équipe ?

Découvrez les activités 2.0 sur versionoriginale.difusion.com

7 | Regards sur...

MOLIÈRE, LE THÉÂTRE À LA FRANÇAISE

Jean-Baptiste Poquelin, dit Molière, né en 1622, est à la fois auteur dramatique, comédien, metteur en scène, directeur de troupe. Il est sans doute l'homme de lettres français le plus célèbre du monde grâce à ses pièces, qui relèvent aussi bien de la farce que de la comédie de mœurs. Sa critique de la société française sous Louis XIV a fait beaucoup rire ; elle lui a attiré l'estime du roi, mais aussi de nombreux ennemis chez les médecins, à la cour et dans certains milieux religieux.

Atteint de maladie, il est mort sur scène en jouant *Le Malade imaginaire*, en 1673. Malgré son immense talent, on lui a refusé des funérailles religieuses parce qu'il était comédien.

Le Bourgeois gentilhomme, Molière
Acte II, scène 4

Le héros, Monsieur Jourdain, veut connaître toutes les manières « galantes » d'écrire une lettre d'amour.

MONSIEUR JOURDAIN. [...] Je voudrais donc lui mettre dans un billet[1] : Belle Marquise[2], vos beaux yeux me font mourir d'amour ; mais je voudrais que cela fût mis d'une manière galante, que cela fût tourné gentiment.

MAÎTRE DE PHILOSOPHIE. Mettre que les feux de ses yeux réduisent votre cœur en cendres ; que vous souffrez nuit et jour pour elle les violences d'un...

MONSIEUR JOURDAIN. Non, non, non, je ne veux point[3] tout cela ; je ne veux que ce que je vous ai dit : Belle Marquise, vos beaux yeux me font mourir d'amour.

MAÎTRE DE PHILOSOPHIE. Il faut bien étendre un peu la chose.

MONSIEUR JOURDAIN. Non, vous dis-je, je ne veux que ces seules paroles-là dans le billet ; mais tournées à la mode[4] ; bien arrangées comme il faut. Je vous prie de me dire un peu, pour voir, les diverses manières dont on les peut mettre.

MAÎTRE DE PHILOSOPHIE. On peut les mettre premièrement comme vous avez dit :
Belle Marquise, vos beaux yeux me font mourir d'amour.
Ou bien : D'amour mourir me font, belle Marquise, vos beaux yeux.
Ou bien : Vos yeux beaux d'amour me font, belle Marquise, mourir.
Ou bien : Mourir vos beaux yeux, belle Marquise, d'amour me font.
Ou bien : Me font vos yeux beaux mourir, belle Marquise, d'amour.

MONSIEUR JOURDAIN. Mais de toutes ces façons-là, laquelle est la meilleure ?

MAÎTRE DE PHILOSOPHIE. Celle que vous avez dite : Belle Marquise, vos beaux yeux me font mourir d'amour.

(1) lettre (2) Marquise (f): titre de noblesse. Au masculin : marquis
(3) point : pas (4) tournées à la mode : bien écrites

Ses pièces les plus célèbres : *Le Bourgeois gentilhomme, Les Précieuses ridicules, L'Avare, Le Médecin malgré lui, Dom Juan, Tartuffe, Le Misanthrope, Les Fourberies de Scapin*...

> Quand on veut évoquer la langue française, on parle de « la langue de Molière ».

Regards sur... | 7

QUAND LE THÉÂTRE S'OUVRE AU MONDE

Le Festival international de rue d'Aurillac

Ce village de 29 000 habitants abrite depuis 1986, en août, pendant quatre jours, un des plus grands festivals de théâtre de rue du monde. Durant ces quatre jours, le Festival d'Aurillac ouvre toutes les rues, places, squares et alentours de la ville aux artistes de rue et à quelque 100 000 spectateurs et offre une programmation bouillonnante : plus de 500 compagnies françaises et internationales proposent leurs dernières créations.

Le théâtre à l'école

Des comédiens, chanteurs, clowns... se déplacent dans les écoles maternelles, primaires et au collège. Avec leurs spectacles, ils peuvent dénoncer des faits de société, montrer le ridicule de certains comportements humains. Mais surtout, le théâtre est de plus en plus pratiqué par les élèves dans les écoles. De nombreux ateliers théâtres sont mis en place et l'option théâtre est même proposée au lycée.

Le théâtre à l'hôpital

Déjà vers 1920, certains médecins avaient observé que quand les malades avaient l'occasion d'assister à des spectacles, leur traitement était plus efficace.

De nos jours, les hôpitaux font appel à des comédiens, chanteurs, musiciens, clowns... pour apporter un dérivatif aux enfants ou adultes atteints de maladies graves.

CLOWNS Z'HÔPITAUX est une association qui propose une action solidaire pour adultes et enfants en souffrance (maladie, enfermement, exclusion).

Complémentaire du soin, l'intervention du clown est basée sur l'écoute, le partage et la création d'un moment unique et éphémère.

12. EN SCÈNE !

A. Molière
Relevez trois informations sur Molière et son œuvre.

B. Marquise...
Mettez en scène avec un camarade le texte de Molière..
Qu'écririez-vous aujourd'hui à un homme ou une femme pour lui déclarer votre amour de façon galante ?

C. Les comédiens
Associez les lieux, les publics et les objectifs.

l'hôpital   la rue   l'école
festival   malades   les élèves
se faire connaître   distraire   éduquer

D. Et chez vous ?
Présentez un comédien ou un auteur dramatique connu de votre pays.

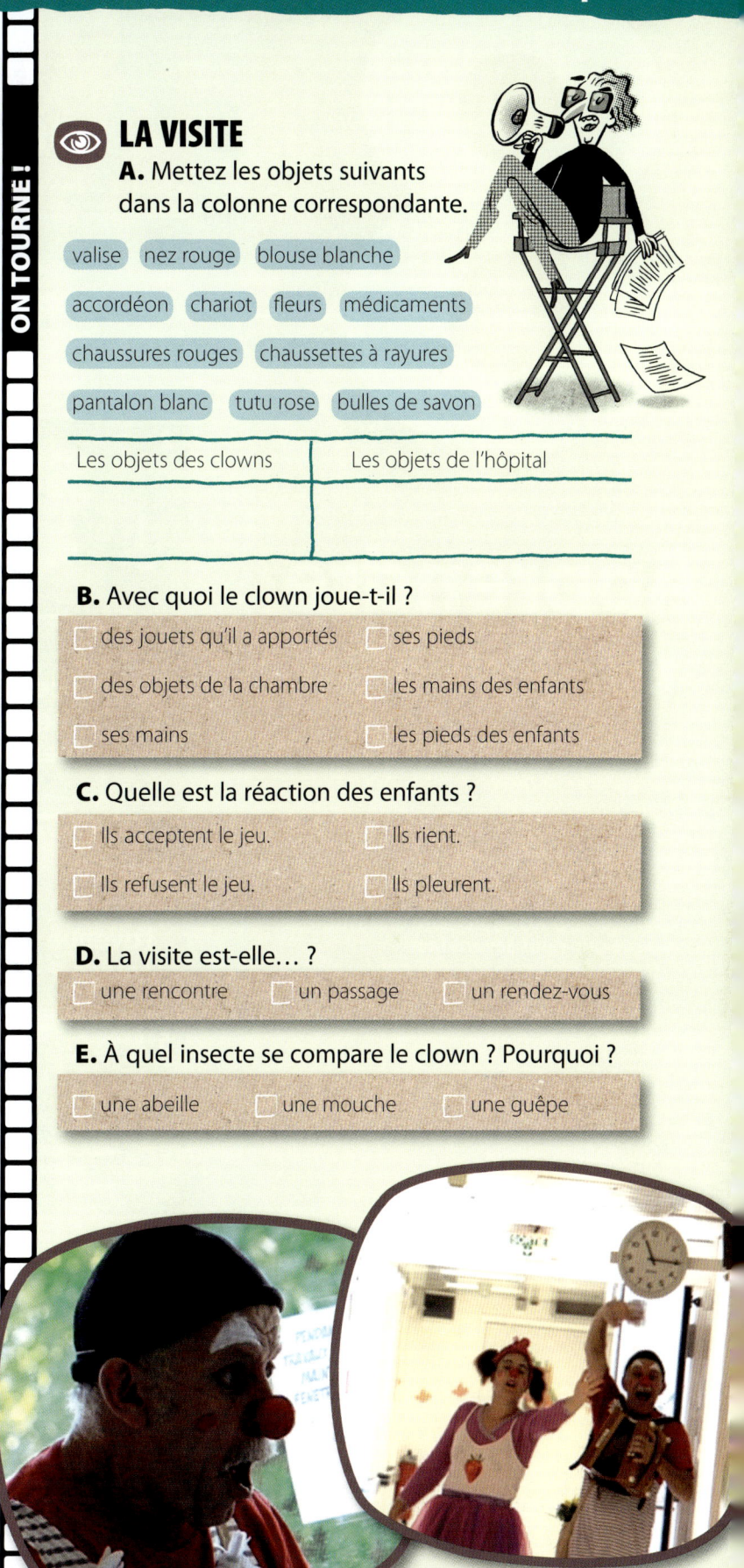

ON TOURNE !

LA VISITE

A. Mettez les objets suivants dans la colonne correspondante.

valise   nez rouge   blouse blanche
accordéon   chariot   fleurs   médicaments
chaussures rouges   chaussettes à rayures
pantalon blanc   tutu rose   bulles de savon

Les objets des clowns	Les objets de l'hôpital

B. Avec quoi le clown joue-t-il ?
- des jouets qu'il a apportés
- ses pieds
- des objets de la chambre
- les mains des enfants
- ses mains
- les pieds des enfants

C. Quelle est la réaction des enfants ?
- Ils acceptent le jeu.
- Ils rient.
- Ils refusent le jeu.
- Ils pleurent.

D. La visite est-elle... ?
- une rencontre
- un passage
- un rendez-vous

E. À quel insecte se compare le clown ? Pourquoi ?
- une abeille
- une mouche
- une guêpe

8
Apprendre en jouant

À la fin de cette unité, nous allons créer un jeu de société sur la francophonie.

Pour cela, nous allons faire une synthèse de ce que nous savons faire :
- poser des questions en fonction de la situation de communication
- situer des actions dans le temps
- décrire et raconter dans le passé
- situer dans l'espace
- exprimer des degrés de certitude

Nous allons utiliser :
- les formes de la question
- les mots interrogatifs
- les temps verbaux de l'indicatif travaillés dans ce manuel
- l'impératif
- les prépositions de localisation
- le système des articles et leur usage avec les noms de pays

Nous allons travailler le point de phonétique suivant :
- le rejet du hiatus

DÉPART

1 Citez 5 langues européennes.

2  Qui est-ce ?

3 Prononcez : « Les amis de mes amis sont mes amis. »

4 Où se trouve l'avenue Louise ?

5  Citez 4 types de logement.

6 Allez à la case numéro 17 et jouez à nouveau.

7 Décrivez cette chambre.

8  Vous êtes à table : demandez de 3 façons différentes à quelqu'un de vous passer le sel.

9 Qu'est-ce qu'une « ville en Transition » ?

10 Dommage ! Retournez à la case départ

11 Prononcez : « Une table à roulettes et une chaise en plastique. »

12 Quel est ce jeu ?

13  Indiquez sur la carte les Pyrénées, le Massif central et les Alpes.

14 Nommez et montrez 6 parties du corps humain.

15 Conjuguez au passé composé le verbe *arriver*.

16 Dans quelle région de France cultive-t-on la lavande ?

17 Prononcez : « Les chaussettes de l'archiduchesse sont-elles sèches ? Oui, elles sont sèches, archisèches ! »

18 Donnez un conseil à quelqu'un qui a souvent mal au dos.

19 Conjuguez à l'imparfait de l'indicatif le verbe *finir*.

20 Allez à la case numéro 25 et jouez à nouveau.

21 Prononcez : « Tous les félins ont certains liens avec les lions. »

22 Dommage ! Retournez à à la case départ.

23 Conjuguez à l'impératif le verbe *se laver*.

24 Racontez une anecdote sur une célébrité de votre pays.

25 Citez 5 verbes pour raconter les étapes de la vie de quelqu'un.

26 Qui est-ce ? Où est-il né ?

27 Quel temps fait-il aujourd'hui ?

28 Conjuguez au futur le verbe *venir*.

29 Racontez comment vous vous imaginez dans 20 ans.

30 Conjuguez au présent du conditionnel le verbe *pouvoir*.

31 Allez à la case numéro 9 et passez votre tour.

32 Refusez l'invitation d'un ami : « Ce soir, on va au cinéma, tu viens avec nous ? »

33 Racontez comment se passaient vos vacances quand vous étiez adolescent.

34 Demandez à votre professeur la permission de fermer la fenêtre.

ARRIVÉE

Premier contact

1. ON SAIT BIEN DES CHOSES !

Divisez-vous en plusieurs groupes pour jouer. Placez votre pion sur la case départ et jouez avec un dé. Le premier groupe qui arrive à la case *arrivée* a gagné.

8 | Textes et contextes

2. LE FRANÇAIS : OÙ ? QUAND ? COMMENT ? POURQUOI ?

A. Lisez attentivement cette page de magazine et relevez les informations nouvelles pour vous.

LE FRANÇAIS DANS LE MONDE

Aujourd'hui, le français est la 9e langue la plus parlée dans le monde. Environ 130 millions de personnes parlent français sur les cinq continents. Mais où ? Et parle-t-on de la même façon ?

La francophonie regroupe l'ensemble des populations et des États ayant des utilisations différentes du français. Dans certains cas, le français est la langue maternelle (France, Wallonie, Québec, Suisse romande). Dans d'autres, il a un statut de langue nationale à côté de plusieurs langues autochtones (Sénégal, Mali, Congo). Enfin, le français constitue une des langues de la diplomatie ou de la culture (en Afrique du Nord notamment). Le continent africain compte 75 % de la population francophone mondiale, l'Europe suit avec 21 %, l'Amérique avec 4 %.

On parle donc français sur les cinq continents. À deux reprises, la France a voulu étendre son territoire dans le monde :

1. VERS L'AMÉRIQUE
Du XVIe s. au XVIIIe s., les Français ont cherché la route des Indes par l'ouest : les colons français sont ainsi arrivés en Amérique et se sont installés en Nouvelle France, – aujourd'hui le Québec – et en Louisiane ; ils ont aussi colonisé les Antilles ainsi que la Guyane.

2. VERS L'AFRIQUE, L'ASIE ET L'OCÉANIE
Après la Révolution française, la France s'installe en Océanie (Nouvelle Calédonie, Polynésie) et en Asie (actuel Cambodge, Laos et Vietnam).

C'est surtout au XIXe s. que plusieurs pays européens (France, Angleterre, Allemagne, Italie...) en colonisent de nombreux autres. En 1884, la Conférence de Berlin partage l'Afrique entre les grandes puissances d'Europe. De nombreux territoires reviennent à la France et la Belgique obtient le Congo (aujourd'hui la République Démocratique du Congo).

Tous ces pays sont aujourd'hui indépendants... sauf Mayotte et l'île de La Réunion (dans l'océan Indien), la Nouvelle Calédonie, la Polynésie française ainsi que Wallis-et-Futuna (dans l'océan Pacifique).

QUELQUES STATUTS POSSIBLES DES LANGUES

Langue maternelle
C'est la première langue acquise par un individu.

Langue étrangère
C'est la seconde, troisième... langue apprise après la langue maternelle.

Langue nationale
C'est la langue de la nation ou du peuple, reconnue officiellement ou non.

Langue officielle
C'est la langue adoptée légalement par un État comme langue de communication. Elle est donc d'usage pour les transactions officielles (administration, éducation, médias, etc.).

Kinshasa, République démocratique du Congo

B. Communiquez maintenant à la classe une information…

▸ que vous connaissiez.
▸ que vous ne connaissiez pas.
▸ qui vous étonne.

• Le français est la 9e langue la plus parlée dans le monde, ça, je ne le savais pas !

LES MOTS POUR AGIR

Donner son avis
• C'est étonnant.
• Ça, je le savais. / Ça, je ne le savais pas.
• Tiens, ça, c'est bizarre.
• Ça, ce n'est pas intéressant.

C. Et dans votre pays ou dans un autre que vous connaissez bien, quelle est la place du français ? Parlez-en avec vos camarades.

3. GAGNEZ UN VOYAGE À BRUXELLES

A. Les supermarchés Atouprix lancent un grand concours. Le prix à gagner est un voyage à Bruxelles pour deux personnes. Par groupes, essayez de répondre aux questions.

Le grand concours des supermarchés Atouprix

RÉPONDEZ AUX QUESTIONS SUIVANTES SUR LA BELGIQUE ET GAGNEZ UN VOYAGE POUR DEUX PERSONNES

1. **La Belgique est…**
   - A. un royaume.
   - B. une république.
   - C. une confédération de trois États.

2. **Combien d'habitants la Belgique compte-t-elle ?**
   - A. Environ 3 millions.
   - B. Environ 10 millions.
   - C. Environ 60 millions.

3. **En Belgique, il y a…**
   - A. une langue officielle : le français.
   - B. deux langues officielles : le français et le flamand.
   - C. trois langues officielles : le français, le flamand et l'allemand.

4. **Le climat de la Belgique est…**
   - A. méditerranéen.
   - B. tempéré océanique, avec de faibles écarts entre l'hiver et l'été.
   - C. tempéré continental, avec de grands écarts entre l'hiver et l'été.

5. **D'un bout à l'autre de la Belgique, il y a…**
   - A. 318 km.
   - B. 500 km.
   - C. 1200 km.

6. **Quand la Belgique a-t-elle été fondée ?**
   - A. En 1210.
   - B. En 1789.
   - C. En 1830.

7. **Qui a été le premier roi des Belges ?**
   - A. Albert 1er.
   - B. Léopold 1er.
   - C. Baudouin.

8. **Quel est le personnage emblématique de Bruxelles ?**
   - A. L'Atomium.
   - B. Le Manneken pis.
   - C. Saint-Michel.

9. **La monnaie de la Belgique est…**
   - A. l'euro.
   - B. le dollar.
   - C. le franc belge.

10. **Que désigne le mot praline en français de Belgique ?**
    - A. Un chocolat.
    - B. Un bonbon.
    - C. Une fleur.

11. **Quand le Congo belge est-il devenu indépendant ?**
    - A. En 1910.
    - B. En 1960.
    - C. En 1989.

12. **Quel grand musée s'est ouvert en 2009 à Bruxelles ?**
    - A. Le Magritte Museum.
    - B. Le musée Tintin.
    - C. Le musée des Moules et des Frites.

DÉPOSEZ VOS RÉPONSES DANS LA BOÎTE PRÉVUE À CET EFFET DANS LE HALL DU MAGASIN

B. Comparez vos réponses avec celles d'un autre groupe. Quel groupe a gagné ? (Votre professeur a les solutions.)

8 | À la découverte de la langue

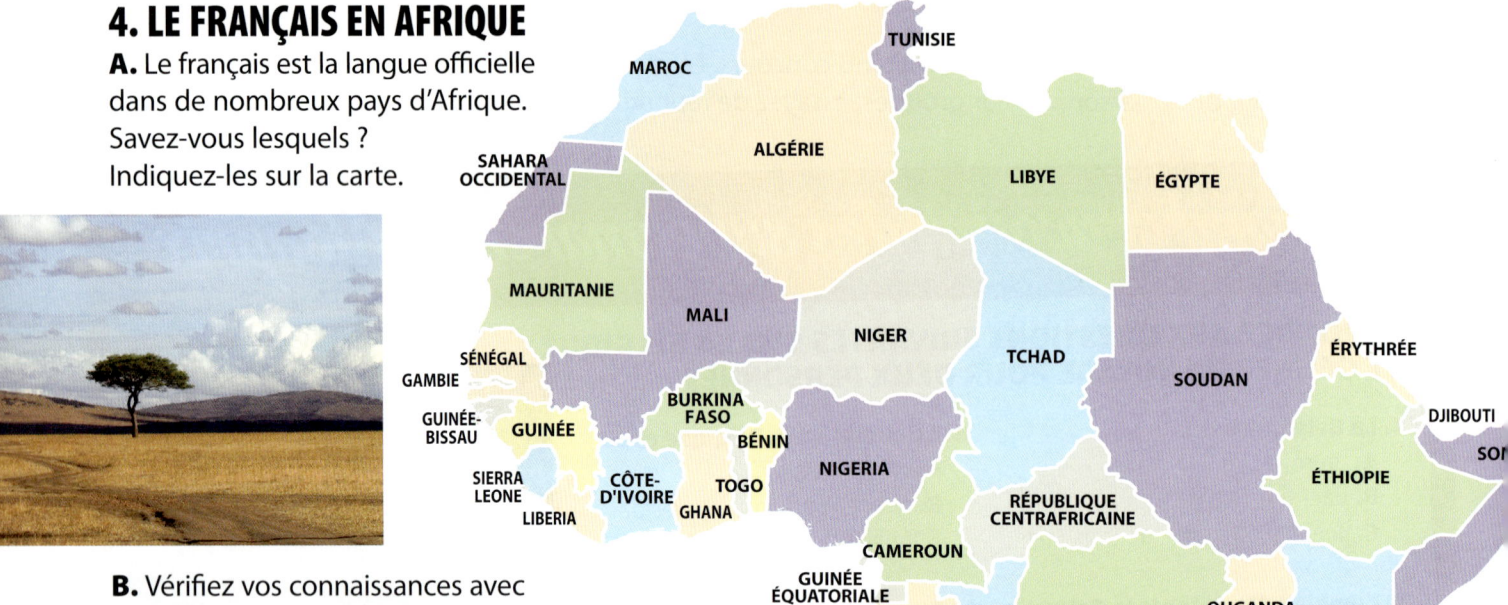

4. LE FRANÇAIS EN AFRIQUE

A. Le français est la langue officielle dans de nombreux pays d'Afrique. Savez-vous lesquels ? Indiquez-les sur la carte.

B. Vérifiez vos connaissances avec les données du tableau suivant.

Pays où le français est la seule langue officielle	Pays où le français est une des langues officielles
• Le Bénin	• Le Burundi (avec le kirundi)
• Le Burkina Faso	• Le Cameroun (avec l'anglais)
• La République du Congo	• La République centrafricaine (avec le sango)
• La République démocratique du Congo	• Les Comores (avec l'arabe et le comorien)
	• Djibouti (avec l'arabe)
• La Côte-d'Ivoire	• La Guinée équatoriale (avec l'espagnol)
• Le Gabon	• Madagascar (avec le malgache et l'anglais)
• La Guinée	• Le Rwanda (avec le kinyarwanda et l'anglais)
• Le Mali	• Les Seychelles (avec l'anglais et le créole)
• Le Niger	• Le Tchad (avec l'arabe)
• Le Sénégal	
• Le Togo	

N.B. : Le français n'a pas de statut officiel au Maroc, en Tunisie et en Algérie.

C. En général, les noms de pays et de régions s'utilisent avec un article. Quand le nom d'un pays est-il masculin et quand est-il féminin ? Observez le tableau précédent et complétez la règle.

LE GENRE DES PAYS
Les noms de pays terminés par la lettre ☐ sont féminins.
Tous les autres sont masculins.
Exceptions : le Mexique, le Mozambique…

D. Observez la note qui figure sous le tableau ci-contre : quelles sont les prépositions employées avec les noms de pays ?

SITUER DANS UNE VILLE OU DANS UN PAYS
Pour situer, on utilise les prépositions :
- ☐ à + ville. Exemple : *à Paris*.
- ☐ + pays et régions au féminin : ....
- ☐ / ☐ + pays et régions au masculin : ....
- ☐ + pays et régions au pluriel : *aux Pays-Bas*.

À la découverte de la langue | 8

5. VINCENT PART EN MISSION

A. Vincent part en voyage d'affaires. Sa secrétaire envoie un courriel à l'hôtel et laisse un message sur son répondeur avec les informations qu'elle a obtenues. Notez les réponses que la secrétaire laisse sur le répondeur.

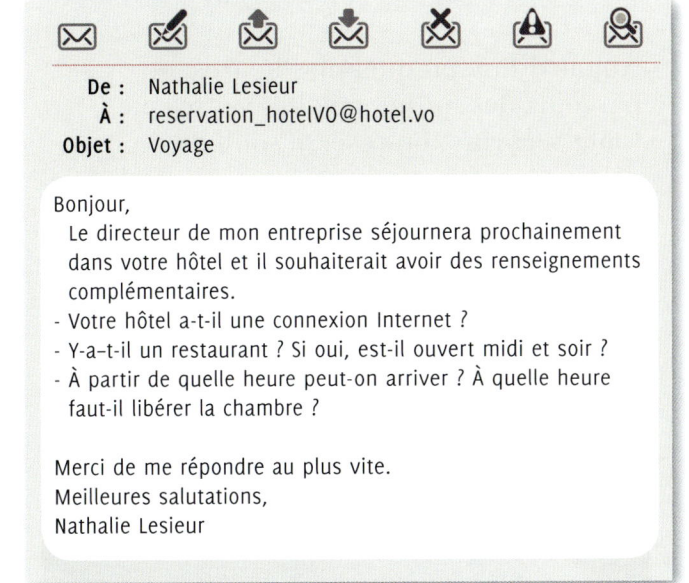

De : Nathalie Lesieur
À : reservation_hotelVO@hotel.vo
Objet : Voyage

Bonjour,
Le directeur de mon entreprise séjournera prochainement dans votre hôtel et il souhaiterait avoir des renseignements complémentaires.
- Votre hôtel a-t-il une connexion Internet ?
- Y-a-t-il un restaurant ? Si oui, est-il ouvert midi et soir ?
- À partir de quelle heure peut-on arriver ? À quelle heure faut-il libérer la chambre ?

Merci de me répondre au plus vite.
Meilleures salutations,
Nathalie Lesieur

B. Vincent reçoit ensuite un courriel de Jean qui pose les mêmes questions, mais de manière différente. Comparez les deux courriels et complétez le tableau.

De : Jean Dubois
À : Vincent Dujardin
Objet : Voyage

Salut Vincent !
Alors tu as toutes les informations par rapport à notre voyage ? Tu peux me renseigner ?
- Est-ce qu'on va avoir une connexion Internet ?
- L'hôtel a un resto ? Il est ouvert midi et soir ?
- À partir de quelle heure on peut arriver ? Et on doit libérer la chambre à quelle heure ?

Réponds-moi vite. A +
Jean

	La secrétaire à la direction de l'hôtel	Jean à Vincent
Inversion sujet-verbe		
Pas d'inversion		
Est-ce que sans inversion		

C. Quelles sont les formes de la question privilégiées...

dans des relations formelles ? : ....
dans des relations informelles ? : ....

D. À votre tour, posez quelques questions à un camarade qui les posera ensuite à votre professeur.
- Alexandra, est-ce qu'il y a des devoirs pour demain ?
- Excusez-moi, Monsieur, y a-t-il des devoirs pour demain ?

6. MONACO EST-IL UN PAYS ?

A. Lisez ce petit article et soulignez les informations qu'il vous apporte.

MONACO, UN PARADIS...

Avec ses 2,02 km² de territoire au bord de la Méditerranée (4 100 m de long sur 350 à 1 050 m de large), la Principauté de Monaco est depuis 1927 le deuxième plus petit pays indépendant du monde (après le Vatican). Monaco est une monarchie constitutionnelle dont le souverain est Albert II. La langue officielle est le français, mais on y parle de nombreuses langues. Monaco a ses journaux, ses radios et organise une quantité impressionnante de festivals et d'évènements sportifs. Et, Monaco c'est aussi un paradis fiscal...

B. Monaco est-il un pays ? Les Monégasques parlent-ils français ?

C. Observez les questions de l'activité B. Qu'arrive-t-il à l'inversion verbe-sujet lorsque le sujet est un nom ?

D. Sur le modèle de cet article, rédigez un texte sur votre propre pays et posez des questions à vos camarades.

cent treize | 113

8 | À la découverte de la langue

7. COMMENT VA-T-IL ?

DES SONS ET DES LETTRES

A. Tom est allé chez le docteur. Écoutez la conversation entre le médecin et sa maman. Selon le docteur, est-ce grave ?

Piste 33

B. Observez la transcription des questions du médecin : d'où provient le **t** en caractère gras ? Mettez une croix dans la case correspondante.

	liaison	ajout d'un **t**
Comment va-**t**-il, ce grand garçon ?		
Que se passe-**t**-il ?		
Se plain**t**-il de quelque chose?		
A-**t**-il vomi ?		
Joue-**t**-il avec ses camarades ?		
Qu'a-**t**-il mangé hier soir ?		
A-**t**-il de la fièvre ?		
Tousse-**t**-il ?		

C. Imaginez le dialogue entre un professeur et un parent d'élève.

....
Oui, elle étudie beaucoup.

....
Oui, elle a beaucoup d'activités en dehors de l'école.

....
Non, seulement le week-end.

D. On appelle **hiatus** la rencontre de deux voyelles à l'intérieur d'un mot ou entre deux mots. Le français essaie de l'éviter et plusieurs phénomènes phonétiques et orthographiques s'expliquent par cette tendance. Trouvez différents exemples dans votre manuel.

8. VOYAGE, VOYAGE...

A. Lisez le texte suivant. Selon vous, quels seront les nouveaux moyens de transport du futur ?

> Autrefois, très peu de gens voyageaient. Les voyages duraient des jours et des jours, et ils pouvaient être dangereux.
>
> Aujourd'hui, en quelques heures, on parcourt des milliers de kilomètres en toute sécurité ; on réserve son billet d'avion par Internet ; on peut même choisir sa place à l'avance.
>
> À l'avenir, nous nous déplacerons encore plus vite et plus facilement.

B. Sur la ligne du temps ci-dessous, notez les formes verbales qui correspondent aux différentes époques.

AUTREFOIS	AUJOURD'HUI	À L'AVENIR
voyagaient		

C. Faites la synthèse de vos connaissances sur la conjugaison de l'indicatif en complétant le tableau suivant.

forme verbale = radical + terminaisons

	imparfait	présent	futur
Radical			
Terminaisons	ais,...		

D. Racontez à un camarade une expérience de voyage.

Outils | 8

LES FORMES DE LA QUESTION TOTALE OU PARTIELLE

Dans un registre soutenu, la marque de l'interrogation est l'inversion du pronom sujet.
- Partez-**vous** en vacances ?

Les mots interrogatifs sont placés en début de phrase.
- **Où** vas-tu ?

✋ À la troisième personne, si le sujet est un nom, il ne peut pas s'inverser : il doit être repris par un pronom.
- La fenêtre est-**elle** ouverte ?

Dans un registre standard ou familier, l'inversion n'est pas fréquente. Les marques de l'interrogation sont l'intonation et les mots interrogatifs (placés après le verbe).
- Il part **où** en vacances ?

En cas d'absence d'inversion, **est-ce que** permet d'éviter toute confusion. Cette marque est plus fréquente à l'oral.
- **Est-ce qu'**elle mange à la maison ?
- **Où est-ce que** tu pars en vacances ?
- **Quand est-ce que** tu viens me voir ?

LES MOTS INTERROGATIFS

On utilise…	pour poser une question sur…
Quand	le moment
Qui	les personnes
Où	le lieu
Que / Qu'	les objets, les éléments
Combien	la quantité
Comment	la manière
Pourquoi	la cause
Quel(s) / Quelle(s)	une personne ou la partie d'un ensemble

L'ARTICLE DÉFINI ET LES NOMS DE PAYS

	MASCULIN	FÉMININ
SINGULIER	**le** Tchad	**la** Tunisie
	l'Iran	**l'**Algérie
PLURIEL	**les** Pays-Bas	**les** Seychelles

✋ Les noms de pays terminés par un **e** sont féminins. Les autres sont masculins.

Exceptions : **le** Bengale, **le** Cachemire, **le** Mozambique, **le** Mexique, **le** Cambodge.

LES PRÉPOSITIONS DE LOCALISATION ET LES NOMS DE VILLES, PAYS ET RÉGIONS

Pour situer dans une ville / un pays / une région, on utilise :

à + VILLE
à Paris, **à** Amiens
en + NOM DE PAYS OU DE RÉGION AU FÉMININ
en Angleterre, **en** Bretagne
au + NOM DE PAYS OU DE RÉGION AU MASCULIN
au Congo, **au** Texas
aux + NOM DE PAYS, DE RÉGION ET D'ARCHIPELS AU PLURIEL
aux Pays-Bas, **aux** États-Unis, **aux** Antilles

LE SYSTÈME VERBAL

Les terminaisons des formes verbales donnent des indications de plusieurs types.

PERSONNE ET NOMBRE
- Je **jouais** (1re pers. du singulier) du piano pendant que tu **chantais** (2e pers. du singulier) et que les autres membres de la famille **écoutaient** (3e pers. du pluriel).

TEMPS
Par rapport au moment où on parle, le **présent de l'indicatif** indique généralement que l'action se déroule au même moment.

- Camille, téléphone, c'est pour toi !
- Je ne **peux** pas répondre, je **prends** un bain !!!

Le **passé composé** et l'**imparfait** indiquent que l'action s'est déroulée avant le moment où on parle.

- L'année dernière il **était** chef du Parti vert.
- L'année dernière, on l'**a nommé** chef du Parti vert.

Le **futur** exprime que l'action se déroulera après le moment où on parle.

- Il **arrivera** de Tokyo demain avec l'avion de 17h15.

ASPECT
L'**imparfait de l'indicatif** permet de voir une action de l'intérieur, en déroulement (comme une description ou une circonstance) tandis que le **passé composé** la présente de l'extérieur, déroulée (comme un évènement).

- Comme il **pleuvait** quand elle **est sortie** de chez moi, je lui **ai prêté** un parapluie.

cent quinze | 115

8 | Outils en action...

9. DEVINETTE

Pensez à un pays que vous connaissez bien. Vos camarades vont vous poser des questions auxquelles vous pourrez répondre uniquement par oui ou non.

- Est-ce que c'est un pays européen ?
- Non.
- C'est un pays africain ?
- Oui.
- Est-ce que c'est une ancienne colonie belge ?

10. UN PETIT PAYS FRANCOPHONE TROP PEU CONNU

A. Lisez les questions suivantes et, avec un camarade, répondez par oui ou par non.

	OUI	NON
La Suisse est-elle officiellement francophone ?	○	○
Parle-t-on d'autres langues que le français en Suisse ?	○	○
La Suisse a-t-elle des montagnes ?	○	○
A-t-elle une frontière avec la France ?	○	○
Fait-elle partie de l'Union européenne ?	○	○
A-t-elle une ouverture sur la mer ?	○	○

B. Écoutez l'enregistrement d'un jeu et vérifiez vos réponses. Combien avez-vous de bonnes réponses ? Qui en a le plus ？
Piste 34

C. Continuez à écouter le jeu mais cette fois, répondez avant le candidat. Écoutez ensuite sa réponse.
Piste 35

DES MOTS POUR AGIR

Je sais.   Je ne sais pas.
Je crois (bien).   Aucune idée.
Je ne suis pas sûr.

et tâches | 8

11. À VOTRE TOUR DE JOUER !

A. Vous allez créer un jeu de connaissances sur la francophonie et le français. Divisez-vous en petits groupes : chaque groupe va élaborer dix fiches de questions et noter les réponses correctes au verso. Vous pouvez consulter votre professeur, votre manuel, Internet, etc.

B. Constituez dans la classe deux équipes de façon à ce que chaque équipe ne garde que les fiches qu'elle a préparées. Et c'est parti !

- Où est le lac Léman ?
- Euh… en France ?
- Vous êtes sûr ? C'est votre réponse ?

C. Gardez le jeu, vous pourrez y rejouer quand vous voudrez et le compléter ou l'améliorer tout au long de votre apprentissage.

QUELLES SONT LES LANGUES OFFICIELLES EN SUISSE ?

QUAND A-T-ON OUVERT LA PREMIÈRE LIGNE DU MÉTRO DE PARIS ?
En 1900.
En 1920.
En 1968.

OÙ SE TROUVE LA POLYNÉSIE FRANÇAISE ?
Dans l'océan Atlantique.
Dans l'océan Pacifique.
Dans la mer du Nord.

COMBIEN DE TEMPS DURE LE TRAJET EN TGV PARIS-LYON ?
1 heure 30 minutes.
2 heures.
4 heures.

Règle du jeu

- On tire au sort l'équipe qui commence. Elle pose une question préparée à l'équipe adverse.
- L'équipe adverse dispose d'une minute pour se consulter et répondre.
- Si la réponse est juste, c'est toujours à elle de recevoir une autre question et ainsi de suite jusqu'au moment où elle se trompe.
- Quand une équipe se trompe, c'est à l'autre de recevoir une question et de répondre.
- Le jeu s'arrête quand une équipe n'a plus de questions à poser.
- L'équipe gagnante est celle qui a répondu correctement au plus grand nombre de questions.

Découvrez les activités 2.0 sur versionoriginale.difusion.com

8 | Regards sur...

PORTRAITS DE FRANCOPHONIE

Partons sur les traces de la francophonie d'aujourd'hui en compagnie de quelques femmes...

AFRIQUE

Aya de Yopougon est une bande dessinée pleine de couleurs, sous le pinceau de Clément Oubrerie. Elle raconte la vie d'une jeune fille dans les années 70 à Yopougon, quartier populaire d'Abidjan.
Aya, Bintou et Adjoua, leurs copains et leur famille sont les héros de cette histoire simple. L'auteure, Marguerite Abouet, est ivoirienne et raconte ces tranches de vie avec humour, dérision et beaucoup d'énergie. Au français des dialogues se mêle le « nouchi* » ou argot ivoirien. C'est pourquoi, à la fin de chaque album, l'auteure a prévu un lexique français-nouchi. *Aya de Yopougon* a reçu le prix du premier album au Festival de la BD d'Angoulême en 2006.

* facile (en argot ivoirien)

AMÉRIQUE DU NORD

Rita Mestokosho est une poète innue née à Ekuanitshit, qui veut dire : « Prends soin du lieu où tu es », à quatorze heures de route au nord-est de Montréal. Elle écrit en français et la parution de son premier recueil a suscité un grand intérêt dans toute la francophonie. Avec son recueil de poèmes, *Comment je perçois la vie, grand-mère*, Rita Mestokosho part sur les traces de la vie de ses aînés en écoutant leurs récits. Elle évoque les trois valeurs fondamentales de son peuple – le respect, l'entraide et le partage –, que la vie de chasseurs nomades a enseigné à sa communauté.
En 2009, elle écrit : « *Le français n'est pas la langue de ma mère. Mais le destin l'a mise sur ma route et nous nous sommes apprivoisés. [...] J'ai appris à parler le français à quatre ans à l'école primaire. J'ai découvert des mots d'un autre monde et d'une autre culture. J'ai été fascinée de pouvoir exprimer ma pensée à d'autres personnes.* »

« C'est souvent drôle, parfois poétique. »
Télérama

« Un vrai coup de cœur. »
Le Figaro

« Une chronique sensible et pleine d'humour. À dévorer d'urgence. »
Je bouquine

Le saviez-vous ?

En 1880, le géographe français Onésime Reclus invente le mot « francophonie » pour désigner l'ensemble des endroits du monde où on parle français. Puis le mot est oublié... Il renaît vers 1960 avec l'indépendance des colonies africaines : les chefs de ces nouveaux États souhaitaient en effet conserver des liens privilégiés avec la France et les pays francophones des autres continents grâce à la langue française.

Regards sur... | 8

PAYS ARABES

Dans son film *Caramel* Nadine Labaki fait le portrait de cinq femmes libanaises d'âges variés, de vies et de religions différentes, qui se croisent dans un institut de beauté et s'entraident face aux problèmes qu'elles rencontrent dans le mariage, l'amour... La réalisatrice et actrice nous fait découvrir le quotidien de son pays avec tendresse et humour. Nadine Labaki, née à Beyrouth, est diplômée en études audiovisuelles à l'Université francophone de Saint-Joseph de Beyrouth et *Caramel* a été présenté à « La Quinzaine des réalisateurs », au Festival de Cannes en 2007.

12. FEMMES FRANCOPHONES

A. Reliez les villes avec les noms et les pays.

Côte-d'Ivoire | Marguerite Abouet | Beyrouth
Canada | Rita Metsokosho | Abidjan
Liban | Nadine Labaki | Ekuanitshit

B. Parmi ces trois femmes…

qui est écrivaine ? ....

titre de son livre : ....

qui est réalisatrice ? ....

titre de son film : ....

C. Que veulent dire ou que désignent les mots suivants ?

Yopougon : ....

Nouchi : ....

Ekuanitshit : ....

D. Citez des exemples d'artistes de votre pays connus à l'étranger.

ON TOURNE !

UN PETIT COIN DE FRANCE

A. Carte d'identité géographique.

Nom de l'île : ....

Nom de l'océan : ....

Distance de Madagascar : ....

Point culminant : ....

B. Carte d'identité de la population.

Origine des habitants : ....

Caractéristiques : ....

Habitat : ....

Nationalité : ....

C. Décrivez les atouts touristiques de cette île.

....

....

D. Existe-t-il une île touristique dans votre pays ? Comment s'appelle-t-elle ? Quels sont ses atouts ?

cent dix-neuf | 119

Entraînement à l'examen du **DELF A2**

Lors de cette épreuve de production écrite, vous devrez rédiger deux courts textes. Le premier doit raconter une expérience personnelle présente ou passée. Le deuxième sera une lettre personnelle ou éventuellement un courriel à caractère personnel également.

25 points

QUELQUES CONSEILS POUR L'EXAMEN

Quand vous rédigez un texte portant sur des expériences personnelles :
- Les consignes de l'épreuve vous mettent en situation et vous donnent des détails sur ce que vous devez raconter. Une série d'images vous apportent des renseignements qui vont vous aider à organiser votre récit. Utilisez toutes ces sources d'informations.
- Soyez créatif mais restez simple et clair.

Quand vous rédigez une lettre ou un courriel :
- Utilisez les formules d'adresse et de salutation : **(Mon) cher** + prénom / **(Ma) chère** + prénom, **Salut** + prénom ; **À plus, Bien à toi, (Grosses) bises, Bisous**.
- On peut vous demander dans la consigne d'inviter, demander, remercier, informer, etc. Respectez ces instructions.

- Vous pouvez rajouter quelques informations inventées (nom, prénom, date, lieu, etc.) mais attention : on évaluera votre capacité d'expression et non pas la véracité de ce que vous racontez.
- Les deux textes doivent être compris entre 60 et 80 mots. Attention : **c'est** = 2 mots.

EXERCICE 1

Vous avez récemment passé un week-end à Paris. Vous racontez dans un courriel à vos amis ce que vous avez fait et vos impressions. Écrivez un texte de 60 à 80 mots.

Production écrite

EXERCICE 2
Vous venez de remporter un prix dans un festival de la chanson. Rédigez un résumé de votre carrière pour votre blog. Écrivez un texte de 60 à 80 mots.

EXERCICE 3
Vous allez déménager dans une ville où habite déjà un de vos amis et vous devez trouver un logement pour vous et votre mari/femme. Vous écrivez à votre ami et vous lui demandez des renseignements sur les types de logements, les quartiers de la ville, les prix, les transports, etc. Écrivez un texte de 60 à 80 mots.

Journal d'apprentissage

AUTOÉVALUATION

1. Compétences visées dans les unités 7 et 8	Je suis capable de…	J'éprouve des difficultés à…	Je ne suis pas encore capable de…	Exemples
demander un service				
demander l'autorisation				
accepter et refuser				
me justifier				
poser des questions avec différents registres				
situer des actions dans le temps				
décrire et raconter dans le passé				
situer dans l'espace				
exprimer des degrés de certitude et d'ignorance				

2. Connaissances visées dans les unités 7 et 8	Je connais et j'utilise facilement…	Je connais mais n'utilise pas facilement…	Je ne connais pas encore…
les verbes modaux : **vouloir**, **pouvoir** et **devoir**			
le conditionnel			
les formes de politesse			
les formes de la question			
les mots interrogatifs			
les temps verbaux travaillés dans le manuel			
les prépositions travaillées dans le manuel			
l'usage des articles avec les noms de pays et de régions			

Unités 7 et 8

BILAN

Mon usage actuel du français	☀	⛅	☁	☁☁
quand je lis				
quand j'écoute				
quand je parle				
quand j'écris				
quand je réalise les tâches				

Ma connaissance actuelle	☀	⛅	☁	☁☁
de la grammaire				
du vocabulaire				
de la prononciation et de l'orthographe				
de la culture				

À ce stade, mes points forts sont : ....

....

À ce stade, mes difficultés sont : ....

....

Des idées pour améliorer	en classe	à l'extérieur (chez moi, dans la rue...)
mon vocabulaire		
ma grammaire		
ma prononciation et mon orthographe		
ma pratique de la lecture		
ma pratique de l'écoute		
mes productions orales		
mes productions écrites		

Si vous le souhaitez, discutez-en avec vos camarades.

Annexes

- Précis de grammaire
- Tableaux de conjugaison
- Transcriptions des enregistrements et du DVD
- Cartes
- Index analytique

Précis de grammaire

L'ALPHABET PHONÉTIQUE

VOYELLES ORALES

[a]	Anne [an]
[ɛ]	frais [fRɛ] ; mère [mɛR] ; même [mɛm]
[e]	préparer [pRepaRe] ; les [le] ; vous allez [vuzale]
[ə]	le [lə]
[i]	riz [Ri] ; Yves [iv]
[y]	tu [ty]
[ɔ]	or [ɔR]
[o]	mot [mo] ; beau [bo] ; chaussure [ʃosyR]
[u]	tour [tuR]
[ø]	jeu [ʒø]
[œ]	cœur [cœR] ; acteur [aktœR]

VOYELLES NASALES

[ã]	an [ã] ; mentir [mãtiR]
[ɛ̃]	féminin [feminɛ̃] ; imposer [ɛ̃poze]
[ɔ̃]	bon [bɔ̃]
[œ̃]	un [œ̃]

SEMI-CONSONNES

[j]	rien [Rjɛ̃]
[w]	fois [fwa]
[ɥ]	puis [pɥi]

CONSONNES

[b]	belge [bɛlʒ]
[p]	pain [pɛ̃] ; apparaître [apaRɛtR]
[t]	table [tabl] ; attendre [atãdR]
[d]	dé [de] ; addition [adisjɔ̃]
[g]	galette [galɛt] ; guerre [gɛR]
[k]	qui [ki] ; casser [kase] ; accorder [akɔRde] ; kilo [kilo]
[f]	front [fRɔ̃] ; difficile [difisil] ; phrase [fRaz]
[v]	vert [vɛR]
[s]	ça [sa] ; sac [sak] ; masse [mas] ; action [aksjɔ̃]
[z]	base [baz] ; zéro [zeRo]
[ʃ]	château [ʃato]
[ʒ]	janvier [ʒãvje] ; Gérard [ʒeRaR]
[m]	mer [mɛR] ; grammaire [gRamɛR]
[n]	nature [natyR] ; bonne [bɔn]
[ɲ]	peigner [peɲe]
[l]	lac [lak] ; illégal [ilegal]
[R]	serre [sɛR] ; partie [paRti]

Précis de grammaire

QUELQUES CONSEILS POUR BIEN PRONONCER LE FRANÇAIS

LES CONSONNES EN POSITION FINALE

▸ En général, on ne prononce pas les consonnes en fin de mot.
gran~~d~~ [gʀɑ̃]   acti**f** [aktif]
peti~~t~~ [pəti]   ma**l** [mal]
souri~~s~~ [suri] ba**r** [baʀ]

LE « E » EN POSITION FINALE

▸ On ne prononce pas le **e** (sans accent) en fin de mot.
la tabl**e** [latabl]   elle parl**e** [ɛlpaʀl]

LES VOYELLES NASALES

▸ Pour prononcer les voyelles nasales, on doit faire passer l'air par le nez.
v**in** [vɛ̃]
all**on**s [alɔ̃]
av**an**t [avɑ̃]
br**un** [bʀœ̃]

✋ Se prononcent [ɛ̃] : in, ain, aim, ein, eim
Se prononcent [ɑ̃] : an, am, en, em
Se prononcent [ɔ̃] : on, om
Se prononcent [œ̃] : un, um

LES ACCENTS

▸ En français, on peut trouver un, deux ou trois accents sur un seul mot.
la lettre e : é, è, ê, ë
la lettre a : à, â
la lettre i : î, ï
la lettre u : û, ù
la lettre o : ô

c**ô**té [kote]
pr**é**f**é**ré [pʀefeʀe]
él**è**ve [elɛv]

L'ACCENT AIGU (´)

▸ On le place seulement sur le **e** et il indique qu'il faut le prononcer [e].
sal**é** [sale]   th**é**âtre [teatʀ]

L'ACCENT GRAVE (`)

▸ On le place sur le **e**, le **a** et le **u**. Sur le **a** et sur le **u**, il sert à distinguer un mot d'un autre.
a (verbe avoir)   **à** (préposition)
Il **a** un problème. Il va **à** Toulon.

la (article défini) **là** (adverbe de lieu)
la chaise rouge   Je suis **là**.

ou (conjonction)   **où** (pronom)
L'un **ou** l'autre ?   **Où** vas-tu ?

▸ Sur le **e**, il indique que la voyelle est ouverte : [ɛ].
p**è**re [pɛʀ]   mis**è**re [mizɛʀ]

L'ACCENT CIRCONFLEXE (^)

▸ On le place sur toutes les voyelles, sauf le **y**. Il sert parfois à éviter la confusion entre certains mots.
sur (préposition)   **sûr** (adjectif)
On est **sur** la place. Je suis **sûr**, tu seras célèbre.

▸ Le **e** avec un accent circonflexe se prononce [ɛ].
arr**ê**t [aʀɛ]   b**ê**te [bɛt]

▸ Quelques mots d'usages fréquents portent un accent circonflexe.
h**ô**tel, h**ô**pital, t**â**che

LE TRÉMA (¨)

▸ On trouve le tréma (¨) sur les voyelles **e** et **i** pour indiquer que la voyelle qui les précède doit être prononcée séparément.
ambigu**ë** [ɑ̃bigy]   Za**ï**re [zaiʀ]

COMPTER DE 0 À 2000 ET AU-DELÀ

0	zéro	78	**soixante**-dix-huit
1	un	79	**soixante**-dix-neuf
2	deux	80	**quatre-vingts**
3	trois	81	**quatre-vingt**-un
4	quatre	82	**quatre-vingt**-deux
5	cinq	83	**quatre-vingt**-trois
6	six	84	**quatre-vingt**-quatre
7	sept	85	**quatre-vingt**-cinq
8	huit	86	**quatre-vingt**-six
9	neuf	87	**quatre-vingt**-sept
10	dix	88	**quatre-vingt**-huit
11	onze	89	**quatre-vingt**-neuf
12	douze	90	**quatre-vingt**-dix
13	treize	91	**quatre-vingt**-onze
14	quatorze	92	**quatre-vingt**-douze
15	quinze	93	**quatre-vingt**-treize
16	seize	94	**quatre-vingt**-quatorze
17	dix-sept	95	**quatre-vingt**-quinze
18	dix-huit	96	**quatre-vingt**-seize
19	dix-neuf	97	**quatre-vingt**-dix-sept
20	vingt	98	**quatre-vingt**-dix-huit
21	vingt et un	99	**quatre-vingt**-dix-neuf
22	vingt-deux	100	**cent**
23	vingt-trois	101	**cent** un
24	vingt-quatre	110	**cent** dix
25	vingt-cinq	200	deux **cents**
26	vingt-six	201	deux **cent** un
27	vingt-sept		etc.
28	vingt-huit		
29	vingt-neuf	1 000	**mille**
30	trente	1 001	**mille** un
40	quarante	2 000	deux **mille**
50	cinquante		etc.
60	soixante		
70	**soixante**-dix		
71	**soixante** et onze		
72	**soixante**-douze		
73	**soixante**-treize		
74	**soixante**-quatorze		
75	**soixante**-quinze		
76	**soixante**-seize		
77	**soixante**-dix-sept		

En Belgique :
70 : septante
80 : quatre-vingts
90 : nonante

En Suisse :
70 : septante
80 : huitante
90 : nonante

LES ARTICLES

	SINGULIER		PLURIEL	
	MASCULIN	FÉMININ	MASCULIN	FÉMININ
ARTICLES DÉFINIS	**le** pont **l'**aéroport	**la** rue **l'**avenue	**les** ponts	**les** rues
ARTICLES INDÉFINIS	**un** pont	**une** rue	**des** ponts	**des** rues
ARTICLES PARTITIFS	**du** pain **de l'**alcool	**de la** viande **de l'**eau	-	-

▲ Devant un nom commençant par une voyelle, l'article défini singulier est toujours **l'**.

▲ à + le ▶ **au**   *Tu vas souvent **au** théâtre ?*
à + les ▶ **aux**   *Parle **aux** enfants !*
de + le ▶ **du**   *Je viens **du** Québec.*
de + les ▶ **des**   *Où sont les livres **des** élèves ?*

✋ À l'oral, devant un nom commençant par une voyelle, on fait la liaison.
    un arbre   une avenue   des arbres

Tu es allé au marché ?

*Oui, j'ai acheté **des** fruits, **des** légumes, **du** poisson... Et **des** fleurs !*

Précis de grammaire

LE NOM

LE GENRE

En français, tous les noms ont un genre. Le genre est toujours indiqué dans le dictionnaire et, dans l'usage, marqué par les articles et les adjectifs.
La maison de Caroline est très joli**e**.

▸ Les noms de pays et de régions terminés par un **e** sont féminins ; les autres sont masculins.
Ce soir, il y a un match entre **la** Belgique et **le** Portugal.

✋ Exceptions : **le** Bengale, **le** Cachemire, **le** Mozambique, **le** Mexique, **le** Zaïre et **le** Cambodge.

▸ En français, on emploie un article avec les noms communs mais pas avec les noms propres.
Marie a **un** adorable petit **chat** qui s'appelle **Figaro**.

✋ On emploie un article défini avec les noms de pays, de régions et certains noms d'îles.
La France et **l'**Espagne sont des pays méditerranéens. **La** Martinique et **la** Guadeloupe sont des îles antillaises.

LE NOMBRE

Le **-s** est généralement la marque du pluriel des noms.

SINGULIER	PLURIEL
un cahier	des cahier**s**
un arbre	des arbre**s**
une maison	des maison**s**
une rue	des rue**s**

Mais, il y a des exceptions : par exemple, les noms masculins terminés en **-eau** et en **-al**.

SINGULIER	PLURIEL
un tabl**eau**	des tabl**eaux**
un anim**al**	des anim**aux**

LES ADJECTIFS QUALIFICATIFS

▸ L'adjectif qualificatif s'accorde toujours en genre et en nombre avec le nom qu'il qualifie. Le féminin se marque généralement par l'ajout d'un **-e** à la forme du masculin, sauf si le masculin se termine déjà par un **-e**.
un homme intelligent   une femme intelligent**e**
un étudiant suiss**e**   une étudiante suiss**e**

▸ Le pluriel se marque généralement par l'ajout d'un **-s** à la forme du singulier, sauf si le singulier est déjà terminé par un **-s** ou un **-x**.
une femme intelligente   des femmes intelligente**s**
un quartier merveilleu**x**   des quartiers merveilleu**x**
un vin françai**s**   des vins françai**s**

MASCULIN SINGULIER	FÉMININ SINGULIER
bru**n**	brun**e**
gran**d**	grand**e**
peti**t**	petit**e**
français	française
ble**u**	bleu**e**
fatigu**é**	fatigu**ée**
sporti**f**	sport**ive**
menteu**r**	menteu**se**
merveilleu**x**	merveilleu**se**
itali**en**	itali**enne**
jeun**e**	jeun**e**
sympathiqu**e**	sympathiqu**e**

MASCULIN PLURIEL	FÉMININ PLURIEL
brun**s**	brun**es**
grand**s**	grand**es**
petit**s**	petit**es**
françai**s**	françai**ses**
bleu**s**	bleu**es**
fatigué**s**	fatigué**es**
sport**ifs**	sport**ives**
menteu**rs**	menteu**ses**
merveilleu**x**	merveilleu**ses**
italien**s**	italien**nes**
jeune**s**	jeune**s**
sympathique**s**	sympathique**s**

LA PLACE DE L'ADJECTIF

En général, on place l'adjectif après le nom.
La déforestation aura des effets **négatifs** sur le climat.

Mais on trouve certains adjectifs très fréquents avant le nom : beau, joli, bon, mauvais, grand, petit, vieux…
- C'est un **beau** roman, lisez-le !
- Vous avez fait un **bon** gâteau.
- J'ai une **mauvaise** nouvelle.
- Nous avons un **joli** appartement près de Nice.

On place obligatoirement l'article après le nom quand celui-ci exprime une couleur, une forme ou une origine.
  une maison **blanche**
  une fenêtre **carrée**
  un plat **allemand**

LES ADJECTIFS INDÉFINIS

beaucoup de bouteilles

plusieurs bouteilles

quelques bouteilles /
peu de bouteilles

aucune bouteille /
pas de bouteille

LES ADJECTIFS DÉMONSTRATIFS

SINGULIER		PLURIEL	
MASCULIN	FÉMININ	MASCULIN	FÉMININ
ce lit	cette table	ces lits	
cet appartement			ces tables

- Il te plaît, **cet** appartement ?
- Oui, il n'est pas mal.

LES ADJECTIFS POSSESSIFS

Un possesseur

	MASCULIN SINGULIER	FÉMININ SINGULIER	PLURIEL
1RE PERSONNE	**mon** père	**ma** mère	**mes** parents
2E PERSONNE	**ton** père	**ta** mère	**tes** parents
3E PERSONNE	**son** père	**sa** mère	**ses** parents

Sonia est seule à la maison.
Ses parents sont en voyage. (les parents de Sonia)

Plusieurs possesseurs

	MASCULIN OU FÉMININ SINGULIER	PLURIEL
1RE PERSONNE	**notre** père / mère	**nos** parents
2E PERSONNE	**votre** père / mère	**vos** parents
3E PERSONNE	**leur** père / mère	**leurs** parents

La mère de Sonia et Max est institutrice.
Leur père travaille dans une banque. (le père de Sonia et Max)

LES PRONOMS PERSONNELS

	ATONES				TONIQUES
SUJETS	COMPLÉMENTS RÉFLÉCHIS	COMPLÉMENTS D'OBJECT DIRECT	COMPLÉMENTS D'OBJECT INDIRECT		
je / j'	me / m'	me / m'	me / m'		moi
tu	te / t'	te / t'	te / t'		toi
il	se / s'	le / l'	lui		lui
elle	se / s'	la / l'	lui		elle
nous	nous	nous	nous		nous
vous	vous	vous	vous		vous
ils	se / s'	les	leur		eux
elles	se / s'	les	leur		elles

▲ En français, les pronoms sujets sont obligatoires devant le verbe.
▲ **je, me, te, se, le / la** deviennent **j', m', t', s', l'** devant une forme verbale commençant par une voyelle.
On utilise les formes toniques des pronoms après une préposition.
▲ Quand on veut mettre en relief un pronom sujet ou l'opposer à un autre, on utilise une forme tonique devant le pronom sujet.

Précis de grammaire

LE PRONOM ON

Le pronom **on** s'utilise toujours comme sujet. Le verbe se met alors à la troisième personne du singulier, mais l'adjectif prend les marques du nombre et du genre des personnes désignées par le contexte.
Nous les filles, on est travailleu**ses** !

Selon le contexte, **on** peut signifier :
• tout le monde : Autrefois, **on** écrivait des lettres.
• quelqu'un : **On** a sonné. Va voir qui c'est.
• nous : Ce soir, **on** va au cinéma.

Bon, on y va, à tout à l'heure !

LE PRONOM Y

Y est un pronom qui remplace un groupe nominal introduit par **à, chez, dans, en, sur**.

Vous allez à Paris pendant les vacances ?
Oui, nous **y** allons deux semaines.

Tu habites dans le Sud maintenant ?
Oui, j'**y** vis déjà depuis plus d'un an.

Et tu habites chez ta mère ?
Oui, tu sais, j'**y** suis bien !

LES PRONOMS RELATIFS QUE, QUI, OÙ

Le pronom **que** peut représenter une personne, un objet ou une idée. Il assure la fonction de COD.

• J'ai vu à la télé le jeune acteur **que** tu m'as présenté hier.
(Tu m'as présenté un jeune acteur hier.)
COD

Le pronom **qui** peut aussi représenter une personne, un objet ou une idée. Il assure la fonction de sujet.

• J'ai vu à la télé la jeune actrice **qui** habite près d'ici.
(La jeune actrice habite près d'ici.)
Sujet

Le pronom **où** représente un lieu ou un moment. Il a donc la fonction de complément.

• J'ai vu à la télé le restaurant de Toulouse **où** on a dîné l'an dernier.
(L'an dernier, on a dîné dans ce restaurant de Toulouse.)
Complément de lieu

• Ils sont arrivés le jour **où** je suis partie.
(Je suis partie ce jour-là.)
Complément de temps

Regarde, j'ai acheté le livre que tu m'as recommandé.

LES FORMES DU VERBE

Chaque forme verbale est constituée d'un radical et d'une terminaison ; le radical est porteur du sens du verbe. La terminaison donne des indications de personne, de nombre, de temps et d'aspect.

RADICAL	TERMINAISON
Je travaill	-e
Tu pens	-ais
Appren	-ez !

LE PASSÉ COMPOSÉ

Ce temps est formé par le présent des verbes **avoir** ou **être** + le participe passé du verbe.

ÉTUDIER		PARTIR	
j'**ai**		je **suis**	
tu **as**		tu **es**	parti(e)
il / elle / on **a**	étudié	il / elle / on **est**	
nous **avons**		nous **sommes**	
vous **avez**		vous **êtes**	parti(e)(s)
ils / elles **ont**		ils / elles **sont**	

SE LEVER	
je **me suis**	
tu **t'es**	levé(e)
il / elle / on **s'est**	
nous **nous sommes**	
vous **vous êtes**	levé(e)(s)
ils / elles **se sont**	

La plupart des verbes forment leur passé composé avec l'auxiliaire **avoir** ; seuls les verbes pronominaux et 15 verbes indiquant un changement de lieu ou d'état construisent leur passé composé avec l'auxiliaire **être**.

aller	venir	rester	arriver	partir
apparaître	entrer*	sortir*	naître	monter*
descendre*	mourir	tomber	retourner*	revenir

* Ces verbes peuvent se conjuguer aussi avec l'auxiliaire avoir mais leur sens est différent.
J'**ai monté** les valises. / Je **suis montée** me coucher.

LE PARTICIPE PASSÉ

Verbes en -er → -é	étudi**é**, aim**é**, dans**é**, préfér**é**, lav**é**, prépar**é**, déjeun**é**, cuisin**é**…
Verbes en -ir : → -i	fin**i**, ment**i**, sort**i**, dorm**i**
Autres : -u	reç**u**, l**u**, ten**u**, cr**u**, d**û**, p**u**, s**u**, ten**u**, v**u**, voul**u**…
-is	pr**is**, m**is**…
-it	fa**it**, d**it**, écr**it**…
etc.	

L'ACCORD DU PARTICIPE PASSÉ

En règle générale, les participes passés accompagnés de l'auxiliaire **avoir** restent invariables ; les participes passés accompagnés de l'auxiliaire **être** s'accordent en genre et en nombre avec le sujet.
- Marie **a** regard**é** la télé, mais Martine et Madeleine **ont** l**u** un peu et **ont** jou**é**.
- Martine **est** mont**ée** se coucher tôt. Marie et Madeleine **sont** rest**ées** en bas jouer, puis elles se **sont** couch**ées** à 22h00.

L'IMPARFAIT DE L'INDICATIF

On construit l'imparfait en ajoutant les terminaisons **ais, ais, ait, ions, iez, aient** au radical de la 1re personne du pluriel du présent de l'indicatif.

	-er	-ir	-re
présent	parlons	finissons	prenons
je	parl**ais**	finiss**ais**	pren**ais**
tu	parl**ais**	finiss**ais**	pren**ais**
il / elle / on	parl**ait**	finiss**ait**	pren**ait**
nous	parl**ions**	finiss**ions**	pren**ions**
vous	parl**iez**	finiss**iez**	pren**iez**
ils / elles	parl**aient**	finiss**aient**	pren**aient**

✋ Seul le verbe **être** est irrégulier.
j'**étais**, tu **étais**, il **était**, nous **étions**, vous **étiez**, ils **étaient**

Comme le passé composé, l'imparfait situe l'action dans le passé ; mais il permet de décrire un objet, une personne, des circonstances du passé ou d'exprimer la répétition d'actions (habitudes) dans le passé.

- Il n'**était** pas bon élève. Il **était** très intelligent, mais il n'**aimait** pas l'école et s'**ennuyait** en classe.
- Dans le temps, on **voyageait** différemment.

Précis de grammaire

L'OPPOSITION PASSÉ COMPOSÉ - IMPARFAIT

Dans le récit, le passé composé présente les actions comme des faits terminés, observés « depuis l'extérieur ». C'est le temps qui fait « avancer » le récit. L'imparfait présente les actions comme des circonstances observées « depuis l'intérieur », comme des circonstances qui entourent les autres faits : il « arrête » le récit.

- Martine **est arrivée** chez ses parents vers trois heures, **il faisait** froid et la rue **était** silencieuse. Elle **est entrée** par la porte principale, qui n'**était** pas fermée comme d'habitude, et elle **a essayé** d'allumer la lumière. Elle **a entendu** des bruits qui **venaient** du première étage, cela **ressemblait** à une sorte de musique...

LE FUTUR

Le futur indique qu'une action se déroulera après le moment où on parle, sans lien avec celui-ci. On utilise ce temps, par exemple, pour faire des prévisions. Les terminaisons du futur sont : **ai, as, a, ons, ez, ont**.

je		-ai
tu	passer	-as
il / elle / on	sortir	-a
nous	prendr	-ons
vous		-ez
ils / elles		-ont

- Dans 20 ans, il **neigera** moins dans le Jura.

Les radicaux de ce temps sont presque toujours réguliers : ce sont en effet l'infinitif des verbes en **-er** et **-ir** ; et l'infinitif sans le **e** final des verbes en **-re**. Il y a quelques verbes à radical irrégulier.

être	**ser-**	pouvoir	**pourr-**	venir	**viendr-**
avoir	**aur-**	falloir	**faudr-**	tenir	**tiendr-**
aller	**ir-**	voir	**verr-**	faire	**fer-**
vouloir	**voudr-**	savoir	**saur-**		

- Dans 20 ans, nous **verr**ons des changements climatiques très importants.

Pour exprimer des intentions, on peut utiliser la structure : aller + INFINITIF .
- Je **vais acheter** un vélo, c'est plus écologique.

LE CONDITIONNEL PRÉSENT

Le conditionnel se forme, comme le futur, à partir du radical de l'infinitif auquel on ajoute les terminaisons de l'imparfait.

radical du futur + terminaisons de l'imparfait

JOUER
je jouer**ais**
tu jouer**ais**
il / elle / on jouer**ait**
nous jouer**ions**
vous jouer**iez**
ils / elles jouer**aient**

FINIR
je finir**ais**
tu finir**ais**
il / elle / on finir**ait**
nous finir**ions**
vous finir**iez**
ils / elles finir**aient**

Les verbes irréguliers au conditionnel sont les mêmes que ceux du futur :
être, avoir, venir, voir, faire, aller, savoir, etc.

Le conditionnel marque la politesse dans des demandes, conseils, invitations, sollicitations... notamment avec des verbes modaux :
pouvoir, vouloir, devoir, falloir.

- Vous **devriez** aller chez le dentiste.
- **Seriez**-vous libres samedi soir ? J'**aimerais** vous inviter au cinéma.
- **Pourriez**-vous m'aider un moment ?
- **Auriez**-vous la gentillesse de m'aider ?
- Je **voudrais** une baguette, s'il vous plaît.
- Est-ce que je **pourrais** passer te voir demain ?

L'IMPÉRATIF

L'impératif sert à donner des instructions de façon personnelle. Ce mode a les mêmes formes que le présent de l'indicatif mais s'utilise sans pronom sujet. Il possède seulement trois personnes.

	AFFIRMATION	NÉGATION	AFFIRMATION	NÉGATION
(tu)	Parle !	Ne parle pas !	Finis !	Ne finis pas !
(nous)	Parlons !	Ne parlons pas !	Finissons !	Ne finissons pas !
(vous)	Parlez !	Ne parlez pas !	Finissez !	Ne finissez pas !

✋ Les verbes terminés en **-er** ne prennent pas de **-s** final à la deuxième personne du singulier.

✋ Avoir : **aie, ayons, ayez**
Être : **sois, soyons, soyez**

À l'impératif affirmatif, les verbes pronominaux s'utilisent avec les pronoms personnels toniques placés après la forme verbale. À l'impératif négatif, les pronoms personnels atones sont placés avant la forme verbale.

	AFFIRMATION	NÉGATION
(tu)	Lève-**toi** !	Ne **te** lève pas !
(nous)	Levons-**nous** !	Ne **nous** levons pas !
(vous)	Levez-**vous** !	Ne **vous** levez pas !

Ne m'abandonne pas ! Je t'aime !!!

Laisse-moi partir !

LA NÉGATION

▸ En français, la négation des verbes est exprimée par deux particules.
ne... pas   **ne... jamais**   **ne... rien**   **ne... plus**

▸ Dans les temps simples, ces deux mots se placent autour du verbe.
Je **ne** mange **pas** de légumes.
Tu **ne** viens **jamais** avec nous à la plage.
Il **ne** voyage **plus** en avion, il a peur.

▸ Dans les temps composés, ces deux mots se placent autour de l'auxiliaire.
Aujourd'hui, je **n'**ai **pas** mangé de légumes.
Tu **n'**es **jamais** venu avec nous à la plage.
Après ses 70 ans, il **n'**a **plus** voyagé en Europe.

✋ Dans une langue plus familière, le **ne** à tendance à disparaître.
Je peux pas venir ce soir.

L'INTERROGATION

L'INTERROGATION TOTALE
Pour poser une question totale – à laquelle on répond par **oui** ou par **non** –, on peut utiliser plusieurs ressources.

▸ Utiliser seulement l'intonation montante ; c'est la forme préférée du registre standard ou familier : conversations et écrits non formels (courriels, textos, B.D., etc.).
Tu parles français ?

▸ Utiliser, surtout à l'oral, la formule typique de l'interrogation, **est-ce que**, avec l'intonation montante.
Est-ce que tu parles français ?

▸ Utiliser l'inversion verbe-sujet avec intonation montante ; c'est la forme préférée du registre soutenu écrit et oral.
Parles-**tu** français ?

Précis de grammaire

L'INTERROGATION PARTIELLE

Pour poser une question partielle – à laquelle on répond par une information de temps, de lieu, de cause, etc. –, on peut…

▸ Utiliser seulement un mot interrogatif placé en début ou en fin de phrase : c'est la forme préférée du registre familier.
Où tu vas ?   Tu vas **où** ?

▸ Utiliser un mot interrogatif avec **est-ce que** (surtout à l'oral).
Où est-ce que tu vas ?

▸ Utiliser un mot interrogatif et l'inversion verbe-sujet ; c'est la forme préférée du registre soutenu.
Où vas-**tu** ?

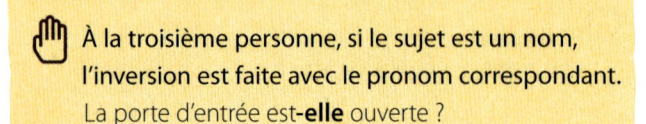

✋ À la troisième personne, si le sujet est un nom, l'inversion est faite avec le pronom correspondant.
La porte d'entrée est-**elle** ouverte ?

✋ Si le verbe se termine par une voyelle, un **t** s'insère entre le verbe et le pronom (il / elle / on / ils / elles), pour éviter le hiatus.
Jacques mange-**t-il** à la maison ?
Jacques va-**t-il** aussi en Grèce ?

▸ Les mots interrogatifs sont :
qui : interroge sur une personne (sujet ou complément de plusieurs types).
Qui as-tu rencontré à la fête ?

que : interroge sur un objet, une idée, un concept ou un évènement (sujet ou complément d'objet direct).
Que veux-tu faire ?

✋ **Que** ne peut être utilisé qu'en début de phrase. En fin de phrase et avec des propositions, on utilise **quoi**.
Tu penses **quoi** de cette affaire ?
De **quoi** tu veux me parler ?

comment : interroge sur la manière.
Comment avez-vous voyagé ?

quand : interroge sur le moment.
Quand a-t-il décidé de partir ?

pourquoi : interroge sur la cause.
Pourquoi es-tu parti ?

combien (de) : interroge sur la quantité.
Combien de temps tu mets pour arriver ici ?

LES ADJECTIFS INTERROGATIFS

L'adjectif interrogatif accompagne un nom avec lequel il s'accorde et sert à demander à quelqu'un de distinguer un ou plusieurs objets ou individus parmi d'autres.

SINGULIER		PLURIEL	
MASCULIN	FÉMININ	MASCULIN	FÉMININ
Quel parc ?	**Quelle** rue ?	**Quels** parcs ?	**Quelles** rues ?

- **Quel** parc tu me recommandes ? (= il y a plusieurs parcs)
- Le parc du Luxembourg.

- **Quelle** station de métro est la plus proche ? (= il y a plusieurs stations de métro)

- **Quels** parcs de Paris tu préfères ? (= il y a plusieurs parcs à Paris et on demande d'en choisir quelques-uns)

quel / quelle / quels / quelles sont des adjectifs qui accompagnent un nom ; quand on sait déjà à quel nom ils se réfèrent, on peut utiliser les pronoms **lequel / laquelle / lesquels / lesquelles**.

Les deux appartements sont bien ; et toi, **lequel** tu préfères ?

L'INSTRUCTION ET LE CONSEIL

▸ Pour donner des instructions, on utilise :
- **l'infinitif** si l'interlocuteur n'est pas défini.
  Prendre un comprimé trois fois par jour.
- **l'impératif** si l'interlocuteur est précisé.
  Lave-toi les mains, s'il te plaît.

▸ Pour donner un conseil, on utilise :
- l'impératif.
  Si tu as mal aux pieds, **change** de chaussures !
- **devoir** au conditionnel + INFINITIF.
  Tu **devrais** changer de chaussures.

LA SOLLICITATION

LA SOLLICITATION D'OBJETS, D'ACTIONS ET DE FAVEURS

▸ Pour obtenir un objet, une action, une faveur de la part de quelqu'un, on a le choix entre les formes suivantes, de la plus informelle à la plus polie :
- l'impératif.
  Ma voiture est en panne. **Emmène-moi** en ville, s'il te plaît.
- une question au PRÉSENT DE L'INDICATIF.
  Ma voiture est en panne. **Tu m'emmènes** en ville ?
- une question avec **pouvoir** au PRÉSENT DE L'INDICATIF + VERBE À L'INFINITIF.
  Ma voiture est en panne. **Tu peux m'emmener** en ville ?
- un question avec **pouvoir** au CONDITIONNEL PRÉSENT + VERBE À L'INFINITIF.
  Ma voiture est en panne. **Tu pourrais m'emmener** en ville ?

Le choix s'opère en fonction du degré de familiarité avec l'interlocuteur et du caractère délicat ou non de la sollicitation.

LES RÉACTIONS	
ACCEPTER	REFUSER
Oui	Je regrette vraiment / beaucoup / infiniment
(Oui) d'accord	(Vraiment) désolé(e)
Sans problème	Non
(Oui) bien sûr	(Non) pas question
(Très) volontiers	
Bien entendu	

LA DEMANDE D'AUTORISATION

▸ Pour demander une autorisation / une permission d'agir, on utilise généralement le verbe **pouvoir**, à l'indicatif ou au conditionnel, si l'autorisation dépend du pouvoir et de la responsabilité de l'interlocuteur.
Madame, est-ce que je **peux** / **pourrais** sortir un instant de la classe ?

LES RÉACTIONS	
ACCORDER	REFUSER
Oui	REFUS RADICAL
Oui, bien sûr	Non
Oui, évidemment	(Non) pas question
Oui, d'accord	REFUS COURTOIS
Oui, sans problème	Je regrette vraiment / beaucoup / infiniment mais...
	(Vraiment) désolé(e) mais...

▸ Quand l'autorisation met en cause le bien-être de l'interlocuteur, on utilise : **cela vous dérange / ennuie si...**
Cela vous dérange si j'ouvre la fenêtre ?

LES RÉACTIONS	
ACCORDER	REFUSER
Non, pas du tout	(Ben) oui, désolé, mais...
Non, je vous en prie	Je regrette vraiment / beaucoup / infiniment mais...

Excusez-moi, je suis en retard.

Je suis désolé mais vous ne pouvez pas entrer.

Précis de grammaire

LES ADVERBES

DE FRÉQUENCE

jamais
Je ne voyage **jamais** en avion.
toujours
Je vais **toujours** manger dans ce restaurant.
parfois
Je vais **parfois** au théâtre.
de temps en temps
Je vais **de temps en temps** à la salle de sport.
souvent
Je vais **souvent** courir.

D'INTENSITÉ

trop
Marcel est **trop** timide.
très
Il est **très** gentil.
assez
Cette maison est **assez** grande.
plutôt
Je le trouve **plutôt** froid.
un peu
Cet appartement est **un peu** petit.
peu
Il regarde **peu** la télévision.

DE QUANTITÉ

trop (de)
Ce matin, il a mangé **trop de** sucreries.
beaucoup (de)
Elle a mangé **beaucoup de** chocolat.
assez (de)
Il y a **assez de** sel dans cette soupe.
un peu (de)
Nous avons aussi **un peu de** fromage.
peu (de)
Cet enfant mange **peu de** viande.
rien
Ce matin, il n'a **rien** mangé.

LA COMPARAISON

ÉGALITÉ

aussi + ADJECTIF + **que**
Ton studio est **aussi** cher **que** mon appartement.

autant de + NOM + **que**
Tu as **autant d'**espace **que** moi dans ton appartement.

VERBE + **autant que**
Tu as travaillé **autant que** moi.

SUPÉRIORITÉ

plus + ADJECTIF + **que**
Mon appartement est **plus** grand **que** ton studio.

plus de + NOM + **que**
Anne a **plus d'**espace **que** Pierre dans son appartement.

VERBE + **plus que**
J'ai travaillé **plus que** toi.

INFÉRIORITÉ

moins + ADJECTIF + **que**
Mon studio est **moins** cher **que** ton appartement.

moins de + NOM + **que**
J'ai **moins d'**espace **que** toi dans mon appartement.

VERBE + **moins que**
J'ai travaillé **moins que** toi.

LES MARQUEURS TEMPORELS

LES MARQUEURS TEMPORELS DU PRÉSENT

Aujourd'hui
Maintenant
À présent
Actuellement
À l'heure actuelle
De nos jours
En ce moment

LES MARQUEURS TEMPORELS DU PASSÉ

Dans les années…	En 1984, …
Quand + VERBE	À 18 ans, …
Autrefois…	Depuis le XIXe siècle / juin / 1999, …
Dans le temps…	
De mon / ton / son temps…	De 2006 à 2009, …
Dans ma / ta / sa jeunesse	Pendant les vacances, …
À ce moment-là…	Dans les années 40, …
À cette époque-là…	Hier, avant-hier, …
À mon époque…	La semaine dernière,
	Le mois dernier, …

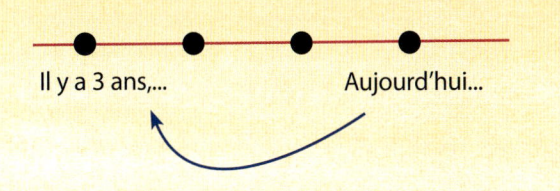

Il y a 3 ans,…   Aujourd'hui…

LES MARQUEURS DE CONTINUITÉ ET DE DISCONTINUITÉ

LA CONTINUITÉ

On peut exprimer la continuité en utilisant :
les adverbes **encore, toujours**.
le verbe **continuer à**.

Jacques **continue à** travailler comme un fou.
Il travaille **toujours / encore** 13 à 14 heures par jour.

LA DISCONTINUITÉ OU L'INTERRUPTION

On peut exprimer la discontinuité ou l'interruption en utilisant :
l'adverbe **ne… plus**.
le verbe **arrêter de**.

Jacques **a arrêté de** fumer.
Il **ne** fume **plus** une seule cigarette.

LA LOCALISATION

Il y a un fauteuil **à droite**.
Il y a un canapé **à gauche**.
Il y a une étagère **au-dessus du** canapé.
Il y a une télévision **en face du** canapé.
Il y a une armoire **au fond de** la pièce.
Il y a une fenêtre **à côté de** l'armoire.
Il y a une table **au milieu de** la pièce.
Il y a quatre chaises **autour de** la table.
Il y a un tapis **sous** la table.
Il y a des fleurs **sur** la table.
Il y a une plante **devant** la fenêtre.
Il y a un coffre-fort **derrière** un tableau.

Pour situer dans une ville / un pays / une région, on utilise :

▶ **à** + VILLE
   à Paris, **à** Amiens

▶ **en** + NOM DE PAYS OU RÉGIONS AU FÉMININ
   en Angleterre, **en** Bretagne

▶ **au** + NOM DE PAYS OU RÉGIONS AU MASCULIN
   au Congo, **au** Texas

▶ **aux** + NOM DE PAYS, RÉGIONS OU ARCHIPELS AU PLURIEL
   aux Pays-Bas, **aux** États-Unis, **aux** Antilles

cent trente-sept | 137

Tableaux de conjugaison

Les participes passés figurent entre parenthèses sous l'infinitif.
L'astérisque * à côté de l'infinitif indique que ce verbe se conjugue avec l'auxiliaire ÊTRE.

VERBES AUXILIAIRES

AVOIR (eu)	INDICATIF				CONDITIONNEL	IMPÉRATIF	
	présent	passé composé	imparfait	futur simple	présent		• **Avoir** indique la possession. C'est aussi le principal verbe auxiliaire aux temps composés : j'ai parlé, j'ai été, j'ai fait…
	j'ai tu as il/elle/on a nous avons vous avez ils/elles ont	j'ai eu tu as eu il/elle/on a eu nous avons eu vous avez eu ils/elles ont eu	j'avais tu avais il/elle/on avait nous avions vous aviez ils/elles avaient	j'aurai tu auras il/elle/on aura nous aurons vous aurez ils/elles auront	j'aurais tu aurais il/elle/on aurait nous aurions vous auriez ils/elles auraient	aie ayons ayez	

ÊTRE (été)	INDICATIF				CONDITIONNEL	IMPÉRATIF	
	présent	passé composé	imparfait	futur simple	présent		• **Être** est aussi le verbe auxiliaire aux temps composés de tous les verbes pronominaux : se lever, se taire, etc. et de certains autres verbes : venir, arriver, partir, etc.
	je suis tu es il/elle/on est nous sommes vous êtes ils/elles sont	j'ai été tu as été il/elle/on a été nous avons été vous avez été ils/elles ont été	j'étais tu étais il/elle/on était nous étions vous étiez ils/elles étaient	je serai tu seras il/elle/on sera nous serons vous serez ils/elles seront	je serais tu serais il/elle/on serait nous serions vous seriez ils/elles seraient	sois soyons soyez	

VERBES SEMI-AUXILIAIRES

ALLER* (allé)	INDICATIF				CONDITIONNEL	IMPÉRATIF	
	présent	passé composé	imparfait	futur simple	présent		• Dans sa fonction de semi-auxiliaire, **aller** + infinitif permet d'exprimer un futur proche.
	je vais tu vas il/elle/on va nous allons vous allez ils/elles vont	je suis allé(e) tu es allé(e) il/elle/on est allé(e) nous sommes allé(e)s vous êtes allé(e)(s) ils/elles sont allé(e)s	j'allais tu allais il/elle/on allait nous allions vous alliez ils/elles allaient	j'irai tu iras il/elle/on ira nous irons vous irez ils/elles iront	j'irais tu irais il/elle/on irait nous irions vous iriez ils/elles iraient	va allons allez	

VENIR* (venu)	INDICATIF				CONDITIONNEL	IMPÉRATIF	
	présent	passé composé	imparfait	futur simple	présent		• Dans sa fonction de semi-auxiliaire, **venir de** + infinitif permet d'exprimer un passé récent.
	je viens tu viens il/elle/on vient nous venons vous venez ils/elles viennent	je suis venu(e) tu es venu(e) il/elle/on est venu(e) nous sommes venu(e)s vous êtes venu(e)(s) ils/elles sont venu(e)s	je venais tu venais il/elle/on venait nous venions vous veniez ils/elles venaient	je viendrai tu viendras il/elle/on viendra nous viendrons vous viendrez ils/elles viendront	je viendrais tu viendrais il/elle/on viendrait nous viendrions vous viendriez ils/elles viendraient	viens venons venez	

VERBES PRONOMINAUX (OU RÉFLEXIFS)

S'APPELER* (appelé)	INDICATIF				CONDITIONNEL	IMPÉRATIF	
	présent	passé composé	imparfait	futur simple	présent		• La plupart des verbes en **-eler** doublent leur **l** aux mêmes personnes et aux mêmes temps que le verbe **s'appeler**.
	je m'appelle tu t'appelles il/elle/on s'appelle nous nous appelons vous vous appelez ils/elles s'appellent	je me suis appelé(e) tu t'es appelé(e) il/elle/on s'est appelé(e) nous nous sommes appelé(e)s vous vous êtes appelé(e)(s) ils/elles se sont appelé(e)s	je m'appelais tu t'appelais il/elle/on s'appelait nous nous appelions vous vous appeliez ils/elles s'appelaient	je m'appellerai tu t'appelleras il/elle/on s'appellera nous nous appellerons vous vous appellerez ils/elles s'appelleront	je m'appellerais tu t'appellerais il/elle/on s'appellerait nous nous appellerions vous vous appelleriez ils/elles s'appelleraient	– – – – 	

SE LEVER* (levé)	INDICATIF				CONDITIONNEL	IMPÉRATIF	
	présent	passé composé	imparfait	futur simple	présent		
	je me lève tu te lèves il/elle/on se lève nous nous levons vous vous levez ils/elles se lèvent	je me suis levé(e) tu t'es levé(e) il/elle/on s'est levé(e) nous nous sommes levé(e)s vous vous êtes levé(e)(s) ils/elles se sont levé(e)s	je me levais tu te levais il/elle/on se levait nous nous levions vous vous leviez ils/elles se levaient	je me lèverai tu te lèveras il/elle/on se lèvera nous nous lèverons vous vous lèverez ils/elles se lèveront	je me lèverais tu te lèverais il/elle/on se lèverait nous nous lèverions vous vous lèveriez ils/elles se lèveraient	lève-toi levons-nous levez-vous	

SE COUCHER* (couché)	INDICATIF				CONDITIONNEL	IMPÉRATIF	
	présent	passé composé	imparfait	futur simple	présent		
	je me couche tu te couches il/elle/on se couche nous nous couchons vous vous couchez ils/elles se couchent	je me suis couché(e) tu t'es couché(e) il/elle/on s'est couché(e) nous nous sommes couché(e)s vous vous êtes couché(e)(s) ils/elles se sont couché(e)s	je me couchais tu te couchais il/elle/on se couchait nous nous couchions vous vous couchiez ils/elles se couchaient	je me coucherai tu te coucheras il/elle/on se couchera nous nous coucherons vous vous coucherez ils/elles se coucheront	je me coucherais tu te coucherais il/elle/on se coucherait nous nous coucherions vous vous coucheriez ils/elles se coucheraient	couche-toi couchons-nous couchez-vous	

VERBES IMPERSONNELS

Ces verbes ne se conjuguent qu'à la troisième personne du singulier avec le pronom sujet *il*.

	INDICATIF				CONDITIONNEL	IMPÉRATIF	
	présent	passé composé	imparfait	futur simple	présent		
FALLOIR (fallu)	il faut	il a fallu	il fallait	il faudra	il faudrait	–	
PLEUVOIR (plu)	il pleut	il a plu	il pleuvait	il pleuvra	il pleuvrait	–	• La plupart des verbes qui se réfèrent aux phénomènes météorologiques sont impersonnels : il neige, il pleut...

Tableaux de conjugaison

VERBES EN -ER (PREMIER GROUPE)

PARLER (parlé)	INDICATIF				CONDITIONNEL	IMPÉRATIF	
	présent	passé composé	imparfait	futur simple	présent		
	je parle tu parles il/elle/on parle nous parlons vous parlez ils/elles parlent	j'ai parlé tu as parlé il/elle/on a parlé nous avons parlé vous avez parlé ils/elles ont parlé	je parlais tu parlais il/elle/on parlait nous parlions vous parliez ils/elles parlaient	je parlerai tu parleras il/elle/on parlera nous parlerons vous parlerez ils/elles parleront	je parlerais tu parlerais il/elle/on parlerait nous parlerions vous parleriez ils/elles parleraient	parle parlons parlez	• Les trois personnes du singulier et la 3ᵉ personne du pluriel se prononcent [parl] au présent de l'indicatif. Cette règle s'applique à tous les verbes en -er. **Aller** est le seul verbe en **-er** qui ne suit pas ce modèle.

FORMES PARTICULIÈRES DE CERTAINS VERBES EN -ER

	INDICATIF				CONDITIONNEL	IMPÉRATIF	
	présent	passé composé	imparfait	futur simple	présent		
ACHETER (acheté)	j'achète tu achètes il/elle/on achète nous achetons vous achetez ils/elles achètent	j'ai acheté tu as acheté il/elle/on a acheté nous avons acheté vous avez acheté ils/elles ont acheté	j'achetais tu achetais il/elle/on achetait nous achetions vous achetiez ils/elles achetaient	j'achèterai tu achèteras il/elle/on achètera nous achèterons vous achèterez ils/elles achèteront	j'achèterais tu achèterais il/elle/on achèterait nous achèterions vous achèteriez ils/elles achèteraient	achète achetons achetez	• Les trois personnes du singulier et la 3ᵉ personne du pluriel portent un accent grave sur le **è** et se prononcent [ɛ] au présent de l'indicatif. La 1ʳᵉ et la 2ᵉ du pluriel sont sans accent et se prononcent [ə].
APPELER (appelé)	j'appelle tu appelles il/elle/on appelle nous appelons vous appelez ils/elles appellent	j'ai appelé tu as appelé il/elle/on a appelé nous avons appelé vous avez appelé ils/elles ont appelé	j'appelais tu appelais il/elle/on appelait nous appelions vous appeliez ils/elles appelaient	j'appellerai tu appelleras il/elle/on appellera nous appellerons vous appellerez ils/elles appelleront	j'appellerais tu appellerais il/elle/on appellerait nous appellerions vous appelleriez ils/elles appelleraient	appelle appelons appelez	• La plupart des verbes en **-eler** doublent leur **l** aux mêmes personnes et aux mêmes temps que le verbe **appeler**.
COMMENCER (commencé)	je commence tu commences il/elle/on commence nous commençons vous commencez ils/elles commencent	j'ai commencé tu as commencé il/elle/on a commencé nous avons commencé vous avez commencé ils/elles ont commencé	je commençais tu commençais il/elle/on commençait nous commencions vous commenciez ils/elles commençaient	je commencerai tu commenceras il/elle/on commencera nous commencerons vous commencerez ils/elles commenceront	je commencerais tu commencerais il/elle/on commencerait nous commencerions vous commenceriez ils/elles commenceraient	commence commençons commencez	• Le **c** de tous les verbes en **-cer** devient **ç** devant **a** et **o** pour maintenir la prononciation [s].
MANGER (mangé)	je mange tu manges il/elle/on mange nous mangeons vous mangez ils/elles mangent	j'ai mangé tu as mangé il/elle/on a mangé nous avons mangé vous avez mangé ils/elles ont mangé	je mangeais tu mangeais il/elle/on mangeait nous mangions vous mangiez ils/elles mangeaient	je mangerai tu mangeras il/elle/on mangera nous mangerons vous mangerez ils/elles mangeront	je mangerais tu mangerais il/elle/on mangerait nous mangerions vous mangeriez ils/elles mangeraient	mange mangeons mangez	• Devant **a** et **o**, on place un **e** pour maintenir la prononciation [ʒ] dans tous les verbes en **-ger**.
PRÉFÉRER (préféré)	je préfère tu préfères il/elle/on préfère nous préférons vous préférez ils/elles préfèrent	j'ai préféré tu as préféré il/elle/on a préféré nous avons préféré vous avez préféré ils/elles ont préféré	je préférais tu préférais il/elle/on préférait nous préférions vous préfériez ils/elles préféraient	je préférerai tu préféreras il/elle/on préférera nous préférerons vous préférerez ils/elles préféreront	je préférerais tu préférerais il/elle/on préférerait nous préférerions vous préféreriez ils/elles préféreraient	préfère préférons préférez	• Pour les trois personnes du singulier et la 3ᵉ personne du pluriel, le **e** se prononce [–e–ɛ–] ; la 1ʳᵉ et la 2ᵉ du pluriel [–e–e–] au présent de l'indicatif.

AUTRES VERBES

Ces verbes sont rassemblés par familles de conjugaison en fonction des bases phonétiques et non en fonction de leurs groupes (deuxième et troisième).

2 bases

	INDICATIF				CONDITIONNEL	IMPÉRATIF	
	présent	passé composé	imparfait	futur simple	présent		
CROIRE (cru)	je crois tu crois il/elle/on croit nous croyons vous croyez ils/elles croient	j'ai cru tu as cru il/elle/on a cru nous avons cru vous avez cru ils/elles ont cru	je croyais tu croyais il/elle/on croyait nous croyions vous croyiez ils/elles croyaient	je croirai tu croiras il/elle/on croira nous croirons vous croirez ils/elles croiront	je croirais tu croirais il/elle/on croirait nous croirions vous croiriez ils/elles croiraient	crois croyons croyez	
VOIR (vu)	je vois tu vois il/elle/on voit nous voyons vous voyez ils/elles voient	j'ai vu tu as vu il/elle/on a vu nous avons vu vous avez vu ils/elles ont vu	je voyais tu voyais il/elle/on voyait nous voyions vous voyiez ils/elles voyaient	je verrai tu verras il/elle/on verra nous verrons vous verrez ils/elles verront	je verrais tu verrais il/elle/on verrait nous verrions vous verriez ils/elles verraient	vois voyons voyez	
CHOISIR (choisi)	je choisis tu choisis il/elle/on choisit nous choisissons vous choisissez ils/elles choisissent	j'ai choisi tu as choisi il/elle/on a choisi nous avons choisi vous avez choisi ils/elles ont choisi	je choisissais tu choisissais il/elle/on choisissait nous choisissions vous choisissiez ils/elles choisissaient	je choisirai tu choisiras il/elle/on choisira nous choisirons vous choisirez ils/elles choisiront	je choisirais tu choisirais il/elle/on choisirait nous choisirions vous choisiriez ils/elles choisiraient	choisis choisissons choisissez	• Les verbes **finir, grandir, maigrir**… se conjuguent sur ce modèle. Dans l'approche classique, ils sont appelés verbes du 2ᵉ groupe.
CONNAÎTRE (connu)	je connais tu connais il/elle/on connaît nous connaissons vous connaissez ils/elles connaissent	j'ai connu tu as connu il/elle/on a connu nous avons connu vous avez connu ils/elles ont connu	je connaissais tu connaissais il/elle/on connaissait nous connaissions vous connaissiez ils/elles connaissaient	je connaîtrai tu connaîtras il/elle/on connaîtra nous connaîtrons vous connaîtrez ils/elles connaîtront	je connaîtrais tu connaîtrais il/elle/on connaîtrait nous connaîtrions vous connaîtriez ils/elles connaîtraient	connais connaissons connaissez	• Tous les verbes en **-aître** se conjuguent sur ce modèle.
DIRE (dit)	je dis tu dis il/elle/on dit nous disons vous dites ils/elles disent	j'ai dit tu as dit il/elle/on a dit nous avons dit vous avez dit ils/elles ont dit	je disais tu disais il/elle/on disait nous disions vous disiez ils/elles disaient	je dirai tu diras il/elle/on dira nous dirons vous direz ils/elles diront	je dirais tu dirais il/elle/on dirait nous dirions vous diriez ils/elles diraient	dis disons dites	

Tableaux de conjugaison

	INDICATIF				CONDITIONNEL	IMPÉRATIF	
	présent	passé composé	imparfait	futur simple	présent		
ÉCRIRE (écrit)	j'écris tu écris il/elle/on écrit nous écrivons vous écrivez ils/elles écrivent	j'ai écrit tu as écrit il/elle/on a écrit nous avons écrit vous avez écrit ils/elles ont écrit	j'écrivais tu écrivais il/elle/on écrivait nous écrivions vous écriviez ils/elles écrivaient	j'écrirai tu écriras il/elle/on écrira nous écrirons vous écrirez ils/elles écriront	j'écrirais tu écrirais il/elle/on écrirait nous écririons vous écririez ils/elles écriraient	écris écrivons écrivez	
FAIRE (fait)	je fais tu fais il/elle/on fait nous faisons vous faites ils/elles font	j'ai fait tu as fait il/elle/on a fait nous avons fait vous avez fait ils/elles ont fait	je faisais tu faisais il/elle/on faisait nous faisions vous faisiez ils/elles faisaient	je ferai tu feras il/elle/on fera nous ferons vous ferez ils/elles feront	je ferais tu ferais il/elle/on ferait nous ferions vous feriez ils/elles feraient	fais faisons faites	• *La forme **-ai** dans **nous faisons** se prononce* [ɛ].
LIRE (lu)	je lis tu lis il/elle/on lit nous lisons vous lisez ils/elles lisent	j'ai lu tu as lu il/elle/on a lu nous avons lu vous avez lu ils/elles ont lu	je lisais tu lisais il/elle/on lisait nous lisions vous lisiez ils/elles lisaient	je lirai tu liras il/elle/on lira nous lirons vous lirez ils/elles liront	je lirais tu lirais il/elle/on lirait nous lirions vous liriez ils/elles liraient	lis lisons lisez	
PARTIR* (parti)	je pars tu pars il/elle/on part nous partons vous partez ils/elles partent	je suis parti(e) tu es parti(e) il/elle/on est parti(e) nous sommes parti(e)s vous êtes parti(e)(s) ils/elles sont parti(e)s	je partais tu partais il/elle/on partait nous partions vous partiez ils/elles partaient	je partirai tu partiras il/elle/on partira nous partirons vous partirez ils/elles partiront	je partirais tu partirais il/elle/on partirait nous partirions vous partiriez ils/elles partiraient	pars partons partez	• *Le verbe **sortir** se conjugue sur ce modèle. Attention, il peut aussi s'employer avec l'auxiliaire **avoir*** : J'ai sorti mon livre de mon sac à dos.
SAVOIR (su)	je sais tu sais il/elle/on sait nous savons vous savez ils/elles savent	j'ai su tu as su il/elle/on a su nous avons su vous avez su ils/elles ont su	je savais tu savais il/elle/on savait nous savions vous saviez ils/elles savaient	je saurai tu sauras il/elle/on saura nous saurons vous saurez ils/elles sauront	je saurais tu saurais il/elle/on saurait nous saurions vous sauriez ils/elles sauraient	sache sachons sachez	
VIVRE (vécu)	je vis tu vis il/elle/on vit nous vivons vous vivez ils/elles vivent	j'ai vécu tu as vécu il/elle/on a vécu nous avons vécu vous avez vécu ils/elles ont vécu	je vivais tu vivais il/elle/on vivait nous vivions vous viviez ils/elles vivaient	je vivrai tu vivras il/elle/on vivra nous vivrons vous vivrez ils/elles vivront	je vivrais tu vivrais il/elle/on vivrait nous vivrions vous vivriez ils/elles vivraient	vis vivons vivez	

3 bases

	INDICATIF				CONDITIONNEL	IMPÉRATIF	
	présent	passé composé	imparfait	futur simple	présent		
BOIRE (bu)	je bois tu bois il/elle/on boit nous buvons vous buvez ils/elles boivent	j'ai bu tu as bu il/elle/on a bu nous avons bu vous avez bu ils/elles ont bu	je buvais tu buvais il/elle/on buvait nous buvions vous buviez ils/elles buvaient	je boirai tu boiras il/elle/on boira nous boirons vous boirez ils/elles boiront	je boirais tu boirais il/elle/on boirait nous boirions vous boiriez ils/elles boiraient	bois buvons buvez	
DEVOIR (dû)	je dois tu dois il/elle/on doit nous devons vous devez ils/elles doivent	j'ai dû tu as dû il/elle/on a dû nous avons dû vous avez dû ils/elles ont dû	je devais tu devais il/elle/on devait nous devions vous deviez ils/elles devaient	je devrai tu devras il/elle/on devra nous devrons vous devrez ils/elles devront	je devrais tu devrais il/elle/on devrait nous devrions vous devriez ils/elles devraient	- - -	
POUVOIR (pu)	je peux tu peux il/elle/on peut nous pouvons vous pouvez ils/elles peuvent	j'ai pu tu as pu il/elle/on a pu nous avons pu vous avez pu ils/elles ont pu	je pouvais tu pouvais il/elle/on pouvait nous pouvions vous pouviez ils/elles pouvaient	je pourrai tu pourras il/elle/on pourra nous pourrons vous pourrez ils/elles pourront	je pourrais tu pourrais il/elle/on pourrait nous pourrions vous pourriez ils/elles pourraient	- - -	• *Dans les questions avec inversion verbe-sujet, on utilise la forme ancienne de la 1re personne du singulier :* **Puis**-*je vous renseigner ?*
PRENDRE (pris)	je prends tu prends il/elle/on prend nous prenons vous prenez ils/elles prennent	j'ai pris tu as pris il/elle/on a pris nous avons pris vous avez pris ils/elles ont pris	je prenais tu prenais il/elle/on prenait nous prenions vous preniez ils/elles prenaient	je prendrai tu prendras il/elle/on prendra nous prendrons vous prendrez ils/elles prendront	je prendrais tu prendrais il/elle/on prendrait nous prendrions vous prendriez ils/elles prendraient	prends prenons prenez	
VOULOIR (voulu)	je veux tu veux il/elle/on veut nous voulons vous voulez ils/elles veulent	j'ai voulu tu as voulu il/elle/on a voulu nous avons voulu vous avez voulu ils/elles ont voulu	je voulais tu voulais il/elle/on voulait nous voulions vous vouliez ils/elles voulaient	je voudrai tu voudras il/elle/on voudra nous voudrons vous voudrez ils/elles voudront	je voudrais tu voudrais il/elle/on voudrait nous voudrions vous voudriez ils/elles voudraient	veuille - veuillez	

TRANSCRIPTIONS DES ENREGISTREMENTS

UNITÉ 1

Piste 1 – 1B
- Bonjour et bienvenue dans notre émission consacrée aux gens qui ont décidé, un jour, de changer de pays et de vie. Aujourd'hui, nous allons nous intéresser aux Français expatriés. D'après les statistiques, près de 2 millions et demi de Français vivent à l'étranger. Aujourd'hui, nous recevons Marie, une jeune maman qui vit ici, au Québec, avec sa famille. Marie, bonjour !
- Bonjour !
- Vous vivez depuis trois ans à Montréal. Comment vous sentez-vous ?
- Très très bien ! Montréal est une ville très agréable, cosmopolite, dynamique…
- Et pourquoi êtes-vous venue vivre ici ?
- Pour le travail.
- Et qu'est-ce que vous faites ?
- Je suis traductrice.
- Vous avez deux enfants. Quelle langue parlez-vous avec eux ?
- On parle français.

Piste 2 – 2A
- Bonjour, comment vous appelez-vous ?
- Je m'appelle Oscar Sanz.
- Bien, Oscar, pour quelles raisons voulez-vous étudier le français ?
- Pardon ?
- Pour quelles raisons voulez-vous étudier le français ? Pour des raisons professionnelles… ?
- Ah non, pas du tout. C'est pour le plaisir, j'aime beaucoup la langue française et j'ai beaucoup d'amis qui parlent français.
- Ah ! très bien ! Et quelles activités aimez-vous faire en classe de langue ?
- J'aime beaucoup voir des vidéos… des reportages, le journal télévisé… j'aime beaucoup faire des activités sur Internet, travailler en groupe… Et… et puis, j'aime bien écouter de la musique et découvrir des chanteurs français.
- Et qu'est-ce que vous n'aimez pas faire ?
- Hum… Je n'aime pas les dictées et je n'aime pas du tout faire des exercices de grammaire en classe. C'est très ennuyeux !
- Hum hum, et parlez-vous souvent français dans votre vie quotidienne ?
- Hum… Je parle parfois mais j'ai plus souvent l'occasion de chatter avec mes amis français.
- Et vous regardez des films en français ?
- Oui, très souvent, j'adore le cinéma français et quand il y a un bon film français, je le vois en version originale.
- Et la musique, vous écoutez de la musique ou la radio française ?
- Oui, ça m'a…. ça m'arrive souvent.
- Alors, à votre avis, qu'est-ce qui est important pour bien parler une langue ?
- Bon, je crois que tout est important, mais je crois que connaître les coutumes d'un pays est très important. Et puis aussi avoir beaucoup de vocabulaire.
- Très bien, merci beaucoup !
- C'est tout ?
- Oui, oui, c'est tout. Au revoir.
- Au revoir.

Piste 3 – 7A
- Salut Capucine ! Alors, comment s'est passé l'examen de russe ?
- Ah salut Adrien ! Bien, je crois, surtout l'oral. Et pour toi ?
- Assez bien, je pense, sauf l'oral. C'est toujours la partie la plus difficile pour moi.
- Tu devrais t'efforcer de toujours parler en russe, au moins pendant le cours !
- Je sais, mais c'est difficile !
- Et si tu cherchais des correspondants pour pratiquer le russe ?
- C'est ce que tu as fait ?
- Oui, et maintenant j'ai deux amies russes. Du coup, je peux parler souvent avec elles, c'est génial !
- Je ne sais pas… Moi, ce que j'aime, c'est traduire les textes russes en français.
- Oh là la, moi pas du tout ! Traduire les textes russes en français, c'est tellement ennuyeux ! C'est comme les rédactions ! Faire une rédaction par semaine, c'est très dur !
- Tu n'aimes pas écrire, c'est ça ?
- Non, c'est vrai, je préfère parler et lire.
- Et comment tu fais pour retenir le vocabulaire ?
- J'ai une méthode très efficace : je fais des listes de vocabulaire. Je les relis dans le métro, le bus, ça marche bien pour mémoriser les nouveaux mots.
- Et, pour développer la compréhension auditive, qu'est-ce que tu me conseilles ?
- Ben, tu pourrais regarder la télévision russe.
- Mais si je la regarde, je ne comprends rien !?
- Au début, c'est normal ! Ça vient peu à peu, à force d'écouter.
- Pff, moi, je trouve que c'est décourageant de comprendre si peu quand on regarde la télé en russe…

Piste 4 – 8B
Très utile
Très décourageant
Des exercices
Des textes
Les attitudes
Les traditions
Trois activités
Trois rédactions
Nos amis
Nos parents
Mes inquiétudes
Mes problèmes
Tes idées
Tes sentiments

Piste 5 – 9D
- Pierre, j'ai besoin de tes conseils. J'aimerais apprendre à jouer de la guitare. Est-ce que tu connais une méthode pour apprendre seul ?
- Oui Sophie, je connais une méthode, « Guitare pro », c'est un logiciel. Avec ça, tu peux apprendre les bases.
- Tu joues de la guitare, toi, n'est-ce pas ?
- Non, pas du tout, je joue très mal de la guitare. En fait, je suis trompettiste.
- Ah bon, tu joues de la trompette !?
- Oui, tu n'étais pas au courant ?
- Non, je ne le savais pas. Et tu joues bien ?
- Je joue assez bien. J'ai étudié cinq ans au conservatoire et je suis actuellement des cours particuliers pour perfectionner ma technique.
- Et tu joues souvent ?
- Oui, tous les week-ends. Je joue dans un groupe amateur et on fait des concerts dans des bars.
- Et qu'est-ce que vous jouez ?
- Du jazz surtout. Ah, mais, j'y pense… on cherche une chanteuse et on m'a dit que tu chantes très bien !
- Oui, j'ai appris à chanter avec ma mère et j'adore ça. Mais je ne connais pas trop le jazz. Moi, j'ai une formation plutôt classique. Je ne sais pas si je serai capable de chanter avec vous…
- Et si on essayait vendredi prochain ?

UNITÉ 2

Piste 6 – 2B

○ Bon, alors, Laura... Quelle option préfères-tu, toi ? Il faut qu'on choisisse...
● Oui, je sais, mais j'hésite...
○ Moi aussi, j'hésite... L'option 1, je n'aime pas beaucoup, car la chambre est assez petite.
● Oui, c'est vrai, on aurait la place pour mettre notre lit mais c'est tout.
○ Il reste la 2 et la 3. Pour l'option 2, le bureau peut servir de chambre d'amis quand on a des invités mais... évidemment, le living est moins grand...
● Oui, et moi, j'aimerais bien avoir un grand living. Et puis, je préfère une cuisine séparée, c'est plus pratique, je trouve...
○ Bon, d'accord. Et tu penses quoi de l'option 3, alors ?!
● Ah, l'option 3, je crois que c'est celle que je préfère !
○ Et...
● Et quoi ?
○ Si on a un bébé...
● Si on a un bébé, on déménage !!

Piste 7 – 7A

Une chaise en bois blanc.
Une table à roulettes.
Un canapé en cuir noir.

Piste 8 – 8A

1.
● Alors moi, mon endroit favori, c'est... la salle de bain !!! Oui, oui, la salle de bain ! Pourquoi pas ?! J'adore rester des heures dans mon bain : j'y réfléchis, j'y rêve, je m'y détends... La baignoire est très grande et elle est juste en face de la fenêtre et je vois le ciel et le sommet des arbres... et je rêve...
○ Ah ben, moi, tu vois, l'endroit que je préfère chez moi, c'est la terrasse. Elle est très grande et j'y ai mis toutes mes plantes. Quand arrivent les beaux jours, j'y passe des heures à prendre le soleil. J'oublie alors tous mes soucis. Ma terrasse, c'est mon oasis.

2.
○ Alors, moi, la pièce que je préfère chez moi, c'est mon bureau, parce qu'en fait entre mon mari et les enfants, c'est la seule pièce où je peux m'isoler. Et puis là, alors, j'écoute ma musique, je lis les livres que j'aime bien. Et puis, en plus, c'est une pièce très lumineuse, elle a une grande fenêtre et puis elle donne sur le parc qu'il y a à côté de chez moi, donc c'est vraiment une pièce très très agréable.
● Ah ben, écoute, moi c'est la... c'est la cuisine, la cuisine elle est vraiment fantastique parce qu'elle est très spacieuse, elle donne sur un petit jardin donc c'est vraiment très agréable. Alors tu peux lire, tu peux jouer de la guitare, il y a une bonne acoustique donc c'est vraiment une pièce fantastique, elle est très accueillante, très chaleureuse. D'ailleurs quand j'invite des amis, on mange très souvent dans ma cuisine.

UNITÉ 3

Piste 9 – 3B

1.
● Détendez-vous, relaxez-vous, décontractez-vous grâce au fauteuil Relaxation totale ! Relaxation totale, un fauteuil irrésistible !

2.
● Avec le shampoing Satin de Boréal, vos cheveux sont doux et brillants ! Boréal, parce que vous le valez !

3.
● Musclez vos jambes, tonifiez votre corps sans sortir de chez vous ! La bicyclette statique, facile à ranger, facile à utiliser !

4.
● Dès les premiers symptômes, les pastilles Stop-grip et adieu le mal de gorge !

Piste 10 – 7A

1. Tu as les clefs ?
2. C'est l'heure de dîner.
3. Tu parles anglais ?
4. Elle est désagréable !
5. Elle t'a reconnu ?
6. Il parle chinois !
7. Il est parti !?
8. Elle a pris le bus ?
9. J'ai tout compris.

UNITÉ 4

Piste 11 – 4A

● Bonjour, chers auditeurs. Notre émission d'aujourd'hui spéciale Mai 68 revient ce qui s'est passé dans le monde il y a 40 ans, pendant que Paris vivait un évènement historique. La France n'était pas le seul pays à vivre la révolution... Que se passait-il ailleurs ? Notre premier auditeur est une auditrice tchèque, si je ne me trompe pas. Bonjour...
○ Bonjour ! Oui, en effet, je m'appelle Sofia. Je vis en France mais je suis tchèque. Je vous appelle parce que, en 68 en Tchécoslovaquie, c'était le printemps de Prague. Alexander Dubcek avait installé la liberté de la presse, de la communication et de la circulation. C'était le printemps ! Un air de liberté ! Mais, en août, les chars soviétiques ont envahi le pays. Il y a eu beaucoup de morts. Beaucoup de gens sont partis et moi aussi. Depuis, je vis en France.
● Merci Sofia pour votre témoignage. Un autre appel, cette fois du Mexique...
□ Bonjour, oui, effectivement je suis mexicain. Je m'appelle Leonardo. En 68, j'étudiais le cinéma à Mexico. Comme les étudiants parisiens, nous occupions les universités et les grandes écoles. Mais, comme les Jeux Olympiques devaient avoir lieu en octobre, le président Diaz Ordaz a envoyé l'armée pour rétablir l'ordre et, en fait, plus de 100 ou 200 étudiants sont morts le 2 octobre... Nous avons raconté ces évènements dans des films...
● Merci Leonardo pour ce témoignage sur les évènements du Mexique. Un dernier auditeur... Allô, allô ?
◆ Allô, je vous appelle de Bordeaux, je suis française mais, en 68, je faisais des études aux États-Unis. Alors c'était la guerre du Vietnam et tous les jours la télévision montrait des scènes épouvantables. Il y avait des milliers de morts... et les gens commençaient à trouver cette guerre inutile et inhumaine. Quand les étudiants ont été appelés pour partir se battre, ils se sont révoltés et il y a eu des manifestations énormes contre la guerre du Vietnam...
● Merci pour ce témoignage... Notre émission se termine maintenant. Je vous retrouve demain. Tout de suite, le flash info de 10 heures.

Piste 12 – 7A

Chien
Avoir
Maison
Pain
Eau
Mandarine

cent quarante-cinq | 145

Transcriptions des enregistrements et du DVD

Piste 13 – 7B
1. Le vin – le vent
2. Le son – le sang
3. Atteindre – attendre
4. Le pont – le pain
5. C'est marron – c'est marrant
6. Les lions - les liens
7. Quel beau teint – quel beau temps

Piste 14 – 10A
1.
● Quand j'étais petite, j'adorais être malade. Quand j'étais malade... pas très malade, juste un peu de fièvre, ou un peu de toux..., je ne devais pas aller à l'école. Je restais dans mon lit, bien au chaud... ma mère s'occupait de moi : elle m'apportait un jus d'orange et des biscuits... Ma mère me lisait des contes de fées : *Blanche-Neige*, *La Belle au bois dormant*, *Cendrillon*... Puis, je les rangeais dans une toute petite boîte en carton... c'était ma première bibliothèque...

2.
○ Quand j'étais petit, je rentrais de l'école avec deux copains. Il n'y avait personne à la maison... On montait dans ma chambre, on ouvrait la fenêtre et quand quelqu'un passait dans la rue, on lançait un bout de papier ou une pièce de monnaie, puis on se cachait... Tout doucement, on passait la tête pour voir la surprise du passant... On s'amusait bien et ce n'était pas très méchant !

ENTRAÎNEMENT À L'EXAMEN DU DELF A2 COMPRÉHENSION DE L'ORAL

Piste 15 – Exercice 1
○ Bonjour, vous êtes bien au Centre de médecine sportive Vesale.
Pour accéder aux urgences, appuyez sur 1.
Pour accéder à la réception, appuyez sur 2.
Pour obtenir le secrétariat du service de chirurgie, appuyez sur 3.
Pour obtenir le secrétariat du service de kinésithérapie, appuyez sur 4.
Pour obtenir le secrétariat du service d'ostéopathie, appuyez sur 5.
Pour obtenir un rendez-vous, veuillez téléphoner entre 8h30 et 17h, tous les jours sauf le week-end. Nous vous rappelons que, pour tout rendez-vous, vous êtes prié de vous munir de vos documents d'identité, d'une ordonnance de votre médecin traitant et de vos documents de sécurité sociale. Nous vous remercions de votre appel.

Piste 16 – Exercice 2
○ Docteur, je ne me sens pas bien...
● Eh hop, un antibiotique ; et hop un petit calmant ; et hop...
◇ De mon temps, la pénicilline n'existait pas et les antibiotiques non plus d'ailleurs. Et pourtant je suis toujours là et j'ai 94 ans...
◆ Vous avez du mal à vous endormir ? Vous êtes souvent nerveux ? Vous avez des douleurs d'estomac ? Ne vous précipitez plus pour un oui ou un non sur un médicament ; faites confiance aux produits naturels de nos grands-mères. Découvrez Les Fleurs de Bach !

Piste 17 – Exercice 3
● Ah mais, c'est Manuel ?
○ Euh... oui, Manuel Etxebarria.
● Tu ne me reconnais pas ?! Anne Lombard !
○ Ah, mais oui ! Anne ! Attends... On travaillait ensemble chez Architectes et associés, non ? Tu avais des longs cheveux, à l'époque, et tu étais célibataire ! Anne Lombard ! Ça y est ; je te reconnais. Tu travailles toujours chez Architectes et associés ?
● Ben, oui, j'y travaille toujours. Je trouve que l'ambiance est sympathique et c'est important pour moi de continuer à travailler car je suis divorcée et mes enfants sont à l'université maintenant et voilà... Le train-train habituel... Et toi ?
○ Oh moi, quand j'ai quitté Architectes et associés, je suis parti travailler à Dubaï, dans une grande compagnie de construction, mais l'ambiance n'était pas agréable ; et puis le climat de là-bas était très pénible : il faisait très chaud et humide ; j'avais des tas de problèmes respiratoires... Et je ne me sentais pas à l'aise dans une culture si différente... Alors je suis revenu ici, à Paris.
● Ah ben, super que tu sois rentré. On peut aller boire un café un de ces jours si tu veux ?
○ Super ! Ben écoute, Anne, je n'ai pas le temps maintenant ; mais donne-moi ton adresse électronique et je t'écris et on se voit, si tu veux...
● Ok, alors : lombard@architecte.vo.
○ Merci, bon... ciao, à bientôt !

UNITÉ 5
Piste 18 – 1B
○ Édith Piaf naît le 19 décembre 1915 à Paris dans une famille très pauvre. Elle est fille d'un artiste de cirque et d'une chanteuse de rue. Sa famille la confie très petite à sa grand-mère maternelle. En 1922, à sept ans, son père la reprend avec lui. Ils parcourent la France dans de petits cirques. Plus tard, Édith commence à interpréter des chansons populaires avec son père, toujours dans la rue. En 1930, elle quitte son père et en 1933, âgée de dix-sept ans, elle devient mère d'une petite fille prénommée Marcelle. À l'automne 1935, lorsqu'elle chante dans la rue, elle est découverte par le gérant d'un cabaret des Champs-Élysées. Le succès est immédiat : son talent et sa voix sont extraordinaires. En 1936, elle enregistre son premier disque et connaît un succès extraordinaire. À partir de cette année, elle travaille dans les meilleurs cabarets et music-halls de Paris. En 1945, elle écrit l'une de ses premières chansons : *La vie en rose*, peut-être sa chanson la plus célèbre. En 1948, alors qu'elle est à New York, elle vit sa plus grande histoire d'amour avec le boxeur français, Marcel Cerdan, champion du monde. Mais, un an plus tard, en 1949, Cerdan meurt dans un accident d'avion sur le vol Paris-New York. Cette disparition est très douloureuse pour Édith. En 1959, Édith tombe sur scène durant un concert à New York : elle est malade et revient à Paris en très mauvais état. En 1962, âgée de 46 ans, elle épouse Théo Sarapo, un jeune chanteur âgé de 26 ans. Édith Piaf meurt le 10 octobre 1963 à l'âge de 47 ans. Ses obsèques ont lieu au cimetière du Père-Lachaise.

Piste 19 – 3D
○ Nous voilà dans l'un des plus beaux endroits de Paris : la place des Vosges. La place des Vosges est la première place construite à Paris. Elle a été

construite sous le règne d'Henri IV, au début du XVIIe siècle. À l'époque, elle s'appelait place Royale et on y trouvait une statue du roi Louis XIII.
À la Révolution française, on a détruit la statue et, bien entendu, on a décidé de changer le nom, les nouvelles autorités révolutionnaires n'aimaient pas ce nom-là : place Royale. On a donc décidé que la première région à payer les impôts donnerait le nom à cette place... Et cette première région à payer les impôts pendant la Révolution a été les Vosges... et la place a donc pris ce nom en 1849.

Piste 20 – 7A
1. J'ai déménagé / Je déménageais
2. J'ai travaillé / Je travaillais
3. Je quittais / J'ai quitté
4. Je commençais / J'ai commencé
5. J'ai changé / Je changeais
6. Je passais / J'ai passé
7. J'ai partagé / Je partageais
8. J'ai payé / Je payais
9. J'ai rencontré / Je rencontrais

Piste 21 – 9A
Bruits divers.

Piste 22 – 10A
1.
○ Un des pires moments de honte de ma vie s'est passé à Marseille, l'hiver dernier. J'étais sorti faire un tour, je me suis arrêté à un café et j'ai commandé un chocolat chaud à emporter. J'étais à la caisse quand j'ai vu une très belle fille en train de manger à une table.
● Hum hum...
○ Je me suis dirigé vers la sortie, mais mon attention était entièrement concentrée sur elle.
● Aaah...
○ Alors, je n'ai pas vu la porte vitrée...
● Oh non !
○ Il faut dire qu'elle était très très propre et qu'on avait presque l'impression qu'il n'y avait pas de porte ! Bref, je me suis fracassé contre la porte et le choc a été assez violent.
● C'est pas vrai !
○ À cause du bruit, tout le monde dans le café s'est retourné vers moi.
● Oh non !
○ Et il y avait du chocolat partout, sur mes bras, sur la porte, par terre, enfin... La fille riait, je ne sais pas si elle riait de me voir comme ça ou parce qu'elle avait remarqué que je la regardais et, moi, j'étais mort de honte. Bref, la vendeuse m'a aidé et, moi, j'ai pris plein de serviettes en papier pour essuyer la porte, un vrai désastre...
● Mon Dieu, mon Dieu !

2.
● Bon, ce n'est pas la pire honte de ma vie, mais sur le moment c'était quand même terrible. Alors, en fait, j'avais vingt-deux ans et le garçon qui me plaisait depuis très longtemps m'avait enfin invitée au restaurant !
○ Ah ouais ?
● Ouais ! Alors d'abord, tout se passait bien, on a pris l'entrée... il y avait quelques silences, mais à part ça, tout allait bien... Puis le serveur nous a apporté la viande... Le couteau que j'avais n'était pas très bien aiguisé, en fait, il ne coupait pas du tout, alors j'ai appuyé de toutes mes forces et le couteau a glissé dans l'assiette, tu sais en faisant ce bruit-là, super désagréable pour les dents ! Bon, tout le monde s'est retourné vers nous et là, je ne sais pas comment, mais la viande est tombée sur la chemise de mon ami... Alors là, ça a laissé évidemment une tâche de graisse énorme ! Alors bon, lui, il m'a regardé longuement. J'ai essayé de nettoyer sa chemise en m'excusant mille fois. Et puis, ben maintenant, on est marié et puis on rigole encore quand on parle de ce jour-là !

UNITÉ 6
Piste 23 – 3B
1.
○ Tu as lu ça ?
● Quoi ?
○ Cet article sur la population de la France dans vingt ans.
● Non, qu'est-ce qu'il dit ?
○ Ben... il dit qu'il y aura quatre millions et demi d'habitants supplémentaires dans vingt ans.
● Ah bon ? C'est beaucoup quand même !
○ Mouais..., je trouve ça assez raisonnable. Ce n'est pas trop, quatre million et demi de personnes en vingt ans.
● Ouais, je ne me rends pas compte...

2.
● Regarde cet article.
○ Celui sur le temps libre ?
● Oui. Intéressant, tu ne crois pas ?
○ Oui. C'est intéressant, mais bon... Plus de temps libre, j'y crois pas trop...
● J'aimerais bien y croire moi !
○ Ben oui, moi aussi ! Et t'as vu ce qu'ils disent sur les TGV européens...
● Ben, quoi ?
○ Je n'y crois pas, moi, aux TGV Montpellier-Barcelone et Lyon-Turin. Ils ne seront sûrement pas en fonctionnement dans 20 ans...
● Tu ne crois pas ? T'es vraiment pas optimiste, toi...

3.
○ On va tous être vieux !
● Pardon ?
○ En 2030, selon cet article, l'âge moyen des Français sera de presque quarante-trois ans.
● C'est vrai, ça ?
○ Oui, ce sont des prévisions assez fiables. Et regarde : 36,5 % de Français auront plus de soixante ans !
● C'est terrible ! Un pays de personnes âgées, de retraités..., avec peu de jeunes...
○ Ouais, ça sera comme ça, sans doute, on verra bien !

Piste 24 – 5A
C'est un poison / C'est un poisson
Ils s'aiment / Ils aiment
C'est un beau désert / C'est un beau dessert
Les deux choux / Les deux joues
Quelle joie ! / Quel choix !

Piste 25 – 5B
1. Si six scies scient six cyprès, six cent six scies scient six cent six cyprès.
2. Doit-on dire : seize sèches chaises, ou bien seize chaises sèches ?
3. Les chaussettes de l'archiduchesse sont-elles sèches ? Oui, elles sont sèches, archisèches !
4. Non, je n'ai pas dit samedi, j'ai dit « jeudi, ça me dit. »
5. Suis-je bien chez ce cher Serge ? Il fait si chaud chez ce cher Serge.

Piste 26 – 10B
● Excusez-moi messieurs, est-ce que je peux vous poser une question ? C'est pour une émission de Radio V.O.
○ Oui. Pourquoi pas ?
● Nous préparons une émission sur le futur de l'alimentation dans le monde.

Transcriptions des enregistrements et du DVD

Quelles sont les questions qui vous préoccupent, vous, sur l'alimentation ?
○ Mmm, je crois que le plus grand problème est le gaspillage. Aujourd'hui, on produit des tonnes et de tonnes d'aliments qui finissent par ne pas être consommés. Dans les restaurants, les hôtels, mais aussi dans les maisons, on jette chaque jour une quantité énorme d'aliments ! C'est affreux !
◆ Oui. Et cela a beaucoup à voir avec un autre problème. Il y a de profondes inégalités entre les pays : ici, on mange trop et pas forcément bien d'ailleurs. Alors qu'en Afrique ou ailleurs, il y a encore aujourd'hui trop de personnes qui n'ont rien à manger.

UNITÉ 7

Piste 27 – 2B
○ Allô ?
● Bonjour. Je suis Thierry Laurent. Puis-je parler à Justin Violet ?
○ Oui, c'est moi.
● Je vous ai envoyé une invitation pour la fête d'anniversaire de ma femme.
○ Ah oui ! oui, oui... Mais malheureusement, je vous ai écrit que ce n'était pas possible.
● Oui, je sais, je viens de recevoir votre lettre. Mais vous me dites que vous jouez ce jour-là jusqu'à 13h. Si nous vous proposons une heure de représentation plus tardive, pourriez-vous venir quand même ?
○ Ah... Je n'ai pas pensé à cette solution... Mais à quelle heure ?
● Vers 16 heures, par exemple ?
○ Cela va être compliqué... Le problème, c'est que nous jouons avant assez loin de Seneffe.
● J'ai peut-être une solution. Je peux vous proposer un mini-car pour le déplacement.
○ Ah bon ? Vous pourriez vous charger de louer un car pour venir nous chercher ?
● Oui, sans aucun problème.
○ Bon, ben, dans ces conditions, j'accepte, d'accord.
● D'accord ?
○ Oui, oui. D'accord. Vous pouvez compter sur nous, à 16 heures, à Seneffe. Le samedi 23. Je vous envoie une lettre de confirmation et envoyez-moi si vous pouvez l'adresse exacte du lieu.
● D'accord. Merci beaucoup, ma femme va être ravie. Au revoir.
○ Au revoir, Monsieur.

Piste 28 – 7A
● Je veux un bonbon ! Je veux un bonbon !
○ Léa, on ne dit pas « je veux » mais « je voudrais » un bonbon. Et même « je voudrais un bonbon, ma petite maman chérie, s'il te plaît... ».
● Je voudrais un bonbon, ma petite maman chérie... mais je le veux quand même.

Piste 29 – 9
1.
○ Garçon ! Pourrais-je avoir un café crème, s'il vous plaît ?
● Oui, bien sûr, madame. Voilà !
2.
● Excusez-moi, pourriez-vous m'indiquer la direction du musée du Chocolat ?
○ Ah, désolée, je ne peux pas vous dire, je ne suis pas d'ici.
3.
○ Je voudrais un ticket d'entrée pour l'exposition permanente, s'il vous plaît.
● Je regrette Monsieur. On ne vend plus d'entrée après 5 heures.
4.
● Monsieur, je voulais vous demander, pourrais-je prendre ma journée vendredi ?
○ C'est impossible Sylvie. J'ai besoin de vous vendredi.
5.
○ Allô maman, tu viens déjeuner chez nous demain ?
● Avec plaisir !
6.
● Cette chaise est libre ? Ça vous dérange si je la prends ?
○ Je vous en prie, allez-y.
7.
● Dis, maman, on peut acheter un chien ?
○ Ah non, hein ! Pas question, c'est moi qui vais devoir le sortir !

Piste 30 – 10A
1.
○ Pff, excusez-moi Monsieur, vous pourriez vous pousser un peu, je ne vois pas la guide !
2.
● Kof, kof, votre fumée me gêne, vous pourriez aller fumer un peu plus loin !
3.
○ S'il vous plaît, ça vous dérange de me prendre en photo avec la tour Eiffel ?
4.
● Dites, vous pourriez baisser votre musique, cela me gêne, j'entends mal les explications.

Piste 31 – 10C
1.
○ Pff, excusez-moi Monsieur, vous pourriez vous pousser un peu, je ne vois pas la guide !
● Oui, bien sûr, excusez-moi, tenez, mettez-vous devant moi.
2.
● Kof, kof, votre fumée me gêne, vous pourriez aller fumer un peu plus loin !
○ Ma petite madame, on est à l'air libre, si ça vous dérange, vous pouvez vous éloigner.
3.
○ S'il vous plaît, ça vous dérange de me prendre en photo avec la tour Eiffel ?
● Non, pas du tout, avec plaisir.
4.
● Dites, vous pourriez baisser votre musique, cela me gêne, j'entends mal les explications.
○ Quoi, qu'est-ce que vous dites ?

UNITÉ 8

Piste 32 – 5A
● Monsieur Dujardin, bonjour, Nathalie Lesieur à l'appareil. Je vous appelle pour les informations que vous m'avez demandées. Tout d'abord, oui, l'hôtel offre une connexion Internet. Il possède aussi un restaurant, ouvert midi et soir, avec le midi, une formule buffet. Ensuite, vous pouvez arriver quand vous voulez mais les chambres se libèrent après 12 h. Toutes les chambres ont un mini-bar. Bonne journée, Monsieur Dujardin ! Au revoir.

Piste 33 – 7A
● Alors, comment va-t-il ce grand garçon ?
○ Bah, pas très bien.
● Que se passe-t-il ?
○ Je ne sais pas... Il n'est pas comme d'habitude.
● Se plaint-il de quelque chose ?
○ Il dit qu'il a mal...
● Mon grand, où as-tu mal ? Au ventre ?
○ Mmmmmoui, un peu...

- A-t-il vomi ?
- Non...
- Joue-t-il avec ses camarades comme d'habitude ?
- Euh... Oui...
- Qu'a-t-il mangé hier soir ?
- Très peu de choses... il n'avait pas faim.
- A-t-il de la fièvre ?
- À peine.. 37 et demi...
- Tousse-t-il ?
- Oui, un peu.
- Bon... une simple indigestion, je crois. Deux ou trois jours au chaud, hein, mon bonhomme et ce sera fini... Allez, on n'en parlera plus.

Piste 34 – 10B
- Bonjour, notre candidat du jour s'appelle André. Pouvez-vous vous présenter en quelques mots ?
- Bonjour, je m'appelle André, je suis ingénieur. Je viens du Québec et j'habite en France depuis maintenant cinq ans.
- Alors, André, êtes-vous prêt à jouer ?
- Oui, Jean-Pierre, je suis prêt.
- Première question, donc... André, la Suisse est-elle officiellement francophone ?
- Oui, Jean-Pierre.
- Vous en êtes certain ?
- Oui, oui, sans problème. La Suisse est francophone.
- Bravo, André. La Suisse est francophone. Vous gagnez 500 euros. Deuxième question : parle-t-on d'autres langues que le français en Suisse ?
- Mmmm... je crois que oui.
- Vous croyez ?... ou vous êtes certain ?
- Je suis presque certain.
- Alors quelle est votre réponse ?
- Ma réponse est oui. On parle aussi d'autres langues.
- Mais oui, bien sûr, André. Les quatre langues officielles de la Suisse sont le français, l'allemand, l'italien et le romanche. Bravo André ! Vous gagnez 1 000 euros. Troisième question. Il y a-t-il des montagnes en Suisse ?
- Euh, ben oui...
- C'est votre dernier mot ?
- Oui.
- Bravo André. Vous arrivez à 1 500 euros. Encore une question : la Suisse a-t-elle une frontière avec la France ?
- Euh... je crois bien.
- Il faut être certain, André...
- Euh , je crois que le lac de Genève a une rive française... oui, oui... Donc oui, Jean-Pierre, ma réponse est oui.
- Bravo André. Vous êtes très fort. En effet, à l'ouest, la Suisse a une frontière commune avec la France. 2 000 euros. Encore deux questions et vous serez certain de gagner 4 000 euros. Alors, André, la Suisse fait-elle partie de l'Union européenne ?
- Ben, oui, euh... non... euh... je ne sais pas...
- Il me faut une réponse, André...
- Mmm... je réponds... non.
- Et vous avez raison ! Les Suisses ont refusé plusieurs fois de faire partie de l'Union européenne et les Suisses n'utilisent pas l'euro mais continuent à utiliser le franc suisse. 3 000 euros pour vous. La Suisse a-t-elle une ouverture sur la mer ?
- Ben non, évidemment ! Ça, c'est facile Jean-Pierre !
- Bravo, André ! vous avez gagné 4 000 euros ! Maintenant, à vous de choisir : vous partez avec 4 000 euros ou vous continuez au risque de les perdre...
- Je continue, Jean-Pierre !
- Bravo André. Quatre autres questions donc... après la pub...

Piste 35 – 10C
- Et voici la deuxième partie de notre jeu ! Attention, André, ça va être plus difficile ! Êtes-vous prêt ?
- Je suis prêt, Jean-Pierre !
- Question suivante : la Suisse est-elle plus petite que la Belgique ?
- Oh la la !! Je ne sais pas, moi ! Aucune idée...
- Il faut pourtant répondre, André...
- Ben, je crois que... ah je ne sais pas... je vais dire... non. Je crois que la Belgique est plus petite.
- Eh bien voilà, André ! Encore une bonne réponse et 500 euros de plus... En effet, la Suisse s'étend sur plus de 41 000 km^2 alors que la Belgique n'en comprend que 30 000. Bravo André. Vous continuez ou vous vous arrêtez là ?
- Euh... allons ! Oui, Jean-Pierre, je continue !
- Y a-t-il beaucoup d'organismes officiels en Suisse ?
- Ah oui, là, j'en suis certain : la Croix-Rouge, les Nations Unies... oui.
- Mais oui, André. Vous voilà à 5 000 euros. Tentez-vous la dernière question ? Si vous réussissez, vous gagnerez 6 000 euros. Dans le cas contraire, vous partirez de toute façon avec vos 4 000 euros.
- Eh bien, je prends le risque.
- Alors, écoutez bien, André : combien y a-t-il de cantons en Suisse ?
- Aie !!! Là, je n'en ai pas la moindre idée.... alors là... aucune idée...
- Il faut répondre, André... Combien de cantons en Suisse ? Votre réponse, André ?
- À tout hasard... Quinze ?
- Eh non, André, je suis désolé... il y a vingt-six cantons en Suisse ! Mais c'était très difficile ! Ce n'est pas grave. André, vous gagnez quand même 4000 euros, félicitations !
  À demain avec un nouveau candidat !

TRANSCRIPTIONS DU DVD
UNITÉ 1
Vivre Érasmus
- Il y a quelques mois encore, ces étudiants français auraient été bien en peine de dire dans quel pays se trouvait la ville de Cluj. Aujourd'hui, ils y étudient. L'université de Cluj rencontre, en effet, chaque année d'avantages de succès, ils font ainsi partie de la petite centaine d'étudiants Erasmus qui ont choisi cette université, à vrai dire un peu par hasard.
- Alors, dans mon cas, c'est un peu par hasard... J'avais pas énormément de choix dans... dans mon université et euh... ben pourquoi pas les pays de l'Est et la Roumanie. C'est vrai qu'on a pas mal d'idées sur la Roumanie assez attirantes, au niveau des gens, de la musique et tout ça... donc, pourquoi pas.
- Susana, elle, a fait le trajet inverse. Elle a quitté l'université de Cluj pour être étudiante Erasmus à Bruxelles. C'est un choix mûrement réfléchi, elle a pensé avant tout à son avenir professionnel.
- C'est une expérience unique de..., d'apprendre dans une autre université, dans un autre pays, avec des autres étudiants, tout est nouveau ici.
- Marianne, Géraldine, Clément et Nicolas ont chacun une bourse qui avoisine les 380 euros. Avec cela, ils paient leur logement, fourni par l'université, soit environ 45 euros. Faites les comptes, cela leur laisse pas mal de moyens pour leurs loisirs. Pour ses études à Bruxelles,

Transcriptions des enregistrements et du DVD

Susana, elle, a une bourse de 350 euros et un loyer de 200 euros par mois. Pas possible de s'en sortir rien qu'avec ça. Alors, question ultime, est-ce qu'un étudiant Erasmus étudie vraiment ?
- ☐ Je dois vraiment bosser toute la journée et j'ai beaucoup des projets à faire. J'ai vraiment beaucoup de choses à faire. J'ai pas le temps de m'amuser.
- ● On étudie vraiment ?
- ◇ Euh... c'est possible, mais... euh... c'est possible d'étudier effectivement...

UNITÉ 2
Changer de vie

Je m'appelle Bernard, j'ai cinquante-deux ans, je vis ici avec France, ma compagne depuis vingt-cinq ans, donc... dans cette maison. On a des chèvres qui représentent... on fabrique le fromage et ça représente quatre-vingt-dix pour cent de notre revenu. J'habitais à l'époque Paris et puis j'ai habité un an à Montpellier mais déjà je connaissais France et donc c'était pour me rapprocher de là où elle habitait déjà depuis quatre ou cinq ans. Disons que c'était concomitant, on peut dire, entre la vie parisienne qui me convenait pas, le... la perspective de devenir enseignant ou fonctionnaire ou ingénieur puisqu'à l'époque, j'avais encore le, le choix, bon... euh, m'enthousiasmait pas. Au départ, on a commencé avec une quinzaine chèvres et puis voilà et puis on a augmenté très progressivement. Alors rapidement, on s'est rendu compte que c'était viable. Euh... sur les deux, trois premières années en fait, on arrivait à tirer un revenu suffisant pour, pour vivre. On vit de ça, du fait qu'on a du temps, on fait du jardin avec un surplus qu'on peut vendre assez facilement sur les marchés en même temps que les fromages. Euh... et moi j'ai une toute petite activité de correcteur de copies de mathématiques. Tous les jours de, suivant les années, janvier, mars jusqu'au mois d'octobre, tous les jours, c'est traite matin et soir. Le lait, fromagerie donc, la fabrication des fromages, pareil, matin et soir. Donc, ça, ça nous prend, disons, deux heures le matin et une heure le soir en moyenne. Euh... donc, ça rythme assez, ça rythme assez la journée. On est euh... physiquement isolé parce que les premiers voisins sont à cinq cents mètres, puis les... les suivants à trois kilomètres. Socialement, on est beaucoup... moi, je me sens beaucoup moins isolé, tel que je pourrais l'être en ville, par exemple, parce que ben... parce que tout le monde se connaît, bon, y a une vie sociale quand même très, assez développée.

UNITÉ 3
Champions ! S'entraîner pour gagner

- ● Un, deux, Tou' !
- ○ Suivez derrière, montez vos mains !
- ● Ben, ici nous sommes à Toulon dans le club d'aviron, euh, nous sommes sur le port, donc euh, euh, il y a la rade tout près où nous nous entraînons.
- ● Ben, déjà, on fait de l'aviron comme vous voyez, et euh, ça consiste à faire avancer un bateau avec des, avec des rames.
- ● Dans notre bateau, on est quatre rameurs, plus un barreur.
- ◇ Un barreur, c'est quelqu'un qui est dans le bateau mais qui ne rame pas, il sert à faire la direction et à nous donner des ordres. Euh, en général, il faut qu'il soit léger, moins de cinquante kilos.
- ● Attention ! « Tou' »...
- ○ Ok !
- ● L'entraîneur, il équivaut à, ben, c'est lui qui nous apprend tout, comment ramer et tout ça.
- ○ Ouais... Fais attention Antoine, attention de bien préparer ta pelle avec tout le monde, t'es un peu en retard.
- ● Ouais, c'est lui en fait le père, la mère, le grand-père, c'est tout le monde.
- ○ Et on se concentre un peu hein, vous êtes pas bien concentrés, hein !
- ● Euh, cette année, on a fait champion de France, et donc voilà on a gagné une médaille.

UNITÉ 4
Le combat pour la terre

Ben, d'abord, le Larzac, c'est un des grands Causses du sud de la France, le plus méridional et le plus grand qui fait cent trois mille hectares et sa richesse principale, c'est la brebis. Donc, c'est un Causse qui, ou qui avait un avenir dans les années soixante-dix euh, très prometteur au niveau agricole puisqu'on avait des possibilités de développement très importantes et, à partir de ce moment-là, a été prise la décision sans aucune concertation d'étendre le camp militaire actuel qui fait trois mille hectares et qui existe depuis dix-neuf cent deux, de le porter à dix-sept mille hectares. C'est vrai que c'est, on a reçu une bombe sur la tête, c'est sûr ça nous a, ça nous a quand même pas mal traumatisés au départ... et de là est née la lutte du Larzac qui a duré dix ans jusqu'en quatre-vingt un et qui a... pendant laquelle nous avons dû nous battre jour après jour contre le pouvoir qui nous imposait euh... ce, ce camp. D'abord, on a choisi un type de lutte non violente, c'est-à-dire où il n'y ait jamais une agression physique sur des personnes. Pour sensibiliser l'opinion publique, on a, euh, il a fallu faire des actions un peu extraordinaires.
Nous avons mené soixante brebis sur euh..., au pied de la tour Eiffel, qui nous a valu la première page dans beaucoup de journaux même des journaux internationaux et, de là, on a commencé à parler du Larzac avec une autre vision que précédemment. Sur ce lieu historique, ici, qui s'appelle Le Rajal del Gorp, euh, nous avons organisé le premier rassemblement en soixante-treize avec les paysans travailleurs. Et ça nous a permis, alors ça nous a permis d'une part de, d'apparaître non pas comme des casseurs, mais comme des bâtisseurs, et pour ça on a construit à la Blaquière une bergerie. La construction a duré deux ans et ça n'a été fait que par des bénévoles. Donc aujourd'hui, y a le camp qui existe, trois mille hectares et y a pas un mettre carré de plus qui est à l'armée.
Ce qu'on peut dire c'est que le la lutte du Larzac a été un mouvement populaire impressionnant qui a duré dans le temps et qui surtout a fait prendre conscience qu'il y avait, pour d'autres luttes, qu'il y avait d'autres moyens de se battre que une défense violente, disons.

UNITÉ 5
Ma vie en couleurs

L'histoire de la peinture, c'est une histoire de la lumière et une histoire de l'œil. Je travaille et je vis à Toulon, dans le Sud de la France, au bord de la Méditerranée. Une influence de la famille puisque j'ai grandi avec des tableaux aux murs qui étaient les tableaux de mon oncle et

puis ensuite, un professeur de français au collège qui nous demandé d'illustrer nos récitations avec des reproductions de peinture, et puis ensuite des études aux Beaux-Arts pendant cinq ans. Donc j'ai fait des expositions collectives, et puis ensuite des expositions personnelles et, et donc, là j'ai une très grosse exposition personnelle qui se prépare actuellement.
Ici, c'est mon atelier, qui est, euh, assez euh, fonctionnel puisqu'on a la réserve en bas, l'endroit où je travaille ici et puis euh, à l'entrée une salle où je peux montrer mon travail. L'atelier, c'est le lieu où l'on passe la plus grande partie de son temps, dès fois on y vient et on ne fait rien, mais on a besoin d'y être, puis, dès fois, c'est vraiment nécessaire d'en partir, de s'en éloigner. De façon très simple, ce sont souvent des peintures qui naissent suite à des souvenirs, suite à des souvenirs de voyages, par exemple, une des dernières séries, c'était sur les banquises, euh, y'a très longtemps j'ai fait un voyage en Laponie en plein hiver, donc c'était le blanc, la lumière et le bleu.
Là, je termine une série sur la mer, puisque l'influence de la mer est importante pour moi qui vis au bord de la Méditerranée et puis une dernière série sur des portraits. Chaque série de peintures m'apprend, euh, soit des couleurs nouvelles, euh, soit me confronte à des formes nouvelles et, euh, je pense qu'il y a malgré tout une constante, c'est la lumière.

UNITÉ 6
Idées reçues sur le tri
Laver les emballages avant de les jeter. Retirer les bouchons des bouteilles plastiques. Ne pas recycler les bouteilles d'huile. Autant d'idées reçues sur le recyclage qu'il faut aujourd'hui chasser.
Explications :
Idée reçue numéro 1 : le petit logo vert signifie que l'emballage est recyclable et recyclé. C'est faux. Le logo signifie tout simplement que les entreprises, qui mettent ces produits sur le marché, participent financièrement à la collecte sélective des emballages.
Idées reçues numéro 2 : il faut enlever les bouchons des flacons et bouteilles en plastique avant de les trier. C'est faux. Ils peuvent être recyclés et permettent en plus de ne pas salir le bac.
Idée reçue numéro 3 : il faut laver les emballages avant de les trier. Faux, là aussi. Ce n'est pas nécessaire. Laver, c'est gaspiller de l'eau qu'il faut ensuite traiter. Vous pouvez retrouver toutes ces informations sur le site de PRO EUROPE, pro-e.org, l'organisation de tous les points verts.

UNITÉ 7
La visite
Je suis clown et je viens donc avec euh Eva, qui est l'autre personne qui travaille avec moi et on vient euh être clowns à l'hôpital, on vient rencontrer des enfants qui sont hospitalisés et leurs familles qui sont là, et, et en fait il s'agit d'une rencontre, c'est-à-dire que on appelle ça une, une visite.
Le clown, il n'est pas forcément là pour faire rire. Ce qui veut dire, que, euh, comme dans toute rencontre, tu viens rencontrer quelqu'un et tu, tu ne connais pas le quelqu'un. Et donc y'a une, y'a une, un, un temps comme ça de découverte, voilà de la personne. Et la découverte, ça passe par euh, par l'écoute, par le regard, par le, tout, tout ce qui peut y avoir dans la chambre, euh des objets, les, les objets des parents, les objets ou les jouets des enfants, les doudous, tout ça, les odeurs, les bruits, la télé qui marche ou qui marche pas, la musique qui est là ou qui est pas là. En fait, on s'invite quelque part, on s'invite nous dans, le clown s'invite dans, dans la chambre.
Il est, il est dans toutes les libertés, il, il peut tout s'autoriser, mais tout s'autoriser ça veut dire surtout faire attention à l'autre. Parce qu'à l'hôpital, c'est souvent, euh, on est dans des espaces dramatiques puisqu'il s'agit ou de, ou de souffrance ou de, ou de mal-être ou de, de j'ai envie d'aller dehors et je peux pas y aller parce que je suis malade, ben etc.
Et, et, toi tu emmènes le clown, il amène autre chose quoi, que de la souffrance. On peut jouer avec la souffrance, c'est-à-dire la démystifier, la dédramatiser, prendre de la distance avec.
Le clown pour moi, c'est, c'est quelqu'un qui prend.
Tu sais, ça me fait penser à l'abeille, c'est bizarre j'ai jamais pensé à ça, j'y pense maintenant. L'abeille qui prend le, le, c'est rigolo ça, qui prend le nectar de la fleur, qui prend le nectar de la fleur buzzzz... et et qui va le ressortir en miel. Ben, c'est un peu ça en fait le clown, tu prends le nectar de la vie mais le nectar ya pas que les choses douces, c'est pleins d'autres choses, euh, la peur, les pleurs, la souffrance, il prend ça et et il en fait autre chose.
Ma p'tite fille au revoir !
Au revoir princesse.

UNITÉ 8
La Réunion, un petit coin de France
C'est un petit coin de France, perdu dans l'océan Indien, à 800 kilomètres à l'est de Madagascar. Prenez votre souffle, on s'envole à la Réunion.
Prenez l'incroyable métissage d'une population venue des quatre continents pour faire vivre leurs traditions et en créer de nouvelles. Ajoutez la richesse de l'artisanat local et du tourisme vert et saupoudrez le tout d'un caractère bien trempé dans la tradition créole.
Bienvenue sur la petite île volcanique à la nature sauvage, celle que l'on appelle l'île intense entre ciel et mer.
Là-haut, cachés sous les nuages, ce sont les volcans. Prendre de la hauteur n'a jamais fait de mal à personne. Allons voir à quoi ils ressemblent. Par la route forestière, on nous a prévenus. Il faut y aller très tôt pour avoir un peu de visibilité. En moins de temps qu'il ne faut pour l'imaginer, on comprend tout de suite la géologie de l'île.
Pas d'accident sur la route, alors bienvenue à la case. Petite ou grande, la case, la maison, fait partie de l'identité de ce pays et, comme tout ce qui est créole, elle est le résultat d'un subtil mélange. Aux premiers abris en bois recouverts de paille et de bambous, les colons ont ajouté les techniques de charpenterie de la marine et le style créole a fait le reste.
Devenir un oiseau ? Voilà que le temps du vol, le rêve devient réalité et le monde apparaît sous un jour nouveau. Une belle façon de faire le plein d'images sublimes et intemporelles avant de partir.
Et, en repensant à ce voyage, on a la sensation d'avoir, en quelques jours, croisé des gens très différents et visité une grande variété de paysages.
Que s'est-il passé ? L'espace et le temps se seraient-ils arrêtés à la Réunion ?

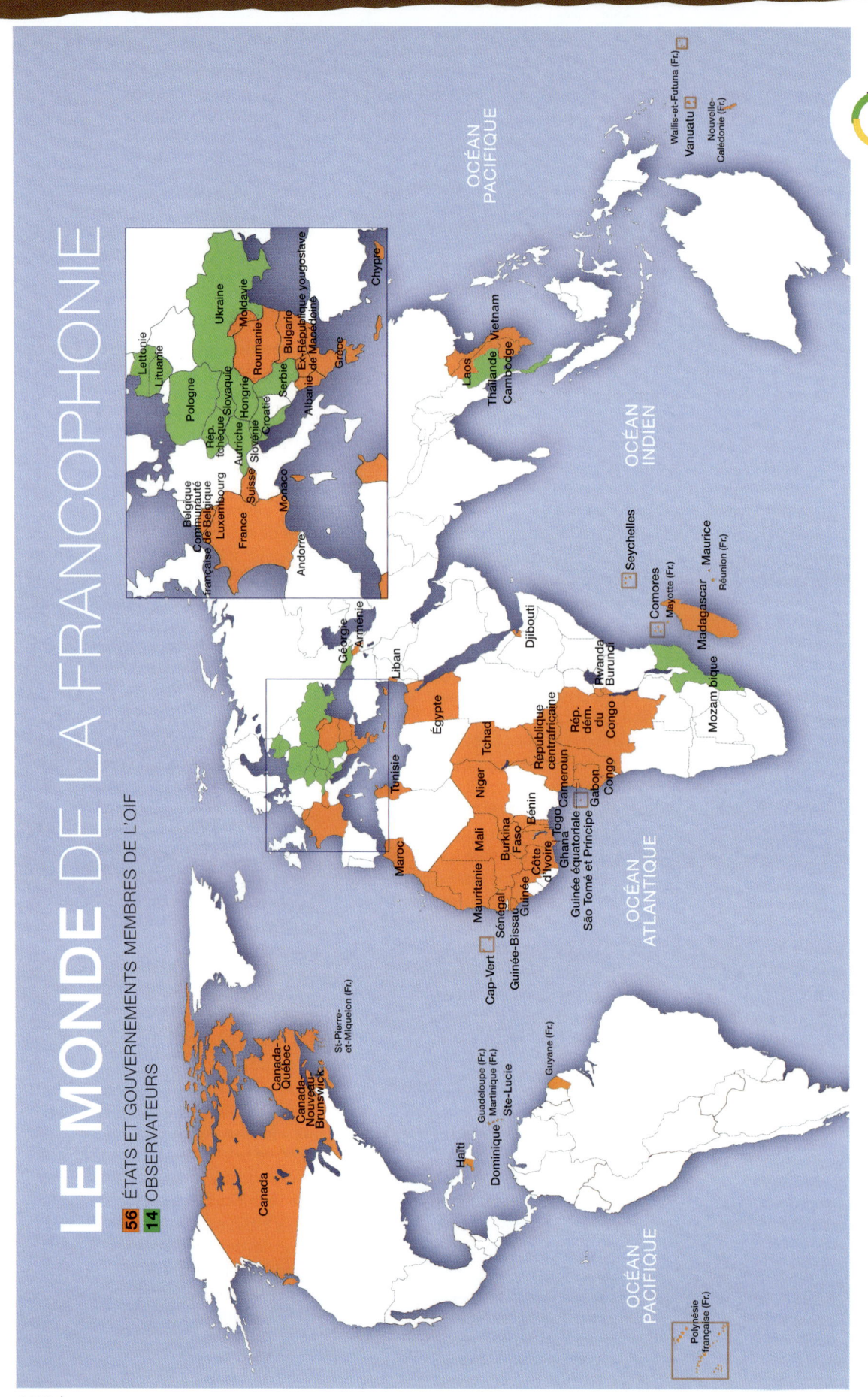

Cartes

LE MONDE DE LA FRANCOPHONIE

56 ÉTATS ET GOUVERNEMENTS MEMBRES DE L'OIF
14 OBSERVATEURS

Europe (encart) : Lettonie, Lituanie, Pologne, Rép. tchèque, Ukraine, Moldavie, Slovaquie, Autriche, Hongrie, Slovénie, Croatie, Roumanie, Serbie, Bulgarie, Ex-République yougoslave de Macédoine, Albanie, Grèce, Chypre, Belgique, Communauté française de Belgique, Luxembourg, France, Suisse, Monaco, Andorre

Asie : Laos, Thaïlande, Vietnam, Cambodge

OCÉAN PACIFIQUE — Wallis-et-Futuna (Fr.), Vanuatu, Nouvelle-Calédonie (Fr.), Polynésie française (Fr.)

OCÉAN INDIEN — Seychelles, Comores, Mayotte (Fr.), Madagascar, Maurice, Réunion (Fr.)

Afrique : Maroc, Tunisie, Égypte, Mauritanie, Mali, Niger, Tchad, Sénégal, Cap-Vert, Guinée-Bissau, Guinée, Burkina Faso, Bénin, Togo, Côte d'Ivoire, Ghana, São Tomé et Principe, Guinée équatoriale, Cameroun, République centrafricaine, Gabon, Congo, Rép. dém. du Congo, Rwanda, Burundi, Mozambique, Djibouti

Moyen-Orient / Caucase : Liban, Géorgie, Arménie

Amériques : Canada, Canada-Québec, Canada Nouveau-Brunswick, St-Pierre-et-Miquelon (Fr.), Haïti, Guadeloupe (Fr.), Dominique, Martinique (Fr.), Ste-Lucie, Guyane (Fr.)

OCÉAN ATLANTIQUE

ORGANISATION INTERNATIONALE DE la francophonie

L'Organisation internationale de la Francophonie est une institution fondée sur le partage d'une langue, le français, et de valeurs communes.

Elle rassemble **56** États et gouvernements membres et **14** observateurs totalisant une population de **870 millions**. On recense **200 millions** de locuteurs de français dans le monde.

152 | cent cinquante-deux

LA FRANCE MÉTROPOLITAINE

— Limite d'État
— Limite de région
⋯ Limite de département
■ Capitale
● Chef-lieu de région
• Chef-lieu de département

Échelle: 0 — 50 — 100 km

ÎLE-DE-FRANCE

Cartes

Suisse

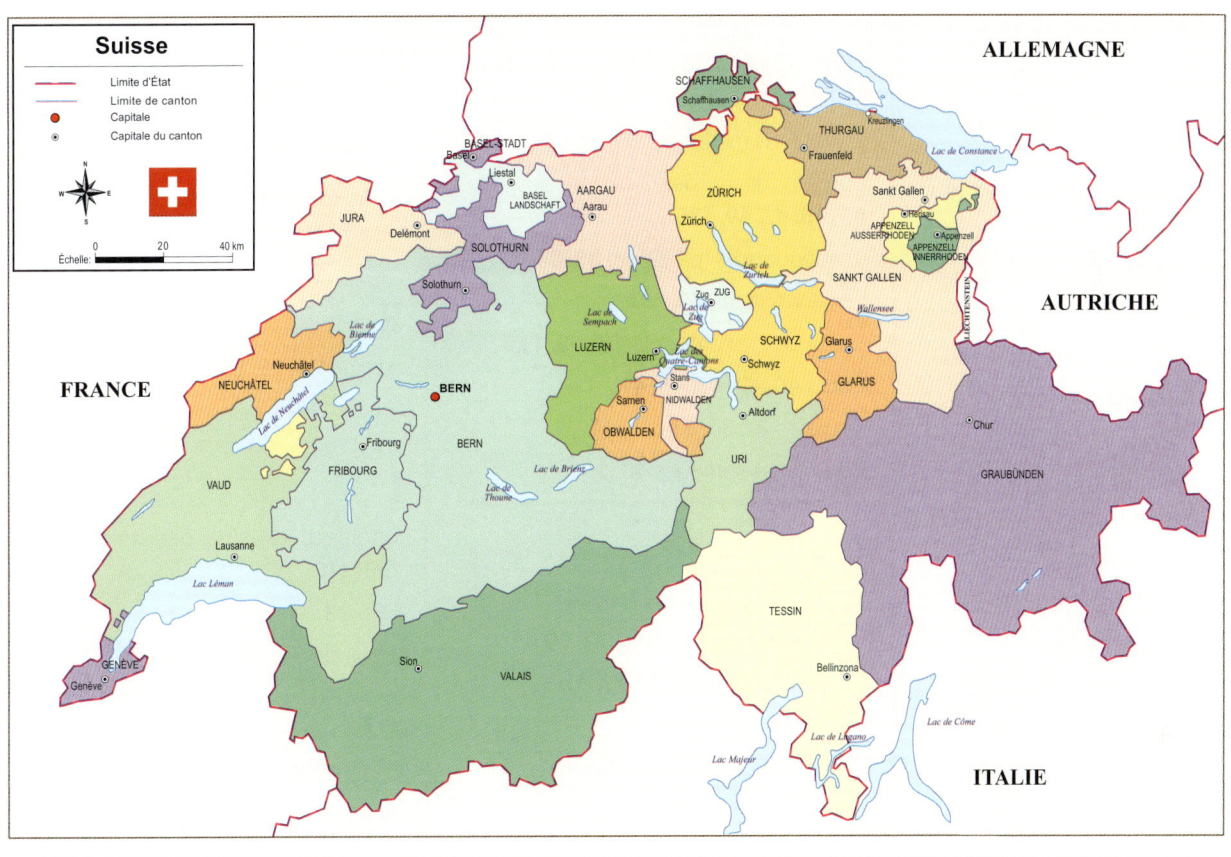

- Limite d'État
- Limite de canton
- ● Capitale
- ◉ Capitale du canton

Échelle: 0 — 20 — 40 km

ALLEMAGNE • FRANCE • AUTRICHE • ITALIE

Cantons et chefs-lieux : SCHAFFHAUSEN (Schaffhausen), THURGAU (Frauenfeld), BASEL-STADT (Basel), BASEL-LANDSCHAFT (Liestal), AARGAU (Aarau), ZÜRICH (Zürich), SANKT GALLEN (Sankt Gallen), APPENZELL AUSSERRHODEN, APPENZELL INNERRHODEN (Appenzell), JURA (Delémont), SOLOTHURN (Solothurn), ZUG (Zug), SCHWYZ (Schwyz), GLARUS (Glarus), NEUCHÂTEL (Neuchâtel), LUZERN (Luzern), OBWALDEN (Sarnen), NIDWALDEN (Stans), URI (Altdorf), GRAUBÜNDEN (Chur), BERN (Bern), FRIBOURG (Fribourg), VAUD (Lausanne), VALAIS (Sion), GENÈVE (Genève), TESSIN (Bellinzona).

Lacs : Lac de Constance, Lac de Zürich, Lac de Zug, Lac de Sempach, Lac des Quatre-Cantons, Wallensee, Lac de Bienne, Lac de Neuchâtel, Lac de Brienz, Lac de Thoune, Lac Léman, Lac de Lugano, Lac Majeur, Lac de Côme.

LIECHTENSTEIN

Belgique

- Limite d'État
- Limite de région
- Limite de province
- ● Capitale
- ◉ Capitale de province

Échelle: 0 — 10 — 20 — 30 km

MER DU NORD • PAYS-BAS • ALLEMAGNE • FRANCE • LUXEMBOURG

Régions et provinces : WEST-VLAANDEREN (Brugge), OOST-VLAANDEREN (Gent), Vlaams Gewest, ANTWERPEN (Antwerpen), LIMBURG (Hasselt), VLAAMS BRABANT (Leuven), BRUXELLES/BRUSSEL, BRABANT WALLON (Wavre), HAINAUT (Mons), NAMUR (Namur), Wallonie, LIÈGE (Liège), LUXEMBOURG (Arlon).

Cours d'eau : Yser, Leie, Escaut, Lys, Nete, Meuse, Ourthe, Semois, L'Eau d'Heure, Oise.

LUXEMBOURG (Luxembourg)

cent cinquante-cinq | 155

Index analytique

A

Accepter **97, 98, 101, 102, 103, 104, 135**

Activités (parler de ses) **14, 16, 18, 20, 28, 31, 32**

Adjectifs interrogatifs **134**

Adjectifs indéfinis **52, 58, 59, 129**

Adjectifs démonstratifs **129**

Adjectifs possessifs **129**

Adjectifs qualificatifs **12, 15, 18, 19, 27, 80, 87, 128, 129**

Adverbes d'intensité **136**

Adverbes de quantité **136**

Adverbes de fréquence **14, 136**

Aise (mal à l') **15, 16, 17, 19**

Anecdotes (raconter des) **68, 71, 75**

Apprendre (à) **16, 18, 20**

Apprentissages (parler de ses) **15, 16, 20**

Arriver (ne pas arriver à) **15, 17, 19, 131**

Aucun(e) **52, 58, 59, 129**

Aussi que **27, 31, 136**

Autant (de) que **27, 31, 136**

Autorisation (demander et refuser une) **97, 98, 102, 103, 104, 135**

Auxiliaire au passé composé (choix de l') **16, 19, 131**

Avis (donner son) **19**

B

Bien (adverbe) **20**

Biographie linguistique **21**

But (indiquer le) **14, 19**

C

C'est (+ adjectif) **12, 15, 18, 19**

Certainement **87**

Certitude (degrés de) **80, 82, 87**

Cesser de (marqueur de discontinuité) **58, 59, 137**

Comparer **27, 31, 136**

Compléments d'objet **74, 75, 130**

Conditionnel **47, 97, 98, 101, 103, 104, 132**

Conditions (parler de) **80, 86, 87**

Conseils (demander et donner des) **40, 45, 46, 47, 49, 135**

Conséquences (parler de) **80, 86, 87**

Continuer à **58, 59, 137**

Continuité (exprimer la) **58, 59, 137**

Corps **40, 42, 43, 45, 47**

Couleurs **27, 30, 31**

Courbes mélodiques **40, 46**

D

Début (formules de) **44, 45, 47**

Déterminer un substantif **27, 30**

Détester **14, 15, 16, 17, 29, 31, 32**

Devoir **44, 47, 132**

Devoir (au conditionnel) **96, 101, 103, 132**

Difficultés (exprimer des) **12, 15, 16, 17, 18, 19**

Donner son avis **12, 15, 18, 19, 26**

Douleurs **40, 42, 43, 44, 45, 47**

E

e muet (élision du) **30, 126**

Écrire (un message) **45, 47**

Émotions (exprimer des) **12, 14, 15, 16, 17, 19**

Encore (marqueur de continuité) **52, 58, 59, 137**

Environnement **86**

Étapes de la vie **68, 72**

Être en train de **68, 75**

F

Faits passés (parler de) **12, 16, 19, 20, 131**

Famille **12, 17**

Formules de début **44, 45, 47**

Formules de salutation **44, 45, 47**

Forum (créer un) **49**

Futur (le) **80, 84, 87, 132**

G

Genre des noms de pays **110, 112, 115, 128**

Goût (exprimer un) **29, 31, 32**

H

Habitat **24, 25, 29**

Hiatus **114**

I

Ignorance (exprimer des degrés d') **108, 110**

Il y a **28**

Imparfait **55, 56, 57, 59, 60, 131, 132**

Imparfait / passé composé **68, 72, 75, 132**

Impératif **40, 43, 44, 46, 47, 133**

Infinitif (pour donner des instructions) **40, 44, 45, 47, 135**

Instructions (demander et donner des) **40, 43, 44, 46, 47, 135**

Internet (le lexique d') **40, 48, 49**

Interrogatifs (mots) **110, 111, 115, 116, 134**

Interruption (exprimer l') **58, 59, 137**

Intonation (comme marque d'acceptation ou de refus) **102**

J

Jouer **20, 132**

Justifier (se) **97, 98, 103, 104**

L

Langues **12, 13, 15, 17, 18, 21, 22, 23**

Liaisons **12, 18**

Localiser **29, 31, 137**

Localiser (des villes, des pays) **110, 112, 115, 137**

Logements **24, 25, 29**

Loisirs **50**

M

Mal (adverbe) **20**
Mal (avoir du mal à) **15, 19**
Mal (avoir mal à) **43, 44, 45, 47**
Marqueurs temporels **54, 55, 56, 57, 59, 60, 73, 74, 136, 137**
Matières **27, 30, 31**
Message (écrire un) **44, 45, 47**
Météo (parler de la) **80, 81, 82**
Mobilier **27, 28, 30, 32**
Modaux (verbes) **96, 101, 103, 132**
Modes d'emploi **44, 45, 47**
Moins (de) que **27, 31, 136**
Motivations (exprimer des) **12, 14, 19**

N

Nasales (voyelles) **58, 125, 126**
Ne... plus **52, 58, 59, 133**
Négation à l'impératif (place de la) **44, 133**
Négation au passé composé (place de la) **19, 133**
Nombres **126**
Noms (genre et nombre) **128**
Noms composés avec prépositions **30, 31**

O

On **52, 56, 57, 130**
Oser (ne pas) **15, 17, 19**
Où (pronom relatif) **68, 74, 75, 130, 134**

P

Parce que **12, 14, 19**
Parcours de vie **59, 68, 72**
Passé composé **12, 16, 19, 20, 131**
Passé composé / imparfait **68, 72, 75, 132**
Participe passé **131**
Pays (genre des noms de) **110, 112, 115, 128**
Pays (prépositions +) **110, 112, 115**

Permission (demander, accorder et refuser une) **97, 102, 103, 135**
Peur (avoir peur de) **15, 17, 19**
Peut-être (pas) **87**
Pièces de la maison **24, 25, 26, 31, 32**
Plupart de (la) **52, 58, 59**
Plurilinguisme **12, 17, 21**
Plus (de) que **27, 31, 136**
Point de vue (exprimer un) **12, 15, 18, 19, 40**
Politesse (formules de) **40, 48, 96, 97, 99, 103**
Pour **12, 14, 19**
Pouvoir **97, 98, 100, 103, 104, 132, 135**
Préférence (exprimer une) **29, 31, 32**
Prépositions (+ noms de pays, régions et villes) **112, 115**
Prépositions (de localisation, de détermination d'objets) **27, 29, 30, 31**
Prévisions (faire de) **80, 81, 82, 83, 87**
Probablement **87**
Prononciation **18, 30, 46, 58, 74, 85, 114, 125, 126**
Pronoms COI (compléments d'objet indirect) **12, 17, 19, 129**
Pronoms indéfinis **58, 59**
Pronoms personnels atones et toniques **19, 46, 47, 129**
Pronoms personnels réfléchis **43, 46, 47**
Pronoms relatifs **68, 74, 75, 130**
Pronoms sujets **19, 129**

Q

Quand... **59, 60, 137**
Que (pronom relatif) **68, 74, 75, 130**
Quelques, quelques-uns/unes **52, 58, 59, 129**
Quelqu'un **48**
Question (formes de la) **110, 111, 113, 115, 116, 133, 134**
Qui (pronom relatif) **68, 74, 75, 130**

R

Récits (rédiger des) **68, 72, 73, 75**
Refuser **97, 98, 101, 102, 103, 104, 135**
Réseau (de langues) **12, 21**

S

Salutation (formules de) **44, 45, 47**
Sans doute (pas) **87**
Santé **40, 45, 46**
Service (demander un) **97, 98, 100, 103, 104**
Situer dans le passé **52, 56, 57, 59, 131, 132, 137**
Situer dans le temps **110, 114, 115, 131, 132, 136, 137**
SMS (langage) **48**
Sollicitation (accepter et refuser une) **96, 100, 101, 103, 135**
Sports **50, 51**
Subordonnée temporelle (quand...) **59, 60, 137**
Sûrement (pas) **87**

T

t intervocalique (dans la question à la 3è personne du singulier) **11, 114**
Temps (parler du) **80, 81, 82**
Temps du verbe **110, 114, 115, 131, 132**
Toujours (marqueur de continuité) **58, 59, 136, 137**
Tous, toutes **52, 58, 59**
Trouver (que) **12, 15, 19**

V

Verbes modaux **96, 101, 103, 132**
Verbes pronominaux **42, 43, 46, 47**
Vouloir (au conditionnel) **96, 101, 103, 132**

Y

y (pronom) **28, 56, 130**

Version Originale • Méthode de Français
Livre de l'élève • Niveau 2

Auteurs
Monique Denyer, Agustín Garmendia, Corinne Royer et Marie-Laure Lions-Olivieri (Parties *Regards sur...* et *On tourne !*)

Comité de lecture et révision pédagogique
Christian Puren
Neus Sans

Coordination éditoriale
Lucile Lacan

Rédaction
Gema Ballesteros, Agustín Garmendia, Lucile Lacan

Correction
Sarah Billecocq

Conception graphique, mise en page et couverture
Besada+Cukar

Illustrations
Pere Virgili
Roger Zanni

Documentation
Camille Bauer, Lucile Lacan

Enregistrements
Coordination : Camille Bauer, Lucile Lacan

DVD
Direction éditoriale : Katia Coppola, Lucile Lacan
Réalisation : Massimiliano Vana LADA film (Changer de vie, Champions ! S'entraîner pour gagner, Le combat pour la terre, Ma vie en couleurs, La visite)
Assistante de réalisation : Lyuba Dimitrova LADA film (Changer de vie, Champions ! S'entraîner pour gagner, Le combat pour la terre, Ma vie en couleurs, La visite)
Auteurs : Katia Coppola, Martin Geisler, Lucile Lacan
Directeur de production : Martin Geisler
Production exécutive : Karus Productions
Graphisme : Besada+cukar
Animation : Pierre Joseph Secondi
Montage, post-production : Lada film (Changer de vie, Champions ! S'entraîner pour gagner, Le combat pour la terre, Ma vie en couleurs, La visite), Karus Production (Vivre Erasmus, Idées reçues sur le tri, Un petit coin de France)
Musique : Nicolás Hadrmeier (Changer de vie, Champions ! S'entraîner pour gagner, Le combat pour la terre, Ma vie en couleurs), Serge Lacan (La visite), Pol Wagner (menu)

Crédits journalistes : Philippe Sommet (réalisateur) / Marie-Ange Nardi (présentatrice)
Nous tenons à remercier Daniel Renouf / System TV, Richard Bossuet et Évelyne Paquier/TV5, RTBF et L'équipe de Sonuma
Transcriptions : Camille Bauer
Sous-titrage : Maxime Richard

Remerciements
Nous tenons à remercier toutes les personnes qui ont contribué par leurs conseils et leurs révisions à la réalisation de ce manuel, notamment Katia Coppola, Philippe Liria et Detlev Wagner.

© Photographies, images et textes.

Couverture Andreas Karelias/Fotolia.com, jedi-master/Fotolia.com, Julien Le Digabel, Roy/Fotolia.com, ingram publishing, Lucile Lacan, Oscar García Ortega, Katia Coppola, Companie 1, 2,3... Soleils, Lucile Lacan, Agustín Garmendia, Lyuba Dimitrova LADA film, spot-shot/Fotolia.com, Kati Molin/Fotolia.com ayustety/flickr, Lucile Lacan ; **Unité 1** p. 12-13 Lucile Lacan, Barbara Cerruti, Oscar García Ortega, Cartographer/Fotolia.com ; p. 14 Oscar García Ortega ; p. 15 Ginaellen/Dreamstime.com, Jashin/Fotolia.com, Pipo, Oscar García Ortega, Gandalfo/Dreamstime.com, IMAGINE/Fotolia.com, Michaeljung/Dreamstime.com, Kelpfish/Dreamstime.com ; p. 16 Ingram Publishing, stockbyte, Eusebius/flickr ; p. 17-18 Jupiterimages/Workbook Stock/Getty Images ; p. 20 Charles Briscoe-Knight/Getty Images ; p. 22 l'auberge espagnole/Cédric Klapisch©Une coproduction Franco-Espagnole CE QUI ME MEUT / STUDIOCANAL / FRANCE 2 CINÉMA / BAC FILMS / MATE PRODUCTIONS / CASTELAO PRODUCTIONS ; p. 23 Ingram Publishing, Sonuma et RTBF ; **Unité 2** p. 24 Toprural/flickr, Rafael Garcia-Suarez/flickr, Lucile Lacan ; p. 25 Jérôme Bon/flickr, jolisoleil/flickr, Studio3610/Dreamstime.com, Toprural/flickr, Jamiecat/flickr ; p. 26-27 Steve Cadman/flickr, archideaphoto/Fotolia.com, George Mayer/Fotolia.com, stuart burford/iStockphoto.com, malerapaso/iStockphoto.com, Maksym Bondarchuk/iStockphoto.com, JMP Photography LLC/iStockphoto.com, Ilandrea/Fotolia.com, Stocksnapper/Fotolia.com, Zubarciuc Dumitru/Fotolia.com, ChinKS/Fotolia.com, ChinKS/Fotolia.com, raphtong/Fotolia.com, Cristina Fum/Fotolia.com, Georges Lievre/Fotolia.com, James Phelps Jr/Fotolia.com, Alistair Cotton/Fotolia.com, Kirsty Pargeter/Fotolia.com, adisa/Fotolia.com ; p. 29 robert paul van beets/Fotolia.com ; p. 30 Auris/Dreamstime.com, White Smoke/Fotolia.com, bogo-service/Fotolia.com, David Morgan/Istockphoto, Vicent/Dreamstime.com, Coprid/Fotolia.com, by-studio/Fotolia.com, Sergey Nikolaev/Fotolia.com, Lucile Lacan, AlexQ/Fotolia.com ; p.32 Kati Molin/Fotolia.com ; p. 34-35 vincent hudry/flickr, PhillipC/flickr, genevieveromier/flickr, Jens Richter/Fotolia.com, Lyuba Dimitrova LADA film ; **Entraînement à l'examen du DELF A2** Олександр/flickr ; **Unité 3** p. 40-41, Andreas Karelias/Fotolia.com, Monika Adamczyk/Dreamstime.com, Dolnikov/Fotolia.com, Miroslawa Drozdowski/Fotolia.com ; p. 42-43 jivan child/Fotolia.com, Kati Molin/Fotolia.com, Empire4191/Dreamstime.com, Fotko/Dreamstime.com, Adam Antolak/Fotolia.com ; p. 44-45 Paipai/Fotolia.com, Etiamos/Dreamstime.com, RaneZ/Fotolia.com, robynmac/Fotolia.com ; p. 46 photodisc ; p. 48-50 Scott Maxwell/Fotolia.com, Roy/Fotolia.com, foxytoul/Fotolia.com, benuch/Fotolia.com, Nbelsylvain/Flickr ; p. 51 spot-shot/Fotolia.com, Lyuba Dimitrova LADA film ; **Unité 4** p. 52 Kokecarlos_fr, FPG/Staff/Getty Images, Globalphoto/Contributor/Getty Images, Tony Barson/Contributor/Getty Images, Ron Galella, Ltd. /Contributor/Getty Images, KlausNahr/Flickr ; p. 53 Lipnitzki/Contributor/Getty Images, Bentley Archive/Popperfoto/Getty Images , Charles01, David E. Scherman./Getty Images, Archive Photos/Getty Images, http://christopher.grondahl.no/iStockphoto.com ; p. 54 Archive Photos/Getty Images, AFP/Getty Images, Rolls Press/Popperfoto/Getty Images, Michael Ochs Archives/Handout/Getty Images ; p. 55 Cousin_Avi/Fotolia.com, AFP/Getty Images ; p. 56 Manuel Couvreur, Monique Denyer ; p. 60 Bathing Time at Deauville 1865 Eugène Boudi, Deauville_2008/flickr, guy/Fotolia.com ; p. 61 Katia Coppola ; p. 62 Lyuba Dimitrova LADA film, www.SalonDesSolidarites.org, www.lesenfantsdedonquichotte.org ; p. 63 Olgabesnard/Dreamstime.com, Lyuba Dimitrova LADA film ; **Entraînement à l'examen du DELF A2** p. 65 b. Satoru Kikuch/flickr, b.alpha du centaure/flickr, Rosetta Facciolini/Fotolia.com ; **Unité 5** p. 68-69 AFP/Getty Images, Apic/Getty Images, GAB Archive/Getty Images, Jean-Michel POUGET/Fotolia.com ; p. 70 Eric Weigle/flickr, p. 71 Wikipedia, George Stroud/Getty Images, Popperfoto/Getty Images, AFP/Getty Images, Popperfoto/Getty Images, p. 72 Roger Viollet/Getty Images, Ingram ktusebius/Fotolia.com ; p. 73 wikipedia, ayustety/flickr, Tilo 2007/flickr ; p. 76 xavdlp/Fotolia.com, diego_cervo/fotolia.com ; p. 78 photodiscingram, publishing, DEA / G. DAGLI ORTI / Getty Images, Jean Clouet Portrait de François I^e, Abraham Bosse Valet de chambre, Trophime Bigot Allégorie de la Vanite, Gericault Cuirassier blessé quittant le feu ; p. 79 Lyuba Dimitrova LADA film ; **Unité 6** p. 80 oavialle/flick, bsky#walker/flickr ; p. 81b barbier.jp/flickr, Moody75/flickr, iMAGINE/Fotolia.com ; p. 82-83 shocky/Fotolia.com, jedi-master/Fotolia.com ; p. 85 isabelanglois/Fotolia.com, Oldonyo Len'gai © doraemon, Lucile Lacan ; p. 89-90 sebastien rabany/Fotolia.com, daoro/flickr, echine/flickr ; p. 91 System TV, Beboy/Fotolia.com, Aurélien Lange/Fotolia.com ; **Entraînement à l'examen du DELF A2** p. 93 benoit.darcy/flickr, zigazou76/flickr ; **Unité 7** p. 96-97 Julien Le Digabel ; p. 98 Asha/Fotolia.com, Laurent Renault/Fotolia.com, F/32/Fotolia.com, ingram publishing ; p. 100 Phakimata/Dreamstime.com ; p. 102 Lupe Torrejó ; p. 105 Oscar García Ortega ; p. 106-107 wikipedia, Companie 1, 2,3... Soleils, Lyuba Dimitrova LADA film ; **Unité 8** p. 108 Unclesam/Fotolia.com, MIMOHE/Fotolia.com ; p. 109 jivan child/Fotolia.com, Pablo Viñas/Fotolia.com ; p. 110 Irene2005/flickr ; p. 111 Genista/flickr, Mircea Ostoia/flick p. 112 Eric Isselée/Fotolia.com, ingram publishing ; p. 113 Salvatore Freni Jr/Flickr ; p.116 macdaddydesign.co.uk, VivaoPictures/flickr ; p. 117 Harshil Shah/flickr, wwwFranceHouseHunt.com/flickr, Duncan Rawlinson/flickr ; p. 118 Marie-Laure Lions-Olivieri, Marguerite Abouet, Clément Oubrerie, Galimard Jeunnesse, RTBF et L'équipe de Sonuma ; **Cartes** p.152 Organisation internationale de la Francophonie ; p.153-154-155 Digiatlas

N.B : Toutes les photographies provenant de www.flickr.com, sont soumises à une licence de Creative Commons (Paternité 2.0 et 3.0)

Tous les textes et documents de cet ouvrage ont fait l'objet d'une autorisation préalable de reproduction. Malgré nos efforts, il nous a été impossible de trouver les ayants droit de certaines œuvres. Leurs droits sont réservés à Difusión, S. L. Nous vous remercions de bien vouloir nous signaler toute erreur ou omission ; nous y remédierons dans la prochaine édition. Les sites Internet référencés peuvent avoir fait l'objet de changement. Notre maison d'édition décline toute responsabilité concernant d'éventuels changements. En aucun cas, nous ne pourrons être tenus pour responsables des contenus de liens vers des tiers à partir des sites indiqués.

© Les auteurs et Difusión, Centre de Recherche et de Publications de Langues, S.L., Barcelone, 2010
ISBN 978-85-61635-78-7
Imprimé en Brésil par Corprint
1re édition : Août 2010
Toute forme de reproduction, distribution, communication publique et transformation de cet ouvrage est interdite sans autorisation des titulaires des droits de propriété intellectuelle. Le non-respect de ces droits peut constituer un délit contre la propriété intellectuelle (art. 270 et suivants du Code pénal espagnol).

---

difusión
Français Langue Étrangère
C/ Trafalgar, 10, entlo. 1ª
08010 Barcelone (Espagne)
Tél. (+34) 93 268 03 00
Fax (+34) 93 310 33 40
fle@difusion.com
www.difusion.com

Editions maison des langues
22, rue de Savoie
75006 Paris (France)
Tél. / Fax (+33) 01 46 33 85 59
info@emdl.fr
www.emdl.fr

martins Martins Fontes
Av. Dr. Arnaldo, 2076
01255-000 São Paulo SP
Tel. (+55) 11 3116.0000
info@martinseditora.com.br
www.martinseditora.com.br